鱼禾 著

寻找南河

Nanhe: in Search of a River

河南文艺出版社
· 郑州 ·

序
有多少南河音书断绝

很多年前，家里养过一只小京巴。

它有着京巴犬特有的大脑袋、大眼睛、大垂耳和小短腿，看上去憨憨的。我并不知道怎么养狗，每天大人上班孩子上学，就把它关在家里，让它在客厅和卫生间活动。下班回家，总能看见被它撕扯得满地都是的碎纸。没心没肺地养了一阵儿，才知道它每天在家里上蹿下跳只是因为太闷了。原来小狗是需要每天牵到室外遛一遛的，养而不遛，等于囚禁。彼时我已经陷入不可开交的忙碌，连孩子都照顾不周，哪里还顾得上小狗呢？只得把它送到乡下老家。隔了小半年再回去，它竟然一眼就认出了我们，冲过来扑到腿上，唧唧哝哝地叫着不肯撒手。我们在老家小住期间，它会日夜跟着，围在脚边团团转。每次都是趁它不注意离开的。我妈说，小京巴也会哭。它发觉不见了我们，会前院后院来来回回地找，确定找不到了，就趴到我们住过的床头，不吃不喝，眼泪从乌黑的大眼睛里流出来，把脸上的毛浸得湿淋淋的。

小京巴在老家养了一年多就死掉了。它一直盼着我们会抱它回来，眼巴巴地等待到死。终是我辜负了它的亲近和盼望，狠心把它丢下了。每想起一只小狗曾经安静地趴在我们住过的床头掉眼泪，都会心疼不已，又伤感又自责。它到底是有感觉的活物啊，既不能有始有终，却把它抱到家里来，不是成心作践吗？

时日滔滔。大半生的时光里曾有过多少这样的辜负，不能想。曾被漫不经心对待的一切，都会化为隐形的雕琢，在后来的自身中找到痕迹。我这粗枝大叶、面硬话冷的人，也总难抵得住终会到来的心一软。在人生行进到某个节点的时候，曾被视若无睹的事物会陡然从遗忘的大幕里破壁而出，断喝一声：呀呀呀——看来！

所有存在的，都会呼叫。所有存在过的，都会在某个时刻，让喊声穿透时间的帘幕，被听见。

若干年前，朋友跟我聊过一件"奇事"——

20世纪60年代末，有个在单位当会计的年轻女人，因为一桩七十多块钱的财务亏空被冤枉，悲愤之下离家出走，从家人和所有熟人视野里"消失"了。由于消息断绝，她也不知道发生在 70 年代末的形势巨变。直到新世纪初，事情已经过去了三十多年，在一个偏僻山村，这女人被路过的驻队干部偶然遇见，才得澄清往事，辗转回城。要恢复工作已经来不及，原单位便给落实了退休待遇。她与睽违半生的家人终得团聚。但这女人在城里住了大半年，竟然又一次离家出走，从人们视野里"消失"了。人们到她原来居住的山村寻找也无所获。

据认识她的人说，她回到城里的大半年时间都在做一件事，那就是每天抱着一块纸牌子，到市政府门前去"申冤"。她"申冤"的方式很特别，不哭不闹，也不说话，就站在门岗旁侧的大树下，一站就是一天。她早出晚归，风雨无阻。开始也是有领导问过的，但问来问去，不过是几十年前的事情，而且已经恢复了待遇，也就没人再理会了。更何况，一个穿戴齐整的老太太，抱一块两个巴掌大的硬纸壳站在树下，也不影响什么，去管她干吗呢？执意要站，那就让站，中午打份饭别让饿着，天冷了给件军大衣别让冻着，就行了。

乍一听很难理解。如果说几十年前的消失是因为悲愤，后来这一次的决绝是因为什么呢？没有任何具体的事件可以解释。那个尘埋了三十多年的"原因"，与当时发生的许多激烈事件相比，似乎也不严重。但就是这么一件貌似不足挂齿的小事，让一个女人的盛年被整个儿埋没，把她的人生斩成三截。

被时间胡搅蛮缠的过往已不可追。所谓冤屈，早已被厚厚的时光淡化。在事情过去了三十多年后，她要申告的沉冤早已成为过往时代里的小事一桩，几乎化为了纯感受的，在视听的意义上难以成形，不唯无处可诉，而且无可名状。她就是在树下站上一百年，一千年，那件事也还是小事一桩，无可名状，再不会引人注目。

有很长一段时间，我对这件貌似与己无关的事耿耿于怀，到底还是虚构了一篇《沉冤》来述记此事，心情才算稍稍平复。那晦暗不明的过往啊，它生成了我们今天的形状，是今我的根基。但过往是会坍塌、变形、消失的。在历历雕琢中，自疑也许是最狠辣的刀斧。许多年后才姗姗来迟的反顾，从来都不是自我的进化，而只是属人的自救。

所以有一天，一处被母亲反复提起的 20 世纪 50 年代末的工地陡然间成为一个不容回避的所在，一点也不奇怪。

到后来，母亲提起南河的语气和情形，让我觉得南河在她那里，跟流泪的小京巴、申冤的女人在我心里的情形类似。难以澄清也难以消化的往事，像扎在生活深处的一根刺，并不显眼，也几乎没有任何影响，久而久之，它似乎已经被肉身消化，化为许多习焉不察的事物之一，甚至成为隐身物，成为"不存在"。只是偶尔，由于某些不易察觉的机缘，因为意外受到牵扯或碰触，那根刺会在深处隐隐发作，让它与肉身的不和陡然彰显。在我们说长不长、说短不短的一生里，这样的存在何止一端？有多少难以消化之事，到后来不得不"算了"？在不断被"算了"的"小事"中，有多少盼望石沉海底，有多少沉冤再也不得昭雪？

南河在母亲那里也是模糊的、难以概括的。在那一代人生命中，南河意味着什么，一言难尽。那就是长在骨肉中的刺，由于年深日久，既是难以完全化入骨肉的异物，又是不能拔除的原身。直到如今，我已经通过各种资料和多次的实地访问大致弄清了南河的来龙去脉，而母亲，依然说不清当年她花了一个冬天在那里吃苦受罪的南河究竟是怎么回事。

经过多番查证，我自以为弄清了的来龙去脉是这样的：

> 1958 年夏季，黄河大洪水导致豫鲁两省沿河地区和京广交通大动脉险象环生，所以 1959 年冬天，豫北乡村趁农闲时间，集中了几乎所有青壮年劳力异地调派，从事河道清理和河堤修筑。母亲和老家一带数个村庄的青壮年一起被调派到延津北部黄河故道，修筑黄河左岸的遥堤，为黄河下游可能出现的大洪水预备蓄滞洪区。

可是，我自以为是的这一番求证，在这部书稿审校全部完成以后，被一次偶然阅读再度推翻。在朋友书海上千平方米的藏书馆中间，一本窝在角落、微微积灰、编撰于 20 世纪末的豫北地方大事记里，居然提到了 1959 年冬天的这次劳力调派。

文中赫然写着：

> 1959 年 10 月，为支援黄河第五水库大坝工程，浚县
> 成立指挥部，调集卫贤、小河、新镇、钜桥、大赉店公社
> 民工赴延津、汲县施工。次年元月返回。

这里提到的工程形式、劳力调集范围、调派方向、返回时间，与母亲提到的南河工地都是吻合的。原来南河工地的劳作，不是我曾经想象的清理河道，也不是我后来推测的修筑河堤，而是修一座从未投入使用的水库。

这一小节资料，在以前翻阅过的各种记载和回忆里，从来没有见到过，地方志没有，河流志没有，水利志也没有。可能是因为这也不过是"小事"一桩，而且后来不了了之，并不值得郑重其事地书写。我四处探问这里提到的"黄河第五水库大坝"，所获的答案都是查无此事。有水利部门工作的朋友推测，我写到的这一场劳作，可能是对当地长虹渠段的河底清理和堤坝整修。但我细细对照母亲描述的现场，这个说法很难成立。难怪她一直说不清她那时候干的是什么活，这根本就是一场没有结果的苦力啊。

在我们做过的许许多多的事情里，有多少是有结果的，又有多少是不了了之的呢？而这许许多多的不了了之，又以怎样的形态凝结在我们的生命之内，在我们的肉身中、在我们的记

忆和秉性里留下了难以确认的痕迹？

我坐在郑大工学院那间空阔无人的阅览室里，看着窗外正在风中落叶的梧桐树发愣。书海的藏书如今已堪称汗牛充栋。三十多年前，我们一干人大学毕业都还在嘻哈玩乐的时候，书海和小李已经办起了昨日书店。我已经有好多年不见小李了。当时一起玩的许多人渐渐零落四散。朋友圈水波纹似的不断地扩展开去，只是年过半百还能玩得来也聊得来的，终是屈指可数。我挺羡慕那种能和发小玩到年老的人，但我知道自己做不到。并非刻意要改变，但事实就是在改变，我差不多是个水性杨花的人，对许多人事并不上心。我近旁的人就像水流，总是不断地有新的水流汹涌加入，也有旧的水流悄悄分岔。

生命本身就是浑沌的。在其中发生、成长、衰落、消亡的每一个细节，既微不足道，也分不清青红皂白，它们琐屑而庸常，构成了生命本身的灰度。没有那么多冲突迭起的巧合，没有那么多"原来如此"的清晰与确定。时光只是不断地延伸，我们频频遇到又频频离开，正如大河不断奔赴汪洋，都只是顺从了各自的秉性，极少有过什么格外的原因。

这本小集辑录的文字，大致都涉及一些寻常而未曾分明之事。那些被赋予代称的人，那些林林总总不足挂齿的事与物，我的蟋蟀们，我的覆盆子们和木莲们，唯有在字里行间，才会从灰色的"不存在"中显形，成为我们曾经用力活着的印证，亦成为我们将会怀抱惜爱、好好活着的鼓励。为这并不分明之人事物立传，从缤纷落英中照见轮回，从无所谓中觉察紧要，从无数的琐屑庸常中认出证言或预言，或许正是今日散文的道义与天赋。

鱼禾，甲辰年冬月

目　录

界限

1

1989 年初夏，生物研究者在以色列沿海发现了一只奇特的灰鲸。研究者追踪灰鲸的来历，发现它来自太平洋。

灰鲸这一程漫长迁徙的起点是北美大陆西南部的海域。它从那片温暖的海域出发，向北穿过白令海峡，再折向东，经由加拿大与格陵兰岛之间的结冰海域（即著名的大西洋西北通道）游到大西洋，又横贯大西洋，穿过直布罗陀海峡进入地中海，最后，它游到地中海东岸，在那里滞留下来，犹如一场指向新月沃地的朝圣。

在无边无际的海洋里，鲸鱼群是靠声音频率保持联系的。但这只灰鲸的声音有点特殊，它的同类听不到。鲸鱼的声音频率一般只有 15 到 25 赫兹，它们的听觉也大致只能对这个范围的声音有反应。而这只灰鲸的音频高达 52 赫兹。它所发出的声音信号，远在它的同类能够接收的音频之外。正如浩荡的地震波令许多动物惊恐逃窜，却被人类全然"无知"一样，灰鲸的声音不幸处于被同类"无知"的范围。没有同类能够接收到它的消息。相应地，它也只能听到自己这个音频范围内的声音，而接收不到 15 到 25 赫兹的音频信号。

52 赫兹的音频，成为一道阻隔在它与同类之间的无形的界限。它的世界里只有自己。

但这绝对的孤单，是否也隐藏了造物者的特殊意图？固然，造物者的粗枝大叶、敷衍潦草无所不在，有些作品的制作简直可谓用心残忍。但这只独自完成了比人类最初的远航更艰苦卓绝的旅程、独自到达神圣传说中的应许之地的灰鲸，显然并不是造物者手下的残品。

这更像是一次隔绝实验。

这实验会不会扩展到鲸类以外的物种，比如人类？

有确凿的测验数据表明，人被单独关在一个房间里十五分钟，几乎所有被测试者都会选择随便"做点什么"，而不是待在那里"不动"。"做点什么"当然在大多时候并没有什么明确的意义，能做的事甚至无可选择。尽管如此，被单独关在一个房间的人总会选择"做点什么"——哪怕所做的事情令人不悦,哪怕是自己厌恶的事,哪怕是破坏。

实验者给出的解释是,在直觉中,"不动"意味着一个人正在"独自"思考(说胡思乱想也可以),而"做点什么"则暗示着在自己与环境之间建立某种关联,加入某种潜在的合作,比独自思考更合群。参与实验者不约而同地选择"做点什么",再一次印证了人类作为生物的群居属性。

这似乎表明,人类对于"独自待着"有某种本能的不喜欢。

几乎所有的生命形式都是簇拥团结的,只有极少数例外。成群结队,仿佛是生物借以保持种属生存力的自然禀性。但是偶尔,因为造化的阴差阳错,孤独也会成为某些特殊生命个体的先天属性。在人类的少数个体内部,是否也布设着一种 52 赫兹的先天性?那种对于独处的迫切,也许并不是刻意要把自己与人群隔开,而只是对于天赋的顺从?

2

我长到十来岁的年纪才有了第一张自己的相片。为了拍一张相片,在一个星期天,我和几个常在一起厮混的玩伴,专程走到离家五公里远的一个小镇。

小镇叫宜沟,主街十字口有一家新华照相馆。我们在新华照相馆的镜子前仔细梳好辫子，系好衣服上的每一粒扣子，跺掉鞋子上的灰土，走到一张颜色不详的幕布前，乖乖配合着照相师傅的指挥——来，凳子上坐两个，后面站三个，好，坐的坐直，站的站好，抬头，脸往这边看，后面中间那个小孩，肩膀别歪着，左边肩膀抬高点，再高点，好了往这儿看，笑一笑……我只觉得浑身的骨头都绷麻了，脖子挺得发酸了，脸上的笑也僵了，才听到一声咔嚓。照相师傅写了一张粉红色的凭据交给我们，说，下个星期天来拿。

下一个星期天，我们又跑了一趟宜沟。在照相馆油漆斑驳的柜台上，五张冲洗好的相片一字排开。我们小心翼翼地伸出手，每人拿了一张。平生第一次，我看到自己的模样被印到了一小方布纹纸上。

印在布纹纸上的图像有一种难以言传的肃穆，跟平常在镜子里看到的自己完全不一样。相纸上的人看上去矮小、胆怯，一副不知所措的囧样，像座位调整时的新同桌，崭新而突兀，未经商量就派发给了我，叫人又紧张又好奇，还多少有点嫌弃。这个黑白小人儿和我想象中的自己相去甚远。但相纸在眼前放着，铁证如山，由不得我不认。

拍相片是瞒着祖母去的。祖母认为拍相片会被摄去元魂，不吉利。我偷偷拍了相片，却又怕真的丢了元魂。我想知道祖母说的故事是不是真的。祖母一边纺线，一边断断续续给我讲三魂七魄的事。她说每个人都有三个魂儿，一个叫胎光，是从娘胎里带来的，是人的阳气，人的命势；一个叫爽灵，是从爹的血脉里传来的，是人的慧根；一个叫幽精，是人身上藏的阴气杂念。祖母说，幽精平时被胎光镇着，人的灵气足足的，要是一拍相片，胎光就给吸走了，幽精没了镇压，会出来啃人的慧根，人被啃了慧根，就会发痴。祖母的絮叨让我惶惶不安。我看着相片，想起照相机黑洞洞的镜头，一时三魂凌乱：那东西会不会来啃我的慧根，我会不会发痴呢？

而我从大人的评语中反复获得的对自己的印象，正是那个黑白小人儿的底片。家人和邻居扎堆儿聊天，常常拿我和病弱的姐姐做比较。姐姐的性格被称为"志"（意为懦弱、胆小），我被称为"歪"（意为脾气坏、不乖顺）、"势强"（意为霸道）。常有邻居跟我家大人絮叨，你家大妞性儿志，二妞可不敢惹，歪着呢，比个小子还势强。家里大人也不卫护，就笑哈哈地承认，可不，歪着呢，一天到晚就她难缠。他们数落着我的种种劣迹来印证我的"歪"和"势强"，说一阵笑一阵，像在谈论着一桩桩传奇。一个人来疯的孩子对这种谈论很是得意——这些言谈貌似哂笑，骂骂咧咧，在她听来却像是赞赏。她简直要努力让自己匹配这些评语。

我常常替人打抱不平，偶尔因对手太强大吃了亏，也绝不叫屈。我乐于在大人面前炫耀，放学路上把谁揍了一顿，在课堂上怎么捣乱，等等。我的讲述会略过心里的打鼓和踌躇不前，略过对方的挑衅和拳头，略过把别人打哭以后的心软和后悔，略过老师的责罚，只描述我是怎么欺负人的，直说到大人的巴掌就要拍过来，才扬扬得意地住嘴。别的孩子受了欺负总是找大人告状，让大人帮着讨回公道。这种事我可不干。我羞于承认自己的弱，任何时候都不为自己辩白。只要有人到家里告状，大人问都不问，便断定又是我欺负了人。他们嘴上作势骂着我，拿出家里好吃好玩的送给"被欺负"的孩子做补偿，向人承诺"好了好了，回头打死她"，等人走了，倒也并不认真责罚，顶多朝我脑门上戳一指头，"把你势强的！"仿佛他们也看穿了，我的"势强"不过是虚张声势，这"势强"后面还有东西，被藏着掖着，他们知道，但也懒得计较。

我常在没别人在旁的时候拿出那张相片悄悄端详。黑白小人儿的脸像一枚鸭蛋。眉毛又细又淡。眼神儿躲闪。笑得外强中干。站在那里好像随时准备往后退。真屄，我想，太屄了。我找出一支黑色圆珠笔，给她加了两道笔直上挑的眉毛。

这一下，一切都对了。黑白小人儿面目焕然一新，一下子成了戏台上的武生。他穿铠甲，戴羽翎，横刀立马，威仪棣棣。他目光如炬。他眉心生出红火焰。

3

自我放大，也许是普遍的生物本能。连蚂蚁都不例外。它敢推动比自己大几倍的物体。有的蚂蚁拥有奴隶。哪怕有一天在凸透镜的焦点处瞬间化为灰烬，蚂蚁也不觉得自己弱小。蚊子也不觉得。它的吸血装置构造复杂，犹如一部精密仪器。一只母蚊子刺破什么庞然大物的皮肤吸血的时候，大约和我们凿通一处温泉的感觉差不多——啊，地热，资源，这些取之不尽用之不竭的红色液体全是我的。

此刻我坐在一间屋子里，在一张桌子前，像每个上午一样，灌下一杯茶，打开笔记本。但我其实只想抓辆越野车上路。过一段时间不跑跑长路我就手脚发痒。上路，走一条从未走过的路，或者重蹈曾经走过的长途，驶过冰河或泥沼，跑到人迹罕至之地，停车四顾，人迹断绝——这才是能够取悦自己的事。但这些只是幻觉。此刻我就困守在这张桌子前，对着一小方屏幕，发呆或者絮叨。我当然知道，在发呆或絮叨和肆意远行之间有大阻隔，所以对向往中的很多事，也只是止于向往罢了。在向往的荒野里飞奔意味着必须运送肉体。必须对它，对这个要吃要喝要休息要排泄的东西妥当安排。越是在刻苦的环境中你越是得像个老黑奴似的小心翼翼伺候自己。这关涉太多，太麻烦。不知从什么时候起，曾有的肆意偃旗息鼓，不知什么时候，你就从一个虚构的霸王变成了塞塞窣窣的小人。

步行上班经过的滨河公园种着许多观赏桃树。这些树每年暮春都会繁花累累，然后在枝丫上挂满桃子。那些圆鼓鼓的小毛桃很诱人，每年我都会忍不住摘一颗，放到闲置的茶荷里让它风干。北方的暮春天气总是足够干燥，用不了一周时间，小毛桃就会失去水分，变成一枚小小的木乃伊。薄薄的桃衣纹理卷曲，回环勾连。我是从十年前开始步行上下班的。自从我开始步行上下班以后，每年都会存下一枚小小的木乃伊。不用标记也可知道它们的年份。阴干的时间不同，它们的颜色也不一样。它们在一只小棺材一样的茶荷里杂乱无章地堆着，仿佛从那年以来我所经过的十个春天也这样堆叠起来，毫无章法。里面的桃核是不是还活着，我看不见，也不能推断。据说如果温度和湿度适当，桃核的活性能保持近百年，比一般人的寿命还长。可惜它们没有腿，不能自己跑到泥土里去。这活性也就只是被收藏的活性，是未必能够实现的活性。

隐形的缠裹与生俱来。在被隔绝的意义上，我们和一枚毛桃并没有什么区别：我们长在枝丫上，被阳光照耀，被虫子啃噬；我们从一朵凋落的花底下悄悄长出，长大，成熟，发出迷人的甜香，然后被吃掉，剩下核，被种入泥土，进入下一番轮回；或者像这样，刚刚长成个桃子的模样就被一只好奇的手从树枝上拧掉，被放在一只棺材一样的容器里慢慢风干，作为某个毫无意义的年份标记，或竟是作为岁月本身杂乱无章的喻体，被随意堆放。

无限轮回，或成为一成不变的仪式，看起来都是永恒的，但这也同时印证了生命的全程被动。在这种巨大的无从抗拒的被动之中，你怎么抱持始终不渝的目的？作为某种链条上的一环，作为无数个接踵而来的春天里的一次开花结果，你怎么可能另有一个与你的背景相脱节的目的？

4

不久前的一个周末，我被几个朋友拉到中原福塔顶层的观光玻璃栈道上。栈道悬空，离地 300 米。

踏足玻璃栈道的一瞬间，我大脑缺氧，意识一片空白。一阵眩晕过后，我很快回过神来。第一感觉是彻骨的寒冷。奇异的极寒瞬间灌注全身。确凿无疑，就是极寒，我被冻住了，四肢动弹不得，似乎稍有挣扎就会断裂。我感觉自己在膨胀，越来越庞大，越来越沉重。那一瞬间我记起不知何时看过的一份资料——在寒带存活的生物体形都必须足够大，要庞大得足以抵御极寒才能存活。

在足以致幻的恐惧中，我鬼使神差地想起了儿时被大人们给予的评语——"势强"。没错，我体内有一种强劲的"势"正在膨胀，它是倾向地面的，它正在把我连同这座塔，拖向地面。我被自己的庞大所累，正在不可阻挡地向地面倾斜。

每次置身某种陡直而具有透视功能的高处，比如高楼的外置电梯，过街天桥，悬崖，观光塔，山间的悬空栈道或吊桥，哦，有一次是晋北的悬空寺……每当这种情形逼近，理智便难以说服直觉。剧烈的身体反应总是让我难以再坚持要挑战自己的决意。我甚至不大敢看影视片中的楼顶打斗或游戏，更不敢看跳楼的剧情。那种情形让我感到头晕目眩，心口揪扯。我转过脸去，心里在喊，天哪，非人类。每一次由于参观而不得不走在一段玻璃栈道上，哪怕离地三尺，我都会感到十分别扭。我当然确信玻璃不会碎掉，但是直觉却不吃这一套，直觉在报警，提着的心就是放不下，我难以自禁地觉得一脚踩下去玻璃会裂开。

我记得父亲病故之前，我们带他到开封去玩。在通向龙亭的台阶上，一向讲究仪态的父亲往扶栏外看了一眼，竟突然恐惧得四肢着地。那时我才意识到恐高是遗传的。对陡直高度的恐惧在这个家族的血液里代代承继。与我们全部的经验和努力无关，与我们的理智和胆量无关——这恐惧，也是天赋。

在福塔顶层的观光玻璃栈道上，我清晰地感觉到自己在膨胀，立足之地开始摇晃、旋转。我额上冒汗，脸色发白（别人事后的转述），像个病人一样倒了下去。倒下时隐约听见一个声音：不要向下看，不要向下看。

我在朋友的声音里醒来。我努力依照他们的提醒，站直，向前看。好的，我没有膨胀，也没有坠落。但我的双腿正像点燃的蜡烛一样在熔化。过了好久（他们说，其实也就一两分钟），朋友们一边一个攥着我的胳膊建议，来，走一步。我勉强站起来。我看了看，退回去更近，只有两步。于是我退回去了。

经过了走玻璃栈道的极端恐惧，我仿佛获得了对垂直高度的短暂免疫。平生第一次，我斗胆坐到了百层高的旋转餐厅的玻璃幕墙边用餐而没有感到不适。但那免疫力只持续到我从高塔上乘电梯落地。极速电梯从 101 层降到地面只用了十八秒。我看着层高显示屏，那火红色的数字迅速翻滚。十八秒的坠落，在玻璃栈道上的感觉迅速恢复——极寒，膨胀，立足之地倾斜……我走出塔楼的时候口舌麻木。

总算落地了。我告诫自己，再也不要登高了，再也不要不自量力，不要企图克服天赋，不要到界限之外的地方去。

5

相片上的黑白小人儿已经变得模糊，醒目的唯有那两道笔直上挑的浓眉。威仪棣棣。这个来自《诗经·邶风》的句子多年以前曾让我心中惊喜。从知道它的含义时起，这句子便参与了我对自己的想象：

我心匪石，不可转也。
我心匪席，不可卷也。
威仪棣棣，不可选也。

虚构中的这个人命势强劲，灵智锐利，旁若无人，百毒不侵。但是这个人啊，她却败逃过许多次。

20 世纪 90 年代，我曾经在一所高校从教七年。因为要求板书，而那所高校当时还没有升降黑板，我必须穿着足够高的高跟鞋才能对付。我不认为给大学生上课还需要板书，但当时没有别的辅助，板书于课程大纲是规定。我个子太小，即便穿上高跟鞋我的手也够不到黑板顶端。我只得踮起脚，把第一行字写得尽量靠上。90 年代初的高跟鞋简直就是刑具，细跟，尖头，鞋底和鞋帮有一种冰质的冷硬。脚很累，太累，课时连续的时候它们酸胀得似乎随时都会爆裂。筋骨的紧张从脚心一直蔓延到后脑，令人几乎难以正常思考。我只得向教务处申请，我的课程不要连排——脚踏刑具似的高跟鞋连续坚持两个课时，对我而言已经达到忍受极限。

紧张还不止于此。每逢有课的前一天晚上，我都会反复检查闹铃。上课迟到超过一分钟，便是教学事故。而我太贪睡，容易睡过头。所以要定两遍闹铃。但是有一次，两遍闹铃也没有闹醒我。我至今记得突然从深睡中惊醒蓬头垢面冲向教室的情形。那一次，我迟到了五十多秒。

更要命的是，我的秉性里似乎有一种自我折磨的特质——对于正在做的事，我受不了一处不完美。我受不了自己的讲述论据不确，受不了讲述呆板或板书零乱，受不了我的课堂上有学生走神儿或露出丝毫的不耐烦。备课完成之后，我常常靠在沙发上，把几个小时的课程默默"预演"一遍。

"预演"常常会在一些细枝末节处反复打转，黏滞许久。

沙发上的人闭目塞听，心思专注，仿佛面壁参禅。直到两个课时的讲解在"预演"中被打磨得浑圆平滑。

第二天，我在讲台上一边踱步一边东拉西扯聊大天的样子，骗过了许多人的眼睛。就连前去听公开课的老教师也觉得我的状态很放松，说，这货在讲台上大模大样，跟个收租子的老地主似的。

事实上我只是忍住从脚底蔓延上来的胀痛，把默默预演过的过场——那些层层叠叠的一二三四，那些衔接和转换，那些典故，引述，以及为着逗乐的装傻，又过了一遍而已。很好，我感觉到了，台下的每个人都被我带着，没有一个开小差。他们专注而且惬意。随时会有人扔出问题。这些或呆傻或刁钻的问题，都被我预料到了。

这外强中干、自欺欺人的状态弄得我苦不堪言。后来，当我突然提出离开高校跳槽到一家机关单位的时候，许多人大惑不解。高校收入尚可，稳定，清闲，被认为是最适合女人的职业。离开高校到一个并不显赫的机关单位，貌似脑子进了水。谁也不知道，自幼以来伪装的势强，那硬撑的虚荣和难以言表的力竭，让我有一种恐高般的致幻感。我需要的只是想象中的机关工作的闲散——可以坐下来工作，不必穿刑具似的高跟鞋，不必连续几个小时把自己摆在讲台上被众人注目，不必在上班前一天晚上反反复复预演，不会一不留神就酿成责任事故。就是这些几乎不能构成理由的理由，让我毫不犹像地跳了槽。

所有的撑持和逃脱，都印证着看到相片的第一眼所获得的直觉：我跟我的幻象。一组叠影。两个互不认账或互相抵消的人。

6

从幼年开始被反复怂恿的"势"仿佛一直在积蓄能量。一种不可思议的势能，它的起点在云霄之上，它化身为格外旺盛的精力，化身为百死不悔的执意和近乎轻妄的自信，暴雨一般迎头落下，强悍，不容置疑。似乎总也消耗不尽的精力四面流溢。而任何一种念头，一旦兴起就不可遏制。

充沛的精力导致的芜杂，和某种对于空旷的嗜好往往势不两立。许久以来，我不停手地为自己增加着什么，有时是学历，有时是职位，有时是对某个陌生体系的了解和掌握，有时是某个交往圈子，有时是虚名浮利，有时是和衣食住行无甚关系的物件。同时又不能容忍赘物，不能容忍悬而未决的问题。我像个最新版本的杀毒软件，对一切"多余的东西"——某种令人不堪忍受的物品，某种令人疲惫的人际关系，某种实在难以热爱的事务，等等——实施着凌厉的不留余地的清理。这相互撕扯的秉性早已掌握了我。

莫名的厌倦总会累积到令人不能忽略的地步。我总是一厢情愿地估计，厌倦会在我的压制下自生自灭，但也几乎每一次，厌倦都不曾自生自灭。厌倦不仅累积，而且化合、膨胀，结果必是一场恶劣的爆发。这样的爆发规模并不大，也并不总是有显而易见的形式，所以，看上去仿佛什么也没有发生，但我已经与某些事物之间划了一道界限。我很难跟什么人天长地久地相处，除非距离足够远，不常见面。为了减少别人的不适，我只好事先声明我的喜新厌旧，我对于间距的爱好。我深知自己缺少耐心，不具备始终如一的禀赋。我很容易在一种旷日持久的相处中变得不耐烦。开始总是热情洋溢。热情澎湃而来，有时候连我自己都觉得不好意思，但是，热情依然澎湃而来，难以克制。因为太猛烈，热情很快就用完了。这时候我才能冷眼看人。到了这个时候，疲惫往往也来了。开始，对方会被我的幻觉自动美化。但幻觉很快便会消失。眼睛一冷，我往往被真实的情形惊住——居然是这样的吗？这怎么可能呢，我居然沉溺其中？尽管对方并没有错，对方也没有改变，但我被幻觉消退后的景象所打击，必会惊惶撤退。

在一番番被热情虚构继而被气馁拒认的友谊或爱情里，必然有一些，或全部，或局部，是认真的吧。但是幻觉消失的时候，那曾经含在虚构中的认真，也仿佛成了不堪斟酌的拟真。

一年春天，为装修位于贾鲁河西岸的新居，我与一家装饰公司签下合同。从形式上看这家公司做事很规范。他们对每位客户都会通过微信建一个服务群，群成员包括老总、分公司经理、设计部经理、设计师、设计师助理、工程部经理、监理师、工长，还有客户。但这差不多只是个形式，真正打交道的也就是设计师和工长。

设计师的职责似乎只是诱单。合同一签，设计师亦步亦趋的殷勤立刻消失。还有别的单子没有签下，比签下的单子更紧急。他一边支应着尚未签约的客户，一边找各种借口拖延开工。而工长的忠厚之下埋伏着刁滑，他一路不停地建议，把建筑原件拆除换成他们的，加电路专线水路专线，这里拆一堵墙，那里砌一堵墙……不来？好吧。活干完了，他自作主张改了，加了，一脸无辜地说，记得跟你商量过的呀。浅灰色木纹砖本来素净淡雅，贴好一看，所有的缝隙都是雪白的，木纹砖贴出了水泥砖的效果。他又是一脸无辜，厂家的勾缝剂就是白色的，我们只能有什么用什么。然后建议，要不要加美缝剂，改成什么颜色都行。他们操心的只是每个环节有多少利益可图，怎么才能赚到最多。这也没什么，毕竟人家为的就是赚钱。可恶的是他总企图愚弄你，逼得你不得不见招拆招讨价还价。

算计实在是太败坏人的心情。即便如此，我的注意力也不可能穷尽每个细节。于是，双控布线遗漏了走廊灯，几处进出水接口因开槽深度不够因而微凸在墙面上，小吧台杯架因为进杯槽宽度不够，所以我的酒杯统统不能悬挂，热水器与出水口的连接位置算错因而不得不加十几厘米长的明管，诸如此类。

我不知道还有多少如此这般的旮旯会溢出预估。能自己修正的我就自己动手修正，不能自己修正的我也告诫自己尽量忍着不去做无谓的啰唆——木已成舟，说也无用。何况这样的粗陋和不方便几乎遍及各种事务，可以说是缺陷，但因为大家都能将就，也可以不算缺陷。如果你对所有的小毛病不将就，那就会显得太挑剔。挑剔是一桩累及人品的秉性，在伊城，这秉性被叫作"各色"，意思是认死理，不宽容，和众人不一样，不好相处。这么一来，你还敢认真吗？

一般而言，如果跟对方难以在一个基准线上对话，那最好不要在需要高度默契的事务上合作。避免不对等的合作，也许是最灵巧的回避了——我认真我的，你敷衍你的，彼此不聚头，也就不至于因此自坏声名。但事到临头，我总是先信了人的表态。不得不承认有些人特别善于事先承诺。你面对那么动人的表态，不相信简直纯属心理阴暗。

唯有在邂逅极少数的事物时，我的挑剔才会得到呼应。极少数的事物，有时候是一款材质精良的厨具，有时候是一支无损音质的《虚构》，有时候是一片瓦蓝如洗的天空。我们尽管不一样，但也总会有对某些事物怀有同感的时候。用过那样的厨具之后你也会扔掉所有粗制滥造的厨具，听完无损《虚构》之后你也会受不了哇啦哇啦大叫的狰狞乐曲，你也会明白，尽管美好事物是罕见的，但遇到它们的每一次，都会让人确认"挑剔"与"刻薄"的道义。

粗劣依然无处不在。粗劣并不因为我的不容忍就会减少。生活本来就被固定在这个当量之内，纵然百般着意、斤斤计较，事情也还是会按照这个当量固有的水准去展开。也许，和我匹配的就是这种漫不经心，这种煞白的地砖缝，意思拧转的记录，勉强达到流畅级的音乐，总是被雾霾遮蔽的天空。很多时候，他们解释，都是这样的，别人都没说这样不行。我注意到了，有太多的"别人"比我能将就。但我还是忍不住要说出那两个显得刻薄、不讨人喜欢的字眼——不行。我说的"不行"太多了。在越来越多的不一致中，这些"不行"、不认可后面，往往跟着别人的愤怒和我的自疑：所有的不满意都只是由于，这些事情所达到的水准跟我心里那个标高有距离。那么凭什么，在我手里的就是标尺？

7

也许正是因为这份刻薄秉性，我开始认识卫玢的时候，恍惚遇到了另一个自己。在许多沸反盈天的热闹里，卫玢都是沉默的，从不主动交流。但凡开口，必是一语中的。我对这个话少的人有一种近乎尊敬的友谊。

卫玢跑过许多远路，而且车技过硬。我因此把他拉入了"七人行"。"七人行"是一个人员固定的自驾越野小组，每次出行带两部车。卫玢加入后，提出愿意独力负责团队后勤。两部车、八个人的补给说起来简单，但因为每次行程漫长，且往往途经不毛之地，所以，这是一件相当麻烦的事。虽然费用是分摊，但卫玢常常自己花钱贴补，尤其是一些非必要的补给，比如烟、酒、随身救急小药箱、环视太阳镜、频谱护膝，都是卫玢自己掏钱为大家添置的。开始大家还客气着，后来知道了卫玢令人瞠目的家底，也就不再虚套，什么时候缺了东西，就朝卫玢喊：总管，烟没了；总管，酒没了。随着卫玢的加入，越野小组出行途中的生活水准有了改善，在出行路线规划上也减少了一些补给上的顾虑。

　　团队名称已经用惯了，并没有因卫玢的加入而改变。由八个人组成的"七人行"团队有一阵子变得气氛热烈，热烈得让我有点不适应。不知为什么，我总觉得人和人之间这样的热烈是不能长久的，不过我倒也惬意于这种热烈。毕竟，一个热烈的小团体，让人觉得有一重结实的依靠。

　　随着交往渐深，越野小组里的人对卫玢的额外付出由最初的感谢到理所当然，再到习焉不察。最后，卫玢的额外付出成了义务。偶尔缺了什么，总有人半开玩笑半当真地对"总管"表示不满。卫玢跟他们不一样，不习惯当面辩解，更不习惯把不满表示得那么明确。卫玢表示不满的方式是，每次返回伊城后跟我单独喝场酒，闲扯他的出行心得。这闲扯里面当然包括了人物品评。沉默的人眼睛真毒。他指出某个人的不堪时总能一针见血。我一边暗暗叹服，一边惭愧自己的麻木——是啊，越野小组也和任何一个群体一样，有专注于诱单的设计师和善于耍滑头的工长，只是我没有察觉罢了。

卫玢的挑剔从不直截了当——不指向当事人，而是跟我聊聊就罢。直到最后一趟同行，也没有一个人觉察到卫玢的不满。但因为这些挑剔的准确，或许也因为我自己心里潜伏着未经甄别的不满意，我受了催眠一般，用不了多久就可以完成印象转换。远行团队的人都感觉到了这种生分。这生分仿佛会传染。生分也在他们彼此之间扩散着。谁都不知就里。他们把这种匪夷所思的隔阂归结为"缘分已尽"。"七人行"出行的人数渐渐减少，乃至不得不解散。

"七人行"解散以后我总是回想起那些一起走过的长路。我兀自伤神，也常常无端想起卫玢眼神里偶尔出现的空白——我把那种含意不详的眼神称为"空白"，因为我难以理解它的含意，还因为每当那种眼神一出现，我都有一种直觉：谁又做错了什么，或说了什么讨嫌的话。

最后一趟出行只有我跟卫玢两个人。我们打算先到西安，加入那里的陕甘青越野大队，穿过秦岭和青藏高原到可可西里去。除了又加固了一下越野车，途中所用装备单子是我列的，卫玢一样一样细心备齐。车到豫陕交界，我们停下来加油，在一家小馆子吃面。服务员放下碗筷刚刚转身，卫玢拍下一张百元钞，拖着我就要离开。我问他要干吗。卫玢说，你没注意这女的看人的眼神？我真怀疑这是家黑店。我回头看了看。那女人身形不错，走动起来风摆杨柳。挺好看的，我说。卫玢很惊讶，你没注意她的脸？一脸贱相，像个鸡。

那一刻，我又一次注意到卫玢的眼神。那种曾经多次出现的神情，我一直称为"空白"的神情，在那一刻又出现了。只不过那一次因为针对外人，那种含糊其词的"空白"陡然间显得含意清楚。

一瞬间，我觉得筋骨发凉。完美的卫玢看不惯一切——太热情或太冷漠，太直爽或太世故，太殷勤或太骄傲，太钻挤或太敷衍，太正经或太不正经。我不知道我是哪一种。而我正在适应这个完美的判断系统，努力成为一个"没有毛病的人"，同时，也在不自意中成为一根企图丈量别人的标尺。这画地为牢的一年，我从自己的朋友圈中减去了"不像样"的队友，"不像样"的同事，"不像样"的同学，"不像样"的爱人。直到，在许多个午后或者夜间，我从睡眠里醒转，第一念竟是觉得自己"不像样"。

8

当梁奚一直挂在嘴边的攀登雪峰成为一件对我而言再也不可能的事，当不得不说出"你自己去吧"的话，我正窝在沙发上进食。梁奚开始很惊讶，因为我很少说这种打退堂鼓的话。我又说，我爬不了山了，再爬腿就废了。他看了一眼我正在揉着的膝盖，无所事事地环顾四周，只是摇了摇头，仿佛是对我那句话的回答。

身体之内的渐变正在显现它必然的形状。身体变得沉重，又或并非更沉重，而是身体的"势"改换了方向——它正在沉坠，与攀登反向。身体正在降落，它对所有的高飞便不再产生同情。这由衷的不认同，这对于当初的背叛，与骨肉的衰竭相伴生，完全不受意志的左右。

没有什么比身体的局限更能让人尝到拘束于牢笼的滋味了。但是我不得不承认，我已经没有气力再跟从梁奚他们那样的生活。准确地说那是一种"反生活"——在没有目的地的长路上，在宿营地，在筹备中或者休整期，破釜沉舟，义无反顾，永远不会消停。我不得不试图和这副动不动就出故障的躯壳妥协。我摸着弯曲一下都会疼痛的左膝。我的确跟不上那些行动迅如疾风的"野人"了。

那时我并没有意识到面前这个野人也有属于他的局限，我不知道某个海拔高度和气温刻度，将成为他的围墙。那时的梁奚只是摇头，没有说去还是不去，没有说一个人去还是一群人去，更没有说他要跑到自己的极限外面去。

我曾对精神或灵魂之类的玄虚之物坚信不疑，以为人的判别力和意志力即便不能穿透一切，至少也是可靠的盾甲，足以抵挡一切对于自我的侵袭。只是，当身体在时间之中慢慢沦陷，那些被高举的附着物竟也随同沉落。毋庸置疑，人对这个

　　鲸鱼的声音频率一般只有15到25赫兹，它们的听觉也大致只能对这个范围的声音有反应。而这只灰鲸的音频高达52赫兹……没有同类能够接收到它的消息。相应地，它也只能听到自己这个音频范围内的声音，而接收不到15到25赫兹的音频信号。52赫兹的音频，成为一道阻隔在它与同类之间的无形的界限。

世界的感受和认识，人对他人的好恶，都在随同身体转变。橘生淮南则为枳。正在衰败的身体之内，生长出来的是退守与防备。被我们企图一分为二的东西原是荣枯一体。它们甚至不是同一个体的内外面，而只是我们对同一个体的不同称呼。所谓精神或灵魂，就窝藏在体内的每一枚细胞之内，在肉眼不可见的分裂或收缩之中，犹如疼痛或饥饿，不是身体的衍生物，而是身体本身，是身体的枝叶上泛出的颜色。

人生到此，我才真的认清了那个被戴在我头上的"势强"。

那个亦贬亦褒的评语，从来就不是指称我的力量，它指称的是另一种东西，一种由身体的蓬勃旺盛而自然形成的胆气和执意，一种由内而外的冲击，一种澎湃不可阻挡的生长，犹如火山灰冲天而起，犹如洪水决堤而下，建设，也毁坏，浇灌，也淹没。这箭在弦上的"势"，从一个健康皮实的孩子身上生发而出，一定曾让大人们暗暗感到某种含着醋意的欢喜，哦，这不知死活的孩子，好奇，生猛，什么都想试试，什么都敢招惹，磕破了头也满不在乎，吓破了胆也咬牙不认。这让他们的谈论充满了惊叹：哈，这孩子，歪着呢！

奔流浩荡，泥沙俱下。那一往无前的猛势终于在辗转跌宕的长路上慢慢耗尽了力量。湖池澄净，水草蔓延，鱼虾滋生。一个少年，一个混账放肆的孩子，很快成为世事洞明的成人，再成为盘根错节的老者。

说出告别的一刻牵肠挂肚。难以确知是什么导致了他和我的不同，但梁奚的确和我不同。他依然混沌，流势还在。很难想象这样的人也会颤巍巍地手拄拐杖昏然老去。这奇异的气势令人迷恋又惊恐。而我终被自己的力竭所困。看着这个野人，我也有一种含着醋意的欢喜。那时我想起一位俄罗斯的诗人。她耀眼的才华也终被喂养身体的力竭所困。她说，肉体是一堵墙。最后，她亲手推倒了那堵墙。

而与我们一起走过许多远路、似乎无所不能的梁奚，他在海拔 6753 米、零下 21 摄氏度的雪山上推倒了自己。

9

有一阵子我常常梦见考场。一沓天书般的卷子摊在面前。题目太多了，我一道都看不懂。我对着那些题目苦思冥想的时候，满脑子都是奶奶的絮叨：胎光吸走了，幽精出来了，慧根被啃了，人就发痴了。我想我是痴了。梦中的考卷上文字消失，文字化为一幅画像砖拓片，拓片上有一棵根系婆娑的小树，我认出那正是我的慧根，它正在被一只状如海马的幽精慢慢蚕食。终场铃响了，我在白卷上写下我的名字。我的名字总是由一些神符般的密码构成，我的手写下名字时仿佛被外力操控，我看着自己写下的名字却不能辨认。

梦境的奥义难以分析。自幼至今，从未有什么考试让我感到过困难。除非故意自黑，我的每一场考试成绩都堪称"无损"。仿佛特为打击我的自负，梦中考场上那一沓天书般的卷子，终于把我难住了。

像梦中考场一样让我沮丧到自鄙的事常常突然降临。一次网络故障就可以彻底制伏我。故障像一座隐形的王屋山，挡在我正在走的路上。这是一座符号的王屋山，我丝毫不理解它的运作系统是怎样指挥了这场罢工。我不知道在这些错综复杂的电线与接口之间存在着怎样的逻辑联系。重复连接的尝试经过了所有可能的路径，错误提示始终不变。沿着错误提示追索下去，我一趟又一趟绕回最初的问题。那时候我一再想起让我交了白卷的梦中考场，我意识到的确有太多的题目是我不能进入的，那棵根系婆娑的小树在这里没有延伸它的枝丫。而这样如入五里雾中的绕圈，办公室的小孩一下便可跳开。他随便动了几个键，拔下某个插头再接上，故障排除了。我看得明明白白。在问题又一次出现的时候，我原样操作一遍，却一如既往，坠入那个永远不得其解的雾幔之中。其实完全可以放下它。但平地生波的故障像一片荆棘在胃部倒伏。那里有一大团郁闷结成了硬块。

我执拗于独自打通这些关卡，即使这种打通毫无必要。被阻隔在自己并不曾设立目标的路上会让我懊恼不已。我坚信是有通途的，而且，我毫无根据地觉得我能找到，就像在梦中考场上我会面对一堆天书般的题目坚持到终场。终场铃在我脑中一遍遍响起，我跟那个路径之间依然隔着鸿沟。我跟我企图要

解释的物事之间语言不通，只能平白猜测。我甚至不了解题目
设置的前提。为什么点击一个客户端，无穷的信息便会在我眼
前展开？在信息源和我手掌下的鼠标之间，都经过了什么？某
个闪念，怎样经过这些错综复杂的传导化为可以瞬间被解析的
文字、图像、视频？智力在这样的雾幔中左冲右突而不得其
门。所有的努力都只是在题目的外围转圈。

这是一种极少经历的、令人无可着力的失控，犹如溺
水——我凭着对自己水性的自信游到了一处深不见底的水域。
水势浩荡，而我的力气用尽了。大水簇拥，举起我的脚，按下
我的头。枝丫婆娑的小树在无形无迹的迷宫中倒伏。命势衰
弱，杂念丛生，灵智隐蔽。

的确，有太多的事物远远大于我，有太多的题目是我不能
进入的。形形色色的梦中考场正在毫不留情地打击那种虚构的
"势"。它们会以乱码般的语言系统，把我变成一个根本不具备
对垒资格的局外人，一个貌似势大力沉却无从措手的莽夫。

10

第一次想到时间的虚妄，是在新疆上空，在西行的飞机
上。彼时晴空万里，透过舷窗向下看，入目的是灰红色背景中
大片大片的蛛网般的白色线索。蛛网是不规则的，线索的走势
类似国画的披麻皴，气势夺人。那是山脉间已经干涸的河道。

在这些自然弯曲的河道之间，偶尔会出现一段笔直的拉链般的色线。那是人工开凿的水渠。然后是断断续续的红色凸起，是传说中巨大的火焰山。

仅仅用了十几分钟，那些曾需要数载苦行才能翻越的山脉便在下界晃过，让人觉得"天上方一日，世间已千年"并不是神话中的虚构——并不是飞机的速度有多快，而是天上相对于世间，距离是浓缩的，正如地球自转中的两极相对于赤道；进而，所谓"时间"，在"天上"也浓缩了。

我们寻常所说的"时间"，只是在和身体的涨落动定相关联的时候才有意义。在我们的身体之外，存在的只是星辰的位移。在浩瀚不可思议的太空中，有几颗与我们息息相关的星球——太阳、月亮、地球，它们的相对位置决定了我们的年度、季节、昼夜、时辰、分分秒秒。"时间"存在的全部证据，不过是太阳的出没，月亮的圆缺，钟表指针在表盘上重复转圈，以及，一个人或一些别的生物，出生了，长大了，老了，死了。

更远的那些星辰离我们有多远？那种令我们终此一生也不可能看到尽头的距离，只能使用光的移动来描述。我们依附其上的这颗星球正在围着太阳转圈。光也出发了。这颗星球兜转一圈，光也向那颗星球的方向行进了一年。这种可以瞬间穿越三十万公里的无形之物，在奔赴某颗星球的长途中走了一年，却还在这段路程的起点。一种特殊的光——我们的视线，正在投向某颗米粒般的星球。视线穿过的空间只能在想象中展开。空间展开的过程在不可思议的距离中仿佛失去了尽头。

看星星，意味着一个过程的无穷无尽，意味着时间的不存在，意味着我们对于这个巨大背景的双重失控——不仅不能思考，甚至不能眼见。这不可泯灭的隔阂，是意识对于物质世界、对于一切无限事物的缴械。唯有在这种遥远得令"视野"一词不再成立的空间中，时间才会被怀疑。

这怀疑从接触天文课的第一天就开始了。我盯着黑色背景中的太阳系模型，用力想象在那个乒乓球大小的蓝色球体上，我在哪儿，有多小。我想起小数点后面若干位的小数。再远一点，这个星球也像我一样渺小，小得可以忽略不计。在那些模型旁边，所谓语文数学物理等，都只是我们的煞有介事。江畔何人初见月，江月何年初照人，都是不成立的问题。人和天体太不成比例。

我们这个物种所经历的全部所谓时间，都不够用来让一个人的视线到达某颗星球。很久以前，每到满天星星的夜晚，看着那些大大小小的米粒般的亮点，我总会被一种莫名的恐慌所包围，仿佛早已窥见了人世的轻忽与偶然。如今我陷在雾霾里，偶尔才能看见它们。我正在看着的是它们曾经的模样，是人类没有出现以前的模样，就是说我和它们并不在同一种时间之中。或许此刻它们已经消亡了，我看到的不过是它们消亡以前投射的光芒。那么，我和它们也不在同一重空间里。从始至终，我们一直处在这样的隔绝里，在这庞大得不可思议的诡异中，在一种绝对的被动里。

所谓时间，正和一切在视野之内的存在一样，只不过是虚拟中的又一道围墙罢了。

旁骛

1

　　该戒烟了，我警告自己，当一种事物开始显示出让你欲罢不能的架势，你就该控制和它的距离了。你不主动控制，就会被控制。任何一种令人着迷的东西都是旋涡，要在它们将要把你裹挟进去的时候果断撤离。我把烟移到离工作台远一些的地方，放进抽屉，上锁，不让自己伸手可及。胥江看着我做这一切，只是笑，一言不发。然后，他拈起工作台上的 ZIPPO，咔嗒一声打开。ZIPPO 的蓝色火苗在点燃烟叶的一瞬间变成金黄。

如果胥江上午来，我会直接给他找几本书，让他到另一个房间去看。后来胥江就明白了，我上午喜欢一个人待着。唯有在上午，在每天太阳升起、阳光越来越强烈的这个时段我才能达到自己满意的状态。无论如何，阳光都是一种充满希望的东西。它会激发你的兴奋，在体内唤起某种不可知的雀跃感。太阳在升高，屋子里越来越明亮。我感觉自己就像一株正在发生光合作用的植物。我用茶水一杯接一杯为自己灌溉。能量通过十指，通过键盘，源源不断地输入一份文档。字里行间氧分充足，又清新又辽阔。它在成长，它迅速长成我心中期待的模样。这种状态一般持续到午时过去。午时是我的本命时辰，我乐于让自己在这个时辰处于生发状态。偶尔我也试图让这种状态向两边延伸，但一般是不成功的。我试过更早一点起床，结果是整个上午昏昏欲睡；而一旦午时过去，位于高层东户的房子里很快暗下来，光合停止，能量耗竭，下午就只能用来睡觉。在午后睡眠是多么安泰的享受啊。在不用上班的下午，我会睡到暮色降临。睡眠犹如另一重阳光，犹如光合之后的暗反应。我睡饱了。屋子里半明半暗，犹如阴阳交界。我喜欢在这种暧昧之色里延宕一会儿，然后，这一株充满能量的植物开始四处移动——洗漱，下楼走路，看书，看电影。

不知从什么时候起，一日三餐变成了两餐。食欲似乎在衰退。这是唯一让我觉得愉快的衰退。但对于其他方面的衰退，我也没有格外不愉快。衰退是在注意力之外发生的，所以也无从不愉快。詹姆斯·伍德说，人只有在回顾的时候才能看见故事，而当时，人仅仅是在事例中度过。这没错，我们的全部当下都陷在事例中，陷在零碎、没有预见、没有特别意义的事例中，我们经过某些时刻，漫不经心地做出某个决定，丝毫不觉得这有什么重要。但当我们蓦然回首，才发觉原来事情在某个丝毫不曾引起注意的时刻已成定局。犹如亿万年前，蓝藻呼出的氧气无意间造成了大气层，海底火山形成的白烟囱无意间造就了生命。我的一举一动，由于时势的推波助澜，也会在某个瞬间，在我的注意力之外造就点什么，或者毁坏点什么。这样的事一直在发生，只不过我们未曾觉察罢了。

胥江会在午后一点准时把两盘青椒牛肉炒面放在吧台上，再把我拖离工作台。

胥江来这里为我做午餐有好一阵子了。并不是天天来。不时来，断断续续地，没有规律，让我觉得他总在这里晃。有时候胥江会问，他不来的时候我会不会忘记吃饭。其实偶尔忘记吃饭也无所谓。我们吃饭已经吃得够频繁了。但是胥江说，饮食还是要规律。他觉得一个人不像大家一样按时吃掉三餐有点不正常。胥江热衷于让我正常起来。他把我介绍到他那个正常的社交圈去。他们衣着规整，器宇轩昂。他们习惯于早睡早起，白天工作晚上休闲，习惯于周末晚上聚会喝酱香酒，谈论各级官员任免的小道消息，吃少油少盐新鲜浅加工的健康食品，比如茶餐，分例小火锅，素斋。胥江到我这里来聊天的时候面目家常，又松弛又沉默。我说，你和那个场上的胥江仿佛是两个人。胥江说，他做过一次脑部检查，检查结果是，他的左右脑是彼此隔离的。

如果不是也听别人说起过这样的话，我会觉得他在发神经。但我还是感到不可思议，觉得这种话像个玩笑。但胥江说起这话时候的神情一点也不像在开玩笑。何况他又这么正常。这意味着我面前的胥江有两个大脑？进而，在我面前的这具身体里面有两个人，两个胥江？我想起那些人格分裂题材的好莱坞电影。在一部影片中美国人让二十四重人格挤进了一具躯壳。主演的角色转换比变脸还神奇。那片子简直要把我看疯了。这种多灵一体的生命，算是一个人的分裂还是多个人的集合？是作为"他"还是"他们"？

但胥江跟异想天开的美国人不一样。他从来不玩这么疯狂的游戏。他的话至少让我觉得可以信以为真。但如果左右脑同时在想着截然不同的事，或者对同一件事有着截然不同的判断，他也会跟自己战斗吗？我想着这件事，打开锁着烟的抽屉。我问，坐在这里的胥江是右脑控制的胥江还是左脑控制的胥江？胥江回答，应该是全部的。他顿了顿，确定地说，坐在这里的是全部的胥江。那么是谁给出了这个答案，左脑还是右脑？我看着他笑。我心里对什么有所怀疑的时候，总是情不自禁地微笑。这种微笑会被现场照片记录下来，被说话的人看到。有一次，正在我这么笑着的时候，有人把一块小圆镜子举到我面前。我看到了自己的表情。虽然只有一瞬间，但我还是不得不承认，在别人说话的时候那样微笑，的确有点不善良。每当我无端发笑，胥江也会局促不安。现在胥江盯着我，语带愠怒：你不信，那就算了。

我开始吸今天第二支烟。说过要戒的，可是忍不住。我是个意志薄弱的人，我想。我总是在一种想法和自己的惰性之间摇摆不定。有时候我也觉得我的大脑里面有两重意志在纠缠——右脑制定了严格的作息时间表，左脑却不愿意指挥手脚去实行。我对胥江解释说，我只是想不明白，有两个胥江坐在我对面，却依照一套逻辑跟我说话，这是怎么回事？比如现在，你两边都在生气吗？胥江自己也点了一支烟。他狠狠地吸了一口，说，好像并不是……反正你也不信，算了，别这么刨根问底的了。

2

祁连不停地清理东西。他最近爱上了"断舍离"。祁连温言软语列举着"断舍离"的物品——两条被子，一个枕头，七双皮鞋，十来件衣服，一堆摆件。他可能觉得这已经够狠心了。他假装心疼地说，七百多块的一个枕头啊姐。为了打击他，我向他列举我在上个月扔掉和送人的东西：两台旧空调，三个笔记本电脑，扫描仪，多功能粉碎机，两个面包机，微波炉，电磁炉，电陶炉，洗碗机，迷你消毒柜，电热咖啡壶，电热茶壶，两个空气加湿器，一个储物柜，还有百分之九十的照片——纸质的和数码的。

祁连一听就急了。照片不是别的呀，祁连嚷嚷道，你想想，照片是我们的个人史，况且，数码照片又不占地方，你清人家干吗呀姐。祁连说话的腔调总是弄得我一身一身的鸡皮疙瘩，让我总想动手把他那身男装扒下来，给他换上一条曳地长裙。我说，我就觉得这个"人家"太占地方，就想把这个"人家"清了，咋的了，犯法啊？

事实上，合影照片里有很多人我已经不记得是谁了。历史分分秒秒地生成，留下再多的物证也不可能全证历史。当时那么一拨人，就那么欢呼雀跃地挤在一起合影，看上去挺亲密的，但是当时都干了什么，说了什么，那是什么地方，是哪一年，都模糊了。那些情景便成为赘物。下手清理的时候毫不犹豫。我很快把个人的图像历史化为简史，然后化为编年史。这清理恍若一场逆时划桨。在这样的清理中许多时段化为空白，化为零。仿佛被辜负的时间在这样的清理中被一一退回，让我回到了很久以前。当然，这只是想象，是我的一厢情愿。

试图让时间再来一遍的努力总是含有某种深不可测的危险。J. A. 贝克追踪埃塞克斯游隼长达十年，并且用日记的形式记录了他的追踪。日记结集，就是著名的《游隼》。若干年前我就开始寻找，但直到刚刚过去的这个八月，国内才有了它的译本。近十年的等待，只用了一个晚上就看完了。或许是囿于记录文本对于生活原态的忠实，贝克的记述显得重复、琐碎、啰唆。记录呈现的画面是具体可感的，一只游隼，在空中或翱翔，或盘桓，或悬停，或俯冲到地面去猎杀小型的鸟类。俯冲而至的猛禽令食物链下层的鸟们像尘埃一样从地面轰然弹起，游隼一无所获，或者有所获，开始对它的食物拔毛、啄食，最后剩下一具鸟的骨架。总是这样的情形。时光里的一切重复都是生存的常态，每天大同小异，不留意，谁也觉察不到。但这样的重复一旦落到纸上，简直让人无法忍受。日常事物的变化是需要经过很长的时间才能觉察的。十年后，当他回头看时，意识到原本适合游隼生存的环境已经变得相当恶劣，而他本人不知什么时候开始陷入游隼的意识：看到血会兴奋、激动、贪恋；会在幻觉中俯冲向猎物，并突然意识到自己的重量；听见人类的声音又厌恶又恐惧。

看着小山一样堆积的照片，我被自己的无聊吓了一跳。关于时间的许多记录也和用旧的器具一样，它们只是在那里摆放着，显示着生活内含的重复与无聊，但你永远也不会再使用它。能够辨认的照片作为我曾经到过哪里、做过什么的证据，也是大量重复的。其中的大多数，会让回顾化为一种难堪。有太多的现场我只想忘掉，一眼都不想多看。

号称正在"断舍离"的祁连竟然对这些东西恋恋不舍，让我很是纳闷。你没有反省过吗？我问祁连，我清理的不过是死去的角质层，你清理掉的却是肌肉，比如你清理你的朋友圈，清理得是不是太狠了？祁连受了委屈似的跟我嚷嚷起来，你不知道啊姐，那些人太气人了，我真的不能容忍那些人滞留在我的朋友圈。我意识到自己的失言——我戳到了祁连的暗伤。那些人挤对祁连的理由简直匪夷所思。那个娘娘腔，他们这样说。无论祁连说什么都会惨遭奚落。一句话别人刚说过，哪怕人人都在说，但只要祁连重复一句，那句话立刻就成了笑话。

这种群起而攻的情形常常让我想起小学时代的孩子帮。班上总有一个人被孤立。孤立一个小孩的原因往往并不是这小孩招惹过谁，而是由于一个极其偶然的因素，比如这孩子刚从外班转过来，比如这孩子的脸上有个疤，甚至只是由于这孩子有个不太好听的姓氏，于是这小可怜儿先是遭到个别孩子的嘲笑，继而，某个性格强悍的孩子纠集几个孩子商量，从明天起都不要跟他说话。于是第二天，一帮孩子都不跟那个小可怜儿说话了。这种莫名其妙的霸凌有时候会迅速蔓延到全班——突然有一天，全班小孩都不再搭理那个倒霉孩子。很多孩子的理由是，别人都不跟你说话了，那我也不跟你说话了。祁连这样的人，带着一桩明显的"不一样"，一桩无法自己纠正的罪过，一个不讨人喜欢的疵点，很容易被"全班"孤立。看着他一脸无辜的样子，我想说一些水至清则无鱼人至察则无徒之类的道理，但又觉得那道理混账得让人恶心，就忍住了。

跟祁连这样的人相处久了，会在不自意中采取他的角度。

祁连清理掉的那些人，有一些着实挺可恶的，我也不大愿意搭理，只是我觉得没有必要像他那样表明。所谓至清至察，我不想做，也根本做不到，尽管我也不确定那些混水里的鱼和浑浑噩噩的徒有什么意思，但他们仿佛已经成为我的生活构成，是我全部的活动场域中不能剥离的一部分，虽然那些角落喧哗、琐屑，充斥着某种令人反感的气息。

因而祁连总是愤愤不平，你总是迁就那些人，为什么啊姐。他不知道，有时候我连他也懒得敷衍。他对于一些所谓"事件"的反应正像他那改不掉的腔调一样，显示着与本性严重的不一致。除了背地里发发牢骚，任何有现实意义的事他都不会做。仿佛就这么诉诉委屈，让我明白他又一次受到了嘲笑和羞辱就够了。我问祁连，既然明知那些话恶毒，为什么就那么听着，不跟他们撑回去？祁连第一次被我问住。他的脸居然红了。他说，我说不过那些人呀姐。然后立刻辩解，老天，你怎么会造就这样的人，这么不要脸，这么恶心，我除了躲开，根本就没有其他办法。祁连看着前上方的空气，仿佛紧盯着那个匪夷所思的"老天"。什么都是"老天"的错。他抗不过，这就完了，下一次他接着忍受，然后跟我，或者跟其他什么能信得过的人发牢骚。

偶尔他的牢骚会发到胥江这里。胥江听得哈哈大笑。你不会动手呀？胥江挑事说，揍他呗。

这时候我也会不厚道地觉得，祁连实在是有点太"不一样"，用那些人的话来说，有点"神经病"。但我又深知这种"不一样"特别软弱。我眼前的祁连常常软弱得像个因不更世事而张皇失措的少年。这样的无辜和无助总是让我心软。

3

梁奚的最后一个电话，被我漫不经心地挂断了。那个号码打过来的铃声跟别的不一样，我用的是一支不知道名字的黑管独奏乐曲，我自己名之为《虚构》。《虚构》最后一次在我的手机上响起，那是什么时候的事了，我已经记不分明。后来，我在一场酒后无意间触碰到《虚构》的开关，我在那种让人软弱的乐声里再次拨打那个号码，它已经变成了空号。

梁奚是那种挺能怄人的主儿，只有危险临头才知道节制自己。但在太多的反复无常之后，我断定这种节制只是昙花一现。危险过去，他会立刻回到那种匪夷所思的状态——忽东忽西，非黑即白，极端到令人发指，却什么也没有坚持。类似毒瘾发作的极端，我在一些人那里不时见到。那种万事不容商量的姿态，不是为了辩明什么，也不是要卫护某种立场，只是表明自己持有立场。只要仔细打量，就会发现那种坚持是空心的，没有实质，甚至没有主题，那只是对于争执的嗜好。总觉得这是个不定哪天就会闯祸的家伙，却从来没想过这个人会去最高的雪峰冒险。

　　说出告别的时候，窗外的鸟鸣此起彼伏。气温还不够高，但是春天毕竟来了，这些比我更灵敏的生物都按捺不住了。我想，是时候了，我将从一种程序错乱的酝酿中，从逼真的虚构里醒转，恢复常态。鸟鸣声让我意识到我的心轻快至极。时间是轻的、跳跃的，正如那些从居所清除掉许多赘物的时刻，或那些动用强力杀毒软件清洗电脑的时刻——那些果断而极不厚道的时刻，我仿佛从"全班"认定的积习里挣脱开来，化为某个姓氏不大好听的小孩；从"人"的积习里躲开，化为箭镞般俯冲的游隼；化为冬天沉眠、春天苏醒的万物中的一分子，从泥土里拱出头来。我在案上铺开宣纸，抄那首《小雅·大东》：

　　　　小东大东，杼柚其空。
　　　　纠纠葛屦，可以履霜。

　　时间过了很久，我觉得我已经把他忘掉了。可是冥冥中仿佛有一种未曾消灭的势力负责阻止我的淡忘，仿佛故意为着要提醒我——有一天零点，手机的短信提示音响了。

　　夜半发来的短信只有四个字：生日快乐。

　　但是，他用惯了五笔，竟然把"快"字打成了"怏"字。

　　我看着"生日怏乐"四个字，心中感到可笑，又有些不明所以的哀伤。这哀伤与爱无关，与发来短信的人也无关。我已经到了知天命的年龄。尽管我始终都不觉得我离开青春有多远，但事实不容怀疑，我早已离开了青春，离开了那个任性、挥霍、无所顾忌的生命段落。现在，似乎只有这个"快"字是跟我匹配的——有点蔫巴，又有点不甘心，有点"愠怒"，又有点无所谓，多少曾经的无可无不可已经全然不可，我再也没有兴致在诸如此类的事情上费神了。

那个万事敷衍的人啊，活得像个采集时代的原始人。他日出而作日落而息。饮食偏生，衣着单薄。身材矫健，动作敏捷。极其好动，精力充沛。对动植物种类、地形、方位和道路、天气变化等有精准的判断力。能够徒手逮住一条正在浅水里游动的鱼。知道漫山遍野的野草哪些能吃哪些有毒哪些能止血哪些能驱虫。盯着人看的时候眼神直白专注毫不掩饰。温存起来像海豚，发起脾气来像怒狮。知识广博，不求甚解。沉默，更喜欢用态势语言交流。这些特征每逢走在路上的时候便可以大展身手。

我自幼四体不勤，对自己不具备的身体特征——发达的肌肉，高大的体格，强悍的体力，充沛的精力——有一种灵肉与共的迷恋。我在副驾驶位置上看着他，看他棱角分明的侧脸上那块诱人的咬肌，看他正在控制方向盘的胳膊和手，看那双奔马一般矫健的长腿，浑身奔腾的昏热让我不断地提醒自己，似乎没有理由不爱这个男人。尽管这种片刻之间达到巅峰的迷恋常常很快便会冷却，我依然确信，这是我所经历的理由最为充分的动情。他这样的人似乎还没有进化到精细的程度，不太可能有常人所谓的深情。我的迷恋也如植物的萌生、成长和衰亡，自然，美妙，平顺，单调，有注定的期限。我确信我的冷漠只是身体造成的，是体力不济的人惯有的心灰意懒。对于这种无形无迹的生灭，我根本没办法掌握。

遇到郑重的社交场合，梁奚常常会暴露潜在的虚弱。他对寒寒窣窣的礼仪不胜其烦。他强忍着不说话，正如因某个微不足道的差异而被孤立的小可怜儿祁连，他这样的人，在人群里也总是很快被作为异类辨认出来。他容易被人们正在进行中的谈话激怒，这个线条坚硬的男人常常被怒气弄得红头涨脸。本来他是好看的，但是在一屋子大腹便便的人里，这个言行风格都透着"不一样"的人总难免显得滑稽。

真可怜，我忍不住这么想，这不怪他，似乎更不能怪别人，但是，这真是可怜。我也忍不住警告自己，这根本不是你会爱上的人，你的情意只是自我瞒哄，是对欢乐和虚荣的贪慕。

昙花明灭，倏忽来去。我选中那条短信，点击"删除"，然后清空回收站。

最后一条联系他的线索就这么断了。这个号码，虽然我很久都不拨打也不接听了，但是它一直在某个角落待着，一直"在那儿"，就像一条温顺的老黑狗，什么时候我招招手，它都会摇摇尾巴跑过来。但我不想这样，似乎也毫无必要。直到几个月以后，在一个醉酒的深夜，我被《虚构》的乐声催眠，像许久之前一样抓起手机要给他打个电话，才发现那个老黑狗一样一直"在那儿"的号码不在了，它早已被我毫不在意地删除了。那时我才发觉，我竟然从来没有记住过那个号码，连它的尾号都没有记住。

醉酒的人有着神经病一样的执意。我忽然特别想找到它。我搜寻短信回收站，在数百条短信里面一条一条搜索。搜索无果。是的，我想起来我操作过清空。"生日快乐"犹如散失在宇宙空间里的飞船碎片，虽然我知道它存在，但是事到如今，我也明白，它永远也不会在我眼前出现了。我曾经以为自己爱上了的那个人，还有那个一直"在那儿"的号码——那条总是应声而来的温顺的老黑狗，他们转眼之间化为乌有，仿佛他们的出现只是我的一场想象，是我十指翻飞在键盘上演绎的一场虚构。

或许这也是天命之中的一条。它怂恿了我对于身体的仰慕，也怂恿了我的厌倦与诀别。在醉酒的深夜，我想着那个仿佛丢失于外太空的人，想着他的俊美、强悍、愤怒和局促。在醉酒的深夜，在执意平复之后，我第一次如此清晰地觉得我在"等待"。我从来没有耐心等待过什么，现在它来了，这种执意过后的平静，不着急，也不松懈。凡命中应许的，都会在某个地方、某个时候出现，它们需要等待，需要漫长的耐心和沉默。我要等过许久才会知道，命运已经在我与他之间，用一座雪山布下了屏障。

4

在某个时段我只愿意看理性贯彻的读物。在另一个时段我喜欢和地中海东岸有关的一切，无论是旧约还是民谣，是虚构还是记录。那种原因不明的热爱就像潮汐，涨落都有规律。而现在，像饿极了要进食一样，我分外想知道人作为一个物种的来龙去脉。于是书桌上堆摞起曾经看过以及没有看过的关于人的历史：从宇宙到量子，从人猿到上帝。

胥江把一瓯羹放在那摞书旁边。入冬以后，胥江在每天午后的一餐里加了一道白菜豆腐羹。我偶尔会突然感觉到饿。一贯的血糖偏低使我一旦饥饿就双手抖颤全无吃相。真是幸运，我喜欢的男人都有一手好厨艺。我吃得狼吞虎咽。胥江看看那些书又看看我，叹了口气——很轻，但我听到了。胃口不错，胥江说，太阳很好，回头出去走走吧。我收拾碗碟，说，好。胥江说，要是你愿意走远一点，咱们去看看陆浑湖。我说好。胥江靠在窗边，看着我洗碗。胥江给自己点了一支烟。我喜欢的男人啊，他们都是烟鬼。

消化一本书的过程跟消化一碗白菜豆腐羹差不多。有些营养进入血液，有些纤维清扫垃圾。有吸收也有排泄。吸收意味着有一方此前混沌未明的地界被照亮，排泄则意味着你意识到之前保持多年的某种印象，它的基础动摇或崩塌了。仿佛这种代谢永远不会停止，直到作为读者的你失去代谢能力。

关于人，关于我们这种人所隶属的生物种类，惯有的印象也会在书籍的摇撼中崩塌。我们其实和其他动物一样，和牛马、鱼虾、壁虎一样，有过不止一脉先祖。我们作为众多的杂种之一，可能还有智人之外的祖先。我常常想，梁奚这样的人和我可能不是一个物种。我是智人的后裔，他呢，也许是种属灭绝中幸存下来的尼安德特人，他的族人高大勇猛，好动，四肢发达，善于不依靠工具生存。而我四体不勤，偏爱动脑，总是要寻求助力。因为来历不同，我们不可能有骨血融合的深情。

有时候我放下一本已经读完的书，会蓦然想到它们的神奇。书中的非物质因子正如不可见的空气，在生活场域之内无处不在无孔不入。它们是怎样形成的，曾经经过了什么空间什么人？是否也不可避免地被冷待过？是否造就过什么，毁坏过什么？偶尔想起梁奚躺在沙发上捧起一本书的样子。唯有看书这一件事能让他安静下来。否则他会像一条惶惶不安的狗一直动来动去。他下楼，购物，在大街上漫无目的地闲逛，上楼，哗啦哗啦手洗衣服，咣咣当当拖地。他在屋子里东敲敲西敲敲。他不厌其烦地做菜，七碟八碗，叮叮咚咚摆满餐桌。总之他一直在眼前晃来晃去，弄出各种匪夷所思的声响。

为了让他安静下来，我只好不停地向他推荐最近看过的书。他见闻驳杂，阅读不拘一格。不要妄想随便拿一本不靠谱的书蒙他。他卧在长沙发上像一条暂时松懈下来的狼狗。他看得极快。两个小时过去了，有时候时间更短，一本书在他手里已经被翻得皱皱巴巴。我总觉得这无疑是浅尝辄止的速度，是所谓的浏览。但他又能精确地评点，顺口说出其中的某段原文或引言。就像拣茶工把一大堆茶叶迅速分出优劣，这样的阅读速度靠的也是熟能生巧。事实上我也比很多人的阅读速度快。我已经习惯于同时"吞掉"一批同类的书。现在，与《游隼》同时"吞掉"的有《沙乡年鉴》《寂静的春天》《赛尔伯恩博物志》《林中水滴》《沿河行》之类。但是梁奂"吞掉"一摞书的速度还是让我目瞪口呆。

对这样的人而言，任何一所房子，任何一种日常生活，任何一个圈子，都太小了。也许，唯有他最终投身其中的、仿佛无穷无尽的雪山，体量才与他匹配。

在我的理解中，这种无穷无尽也含有无数的重复，了解它们的时候可以合并同类项，约分，做因式分解。不需要看遍每一棵树，每一只林鸽，每一条鱼，每一道源流难辨的江河，我们依然会整全地了解自然。因而我常常怀疑不加选择地亲临现场的意义，怀疑繁复记述的意义。太原始，原始得毫无必要，尽管我们可以为这种繁复找个借口——比如美是复杂的，不厌其烦。对于大规模同类反复的事物，能用乘法或乘方，就没有必要再用加法。结绳记事的原始美感，往往被笨重的方法所累，因而会丧失令人从中获得快感的魅力。

其实虚构也是一样。每当我来一次合并同类项的阅读，每当我用一两个下午把它们成批地"吞掉"，我会惭愧这样阅读太功利，似乎书写的美意被辜负了。而如果不这样，我会感到我的注意力正在被这种重复所浪费。即使对特别耐消化的硬货，我的阅读也越来越快。我渐渐习惯于一眼撮其精要。犹如驱车上路，走过的路多了，就没有所谓生路了，而车辆也成为手脚，起止疾徐，直行弯转，全部凭借直觉，不需要经过烦琐的信号传递。

新宋体汉字在纸页上组合出无穷的意思。字里行间犹如小巷。走在其中你会不断遇到熟识的面孔。越来越多的熟面孔一晃而过。你健步如飞。常常有某种走进了同一条巷子的错觉。有太多巷子面目相像。走着走着，便会心生惶恐：会不会有一天，你发现所有的巷子不过是同一条巷子，而你不过是在重复穿过？还是这些面孔，还是这些声音，这些光斑，这些苔藓覆盖的墙壁。任何路的尽头都是荒芜。回头看看，这一世的莽撞冲突，山重水复，忐忑疑虑，心惊肉跳，豁然开朗，只不过是在一片小小的迷宫里团团转。会不会有那么一刻，所有读过的书都在瞬间化为烟尘，正如读书的你本身，再精心修炼，也不过是一步步趋向于零，像那条老黑狗一样化为无？

5

　　我也犯了和他们一样的毛病，我为这间以书为壁的斗室起了个名字——迟钝居。

　　朋友们书写的"迟钝居"摊在铺开的毛毡上。书法的正大隆重让我在摊开宣纸的时候忽然有点惭愧。把其中任何一幅字挂到墙上都会让我不好意思。一幅挂在墙上的字终会成为暗示，不管起初用意如何。如果挂着的只是一个语词，比如像这样"迟钝"，那么，它会从上墙的那一刻开始，像个幽灵似的在周围慢慢展开它的内涵。它的意指和空气一样无处不在又无形无迹，但你渐渐会松弛下来，不至于不满意自己的延宕。然后你带着这种惯性外出，你收敛你的嚣张，在许多时候不表态，不说话，甚至不出现——先是告诫自己不介意，然后，某一天又出现了类似的事，你发现自己真的"不介意"了，因为事件没有在你这里遇到感应。

　　而我起这个名字的本意只不过是对自己的概括——我觉得我的聪明止于纸上谈兵，我本质上是迟钝的，不灵巧，不机敏，反应慢，不善于察言观色、见机行事，像一块榆木疙瘩。现在，这种与生俱来的迟钝变本加厉——榆木疙瘩干透了，变得油盐不进。如果把"迟钝"挂在墙上，那就意味着我希望自己迟钝一些，或至少乐见自己的迟钝。但其实我并不乐意这样。一个对自己的迟钝感到烦恼的人，妄图用一个名字来安抚自己，这仿佛是在给自己施加麻醉，带有些自欺欺人的意思。

我把一幅幅"迟钝居"铺在板台上，比较它们的风格。书法自然都是好的。真有意思，"迟钝"这两个字，竟也可以显得凌厉，可以写得灵巧，跟迟钝的本义拧着劲，也可以很好看。

如果必要选一幅，我选金的字。金的字和她的人一样，兼有天才的灵秀和赤子般的朴拙。金长得太美了。她是与我相好的人里唯一堪称"美人"的人。也许美人天生会遇到更多的坦途，她的"迟钝"写出来，就是那种万事太平的样子，笔画缓滞，跟没睡醒的贵妃似的。这才是地道的"迟钝"啊。

金写诗，并且和许多写诗的人一样，怀有与年龄不吻合的天真和浪漫，看不见人的晦暗与不堪。

诗歌最需要敏感，也仿佛最需要迟钝。这相互冲突的秉性唯有极少数人才能兼得。因此，只有两种人是可以成就诗的，一种是拥有极其敏锐的直觉，空气里有一丝颤动都能感觉到；一种是异常的冷静，可以透过万象窥见本质——"天真的"和"感伤的"诗人，仿佛都是敏感的。

直觉力强大的人与外物没有距离，他自身就在他感觉到的一切之中，他看见听见尝到太多，他在绵密的罗织中，在不自觉中体见事物的本相。异常冷静的人在落笔之前兜转良久，作为原型的事物在他眼中林林总总经过，少有什么能够不在他的逻辑中被照见骨架，他下笔俭省是因为值得留在字里行间的事物不多，他略过所有的铺陈，只留下焦点：

　　我给你在你出生多年前那个傍晚，
　　一朵枯黄玫瑰的记忆。

而金的诗句是这样的：

　　上船吧，公子——
　　已经晚了。

感伤的和天真的他们，都不去触及底里，不交代来龙去脉。他们沉默，静坐，或在林荫路上走来走去，眼神凝滞，语义含混，仿佛都是迟钝的。

6

我从最高的架子上抽出几本书，关于陆浑。它们尘封已久。灰尘在斜射入屋的光线里蓬勃荡起。我被呛了一下。这种混合着阳光暴晒气息的霉味，纸页和油墨若有若无的陈香，让人有一刹那的恍惚和凝滞，仿佛嘀嗒而逝的时间被掀开一道缝隙，这些陈年旧气便从缝隙里噗噗涌出。

　　陆浑是一个小小的古国，位置就在豫西。那小国的位置在秦岭东端伏牛山边缘的低山区，是两晋时代从河西走廊以西迁徙过来的陆浑戎政权。我记得几年前驱车到黄河源去，路过这片低山区的时候，有人提到过这个名字——陆浑。他断断续续讲了许多和陆浑有关的故事。可惜我心不在焉，那些话耳边风般吹过，仅留下了这个曾反复出现的名字。

　　胥江扶着梯子，虽然人字梯根本不用扶。他看我的眼神里满是失落和迫切，仿佛有什么心事难以启齿。我从梯子上下来，放下书。我手上满是灰尘。我心里也有一种莫名的失落和迫切。面前的胥江像一堵墙壁，很厚，很结实。我对这样的人怀有由来已久的亲切，和面对我自己的镜像一样。我觉得我热爱他，热爱他们，在悲从中来的一瞬间，我的情意浓烈而满含惭愧，这热爱里面有某种难以摇撼的东西——似乎我在爱着自己的骨肉，自己的血液，自己的每一种念头，以及种种念头在电脑页面上的铺展，既诚实无欺，又羞于示人。就像热爱生命本身。但我并不愿因此陷入任何形式的作茧自缚或相互掣肘。

　　是的。我从未如此信赖我的孤独。

　　胥江是怎么想到了陆浑，我不知道。我也习惯了不打探。或许纯属偶然，我想，至少我们想到了一块儿：去看看陆浑故地。

　　陆浑古国在地面上已无踪迹。当然也可以说它的地块还在。这一片开阔的内陆湖还沿用着"陆浑"旧称。它在伏牛

山、鲁山和嵩山的围合之中，是一片巨大的山中洼地。胥江的
几个朋友陪我们看湖。他们知道我来，还特地请了一位熟悉当
地历史的专家来讲陆浑故事。

　　"陆浑"原是古瓜州一个游牧部落的名字，在词源上的意
义无可考究，当是戎语音译。陆浑戎在西周初年迁至陕西秦岭
以北，后又迁至今豫西伊川。陆浑内迁原因不详。这个小小的
诸侯国，虽然名义上是周的子国，但内迁之后，处于晋楚两强
对峙的夹缝地带，左支右绌不得周全，终究没有逃过弱肉强食
的命运。最后，晋国跟陆浑玩了一回猫捉老鼠的游戏。晋顷公
先派大夫赴周，请祭雒水（今洛水）三涂（山名，今洛阳嵩县
西北），获周王允准后又请陆浑陪祭。陆浑哪敢不从，乖乖带
了人马赶去陪同。就这样，国君和军队全到了晋军势力范围之
内。晋军一抬手就把陆浑收拾了。在我的印象里，这个小小的
古国跟同样弱小的古郐国一样，带有浓郁的悲剧色调。

　　在陆浑湖上，东道主们频频跟我碰杯。我端起酒杯，细品
那杯"陆浑陈酿"。酒糟的香气与火气尚未消减，酒劲霸道，
有点驾驭不住。胥江从我手上拿走酒杯，拦道，你最近状态不
好，别喝了。胥江的手像棉花似的，厚且温软。但我还是想起
了那双铁钳般的手——它鱼刺一样鲠在喉头，让我连连呛咳。
那无拘无束的野人啊，什么样的雪山才能盛得下他？那样的去
路上都有过什么？都有过什么，曾被俗常时日里的灰尘重重覆
盖，有一天陡然从我们的视野里抽身，终于不知去向？我推开

胥江的手，喝下一杯，又喝下一杯。胥江把棉花似的大手放在我后脑勺上。喝吧，胥江说，你受得住，那就喝吧。

陆浑湖在苍茫暮色里显得无边无际。但我知道，我对面的湖岸，是九皋山，山那边就是陆浑古国的城池遗址。这里不知道建立过多少城池，不知道经过了多少场厮杀。层层叠叠的建设与破坏，如今都埋在了地下。一切顺逆悲喜皆被遮蔽，不知所起，不知所终。

　　陆浑湖在苍茫暮色里显得无边无际。但我知道，我对面的湖岸，是九皋山，山那边就是陆浑古国的城池遗址。这里不知道建立过多少城池，不知道经过了多少场厮杀。层层叠叠的建设与破坏，如今都埋在了地下。

寄居之所

1

　　她坐在那里说话，声音很轻。后面的人听不清楚。有人把话筒向她嘴边移近了一点。声音依然很轻。那是后退的、云淡风轻的声音，独白的口吻，仿佛她面对的不是人群，而是一片空地。

　　这是一场以诗歌为主题的读书会。她聊起自己诗歌的精神来源，聊到索德格朗，辛波斯卡，狄金森。也都是我喜爱的。女性对于生命的独特直觉在诗歌里曾经得到过怎样的表达，从她们便可窥见。这种吸纳与输出的力量是软性的、强韧的，正如水流，仿佛涣散，可以随物赋形，却能浸透许多事物。

她描述那座创造力的金字塔。她说她曾把文艺输出中最为理性的部分视为塔尖。当一种观念广被认可之后，理念便成为新构筑的塔基，进而，一个倒过来的金字塔出现了。这时候，塔尖是诗歌。这种困难度最高的表达形式，考验的不仅仅是语言，更是整全的人格，需要调动整体的生命经验。她说，正是这种高度和完成度，让她在人生最困难的时期重新选择了诗歌，而诗歌也成为拯救者。

人们开始发言。我细听他们说话，觉得他们并不怎么关心诗歌。他们更关心她这个人——他们和她的交道，她的才华，她的成就。这关心有点复杂，有点枝枝蔓蔓，跟她正在聊的话题不大贴合。在座者有许多人跟她是旧相识。老友相见，能把任何话题变成叙旧，这很正常。座中有些人曾经写过诗歌，后来转向了别的文体。和其他行业一样，诗歌当然也可以被视为由从业者构成的行当。从业者会渐渐形成一个圈子，但似乎只有极少数在意诗歌，大多数对诗歌不以为意。对许多人而言，"写诗"仿佛是对某个行当的投靠。但诗歌属于极端的事物，需要极端的心肠，大冷或者大热。这是具有奇异禀赋的一小撮人的事，甚至，有时候我想，诗歌简直是非人间的事，只有天使或魔鬼才能操作。

她不怎么答问，只是自说自话。一个人没有辗转四顾的习惯，自然会保持这样的态度——你们关心你们的，我关心我的，我不需要你们附和我，我的注意力也不会被你们牵着走。

我跟她至多属于熟人，还算不上朋友。事实上，由于开始写作很晚，我跟圈中许多人都没有过深的交道。偶尔在饭局上听见些零零星星的掌故，关于张三，关于李四，因为没有直接经验做依据，颇觉难辨真伪。在影影绰绰的流言里，写诗的人多少有点不寻常，会做一些匪夷所思的事，说一些匪夷所思的话。有时候陷在传闻所提供的场景里，我想象当时的细节，很难像别人一样笑出声来。我左想想右想想，会把我这个不写诗的人也想进去。我也会的，会在那种情形中突然感到厌恶，会说出冰凌般的冷话。这本是寻常人情，不难理解。只是人们习惯于对某些行当抱持苛求。

我也是不谨慎的人，容易受到流言攻击。常常是这样，一桩关于你的流言已经到处流传，你才在某个角落不经意间听到。流言并不面目可憎，它常常是以笑呵呵的方式传播的。在貌似并无恶意的嬉笑声里，一个"被谈论的人"会无端成为可笑之人。

没有什么比"滑稽"更能瓦解诗意了。无论如何，诗歌之事总是庄重的；诗人，可以霸道，好色，神经质，但不能是个小丑——这是人们心中的定律。要摆脱种种歧义和框定，对人来说是困难的，几乎是不可能的。但她似乎一直能跟这些琐屑之事保持距离。仿佛她有一层隔离灰尘的隐身衣，这些人际摩擦造成的碎屑沾染不到她。

　　在举办书会的园子里，女人们照例花枝招展，让人想到莺莺燕燕这样的描述。而她简单到底。一头不加修饰的短发，一袭暗红羊绒长外套，平底卡其色皮鞋。即便在室外，她说话音量也不高，双手笼在衣袋里慢悠悠走路，极少大笑，从不勾肩搭背。我就想，这是个不会跟任何人过从甚密的人。就人际交往的规律来看也缺乏这种可能。精神自足会让一个人意识到人和人保持间距的重要。或者可以说，间距不见得被明确意识到，但精神自足本身就具有拒斥力，它会在主客之间——在自我与他人、自我与外物之间，拉开一个恰当的距离。

　　这让我羡慕。也因此，我先看她怎么个"撤离"。眼前这本书辑录的诗歌全部写于前一年。她坦承那是人生中最困难的时候。对她而言，那也正是知天命的年纪。诗行里的撤离仿佛是忍耐许久之后所下的一个决心，是破釜沉舟式的，毅然，彻底，绝无犹疑。漫长的排比犹如阅兵式上的队列行进，整齐，隆重，气势如虹。在这样的形式之中却又藏着肃杀，令人感受到某种一意孤行的壮烈。这种骨子里的坚决，慨当以慷的气概，也许正是汉语诗歌特有的美感之一。

　　与生命的险峻所抗衡的转身，难免带有强烈的仪式感。所有目不斜视的孤绝的吟诵者，也许都是这样的。尽管我对这易水歌般的决绝怀有仰慕，然而我也不得不承认，至少对寻常人而言，从一切中撤离，并不是凭一次决意就可以实现。这束缚了我们，也给予我们寄居之所的外壳——身体，以及维护这个寄居之所所必需的事物，如果不是由于阅读与写作，如果不是由于诗歌或诗意，那些具体事物所构成的小世界，或许就是我们全部的命运；如果不是由于我们心有旁骛，或许这外壳终将令我们俯首帖耳。

2

塔尖在哪里，也许从来都是不确定的。相对于文体，相对于执笔者，都是如此。

我记得她的随笔和评论。世界的精彩与颓败、清纯与混沌，竟可以表达得如此典雅、自由、准确——对我而言，这不仅是一种标高，更是一种致命的吸引。阅读中的我本是心眼俱冷，不容易被说服，更不容易被打动。因而，是否被说服、被打动，往往成为我对读物的第一掂量。她的写作使我确信文学意味着更多，确信文学不是或至少不仅是某种技艺高超的自洽，也不见得就是对与众不同、流布四方的企望，或者，它只是一种"与己不同"，是对这个局促的寄居之所的游离，是明知不能摆脱却怀着疏远之心的告示。诗意其实早已、且似乎从来都可以弥漫于任何一种文体之中，只要前提具备。诗意也似乎从来都没有停止怂恿我们"撤离"的妄想。

几年前的一个深秋，我跟随越野团队去了黄河源头。正当我在源头界碑处驼色草甸上盯着水泊发呆的时候，天气突变。

我看见青色水泊瞬间变成灰白，继而变成铁黑。抬头一看，墨黑的乌云正从高空翻滚而下。高原上的云有触目的质感，它们正在下落，很快，很重，仿佛那不是云团，而是大块大块的含盐的海水，它自上而下砸向我，像一场从天而降的海啸。那情景让人心惊肉跳。我们转身奔向停在路边的越野车，迅速发动，掉头，上路。越野车沿着驼色草甸上的土路仓皇逃离。云层还在往下压。大片的驼色草坡与铁黑的云层形成炫目的撞色，有一种令人魂飞魄散的美。我记得就在那时，草坡低缓处忽然出现了一群藏野驴——有六七只。它们对那样的天气突变仿佛无感，仍然在草坡上悠闲地吃草。那悠闲传递了一种令人放心的讯号，瞬间缓解了我的紧张。我记得那时景象奇异。车前车后是东边日出西边雨的强烈对比，头顶是陆地般的云层，远处地平线之上是一线炫目的晴空。我感觉云层像是某种正在经过头顶的地质平移物，一片滑翔中的天空之城，或者固体的大海。

　　大雪是在我们经过漫水滩的时候来的。眨眼之间，白茫茫一片大地真干净。进来时依稀可辨的土路完全不见踪迹。我脑际掠过许多人写过唱过吟诵过的黄河源，想到一位李姓画家的长卷，也想到她那篇著名的随笔。那时我搭乘的越野车里正放着刀郎的《西海情歌》。那首歌的创作源自一桩绝恋：一对大学毕业的恋人一同报名，志愿到寂寥的可可西里去。女孩被安排到藏羚羊观察站，男孩则被安排到条件更加艰苦的沱沱河观察站。不久，男孩被一场大雪困住，不幸冻死在可可西里腹地。不知道这个故事，就不太可能体会歌声里的悲痛。

对那种逼近绝对的美感和荒凉，这个正在聊着诗歌、略有疲倦之色的人，曾以随笔的形式表达过。

那一年深秋，在黄河源漫水滩的雪地里，他们有过的悲痛也映现到我心头。我想起那个素不相识的葬身可可西里的男孩，想起若干年前带着测绘仪器随队来过此地的父亲，想起那个执意奔赴雪山的野人，在那片去路苍茫的漫水滩上，悲痛有如眼前的雪原一样无边无际。那是别人的悲痛，也是我的。是我的，仿佛也是许多人的。许多人，那些跟我相关或不相关的人，今人古人，男人女人，他们的故事层层叠叠，在我头顶形成巨大的令人惊怖的悬念。

我们心中的全部感想，我们全部的记忆和想象，相对于现实的发生，总还是显得孱弱，窄小，轻浮。在生死爱恨的大事件之间，更多的是无止无休的日常。就如江河，源流芜杂，循环往复。

局限于方寸之间的写作，似乎与这样的分量不吻合，不匹配。令人意难平。

3

我在不同的文体之间试来试去。

偶尔，某种尝试会豁然打开储藏，把它们化为火焰。每逢那种时刻到来，总是舍不得把双手从键盘上拿开。不想错过每一个能量爆发的玄妙时刻。一种可能性很快便会化为现实。

但我常常从秩序井然与娴熟中窥见一种表达方式的末路。手中的河流慢慢枯竭。到最后，河流成为纸上的标识，成为一道蓝色的细线，成为一个概念。这意味着，并不是真正的源头活水在吸引我，吸引我的只是汛期造成的季节性的充沛。我跟我企图呈现的事物之间依然是两套肺腑。我摆脱不了我自己的惯性和偏见。

一位写作者说，因为担心这种隔离过早地发生，他于是返回故地，悉心体察那种曾经哺育过自己、如今已经十分隔膜的生活。他追寻着许多离乡人的踪迹，努力进入他们的日常，看看外面的世界正在带给他们什么。他要求自己尽量忠实、整全地记录。然而，几年后他还是从纪实转向了虚构。虚构中所蕴含的能量令人惊异。在题材与技法的双重意义上，你都只能够看到它的来源，却看不清它的终点。终点在地平线那边。虚构的野心所指，在寻常视野之外。他还是以他捏合的"这一个"，代表了散布四方的他们。

也许，这正是另一种形式的撤离。

必须和有实质的事物保持一定的距离，我们的观看才可能不失焦。我们身边的人和事不是单纯的人和事，而是一种含有过多成见的人际关系。过多地触碰它们会有不可避免的困扰——你的傲慢与偏见，还有你的忌讳，都会自动过滤，造成散射、折射、逆光，造成隐瞒，造成失真的景象。

在属于你的社区里，坦诚是困难的。不曾有过彻底的坦诚，哪怕一次。你所有的陈词只不过貌似坦诚。你化妆之后才出门。你增加亮度，减去色斑。你把浓淡不一的两条眉毛描画得完全对称。你使用逼近本色的绯闻唇釉。就是这样，你纸上谈兵，安排一场又一场没有瑕疵的战役。但那并不是真的战役，没有子弹穿梭，没有流血与死亡。进而也没有真正的危险，没有身体面临近在咫尺的死亡威胁时那种本能的不能自控的紧张，没有胆怯与逃跑，没有血淋淋的失败，没有尸横遍野。也许这不能称为撤离。这只是逃脱，是从实质性的存在里躲出去，在某个事不关己的角落里，隔着防弹玻璃回头看。

河流正在枯竭。并非智力或想象力的缺陷，而是感受力的萎靡。长久不遭遇强烈事物的感官正在丧失它们本来的敏锐。它们习惯于轻巧优雅的舒适，不痛不痒。唯有某些极端事件才能偶尔唤醒它们。

在偶尔醒来的片刻，我惊奇于自己的悲欢，它们新鲜而激烈，让人不吐不快。极端事件的强烈和尖锐犹如一场私人世界的核裂变。我没有靠近事件，但是事件穿透了我。事件很远，无坚不摧的辐射依然穿墙而入，让我的玻璃屏障失效。这种辐射常常带来无可预见的破坏。在感受力短暂复苏的剧痛中我不得不承认，所谓距离，就是隔阂。

"失焦"只是一个假推论。我们的眼睛很少因为近在咫尺就失去焦点。在俗常"看"的意义上，失焦只有在借助机械的情况下才存在。而在机械技术消除了微距摄影的困难之后，失焦似乎也就只是一个与俗常之"看"无关的概念了。这样"看"是不够的。不投入其中你就永远不能获得真相。不投入其中，感受力就总是休眠，不能应和意志的调动。休眠是另一种死亡，是含有复苏可能的浅死亡。

很晚以后才想明白，这根本不是远近的问题，甚至也不是在场与否的问题。跟文体毫无关系。跟全部的手段毫无关系。这仅仅取决于一个人对自己的基本态度。在我和我的目的地之间，要么冒险活着，要么安稳睡着，没有第三种可能。我的心意一直都没有消除。我睡不着。

4

我在这个地方已经待了十年。十年前，因为受不了过度的疲劳和捆绑，我离开了那个终日碌碌的所谓肥差，来到这个被称为"清水衙门"的部门。这地方虽然理论上也在机关序列，却是机关的边角，而且是被裁到一边闲置的边角，是奔涌向前的河流靠近岸边的一个浅水洼。从外部看，它只是机关序列里的小摆设。

这个地方的清净与此前的喧嚣形成了触目的对比。尽管人人都知道这地方是清闲的，但它的清闲程度还是让我暗暗惊讶。

到这里上班的第一天，我来到我整饬一新的办公室，里面除了一张办公桌，一把转椅，一张长沙发，一只茶几，两个文件柜，别无长物，连电脑都没有。我依据原来的办公习惯，把办公必需品列了长长一张单子，要求当天配齐。负责采买的会计一看单子就结巴起来。这这这，她满脸吃惊地说，我得去找领导问。仿佛这件事很离谱。

整整一周，我的办公室没来过一个人。因为办公楼几乎是空的，除了头儿的办公室亮着灯，单位办公室有两三个年轻人支应差事，没有别的人。每天下班，头儿的办公室便热闹起来，有四个人关起门来在里面玩扑克。我每天什么时候来什么时候走，根本没人过问。我便天天睡到日上三竿才起床，然后到单位，看看书，吃午餐，午休，再看看书，就可以回家了。

紧绷了十多年的神经终于松弛下来。有整整一个月时间我都在睡懒觉，每天睡到自然醒，把十几年欠下的觉都补回来了。一个月过去了，我从补觉的松弛中缓过神来，新电脑也摆到了办公桌上。

十多年的淤积等待清理，而那些沉甸甸的东西却不容易掀动。我总觉得隔着什么，意弱词穷，力道不够。我于惶惶之中，答应了朋友的约请，开始为一家晚报的周刊写专栏。千把字的小豆腐块，一周一篇，一直到年底。其间和几个朋友一起，把伊城周边的旮旮旯旯走了一遍，并且以此为主题，为另一家炙手可热的都市报写专栏。有限的储备迅速消耗。而这种小机灵卖弄久了，我怕我的经验会全都碎成芝麻粒。于是忍住，停止。

当"写什么"成为一个必须经常自问的问题，写作本身，就多多少少带了些装腔作势。不时遇见同行，问，最近写什么呢？我手中的一杯酒便有些难以下咽。假如我在写小说，写着长篇或中短篇，那似乎说起来更像一件事，可以说说的。写诗的人似乎就不大好意思把写诗当成一件事挂到嘴上，不过，大致也可以说说的。但我一直在写散文。虽然不是那种小豆腐块，也不是用妩媚言辞劝人或哄人的小插花，但我还是不能够坦白，我在写什么。这显得煞有介事。而散文似乎是不能煞有介事、不能预谋的。

往事沉重含混，经过了多年的发酵。其中有多少是已经消化并且打开的，可以构成写作意义上的有效经验，我不确定。有些沉积不敢轻易去碰。怕自己下手没轻重，白白弄坏了材料。我不能无限隐藏，不能无动于衷，我是与无限的人与事物同在的那一个，我的悲欢常常缘于琐屑，一点也不比他们更重大，那么我在自己的作品中意味着什么，是否仍有可能成为一个创造者？如果不能，我的过往岂不是与他人毫无关系，而仅仅是我的负担？

不知不觉已经十年了。年底，当我突然意识到"十年"这个时间段的时候，对自己很是失望。刚刚来到这里的时候我还算年轻，和所有的年轻人一样信心洋溢，以为只要自己愿意，就能所向披靡，没有什么能够阻挡。十年了，那些曾经在记忆里滚涌喧嚣、让我夜不能寐的往事，此刻何在？

初来时的清静不复存在。当初的陌生人，现在都熟悉起来，交往起来，一重新的"人际关系"已经形成。这小小的人群便不再是（也许从来不是）一个一个的，而是一派一派的。我们这个族群不知怎么了，到处都是一派一派的。人们争排名，争职位，缺少实质性标的物的时候，争上风。那些标的物，那些风头、面子，我曾经司空见惯。都是徒有其表的勾当，没意思。好不容易脱身而出，那些东西不可能再吸引我。我不想加入任何一派。我跟任何一派都没有共同诉求，我对他们在意的虚荣和实利由衷地不感兴趣。我觉得本质上他们是志同道合的，他们的注意力集中在同样的标的物上。在他们之间我就像一只蝙蝠，非禽非兽，非左非右——这一向是一个处于道德凹点的角色，一不留神，两派三派的砖头都会砸到你头上。这个因为怠惰过甚所以一事无成的群落，不仅是奔涌向前的河流靠近岸边的一个浅水洼。清浅只是当时的错觉。现在，这一摊长期不流动的死水，下面已经沤成了淤泥。

河流有底，淤泥无底。我的双脚已经感到向下沉坠的引力了。春节前后，我在寒流的袭击下感染流感，卧床半月，结结实实病了一场。

在接踵而来的纠缠之中，我不时想起去年深秋，在那片草木繁茂的园子里，她双手笼在衣袖里悠闲踱步的样子。那一层防尘的心罩，要经过怎样的试炼才能获得呢？那一条隐在荒草中的冷僻路，我似乎望见了，却又相隔太远，辨认不清。

5

就在我来到这里的那一年，她离开这里去了另一个城市。我看着她最近的照片。白皙，丰润，清水般的眼神，看上去依然赏心悦目。这种眼神在成年人脸上不常见，是初涉世事而未经熏染的少年的眼神。用以形容成年人的词语，漂亮、俊俏、艳丽、清秀之类，都是不适合她的。到了这个年纪，人的神色里一般会有几分世故，有几分颜色的女人还会带些妩媚之态。她没有。她的一颦一笑，一举一动，都像个大孩子般无邪。她站就是站，坐就是坐，看人就是直白地不加修饰地看人。这直白里面又有某种了然，因而有某种无可言喻的动人。

这真是难得的福气，是具有某种特殊成长背景的人才有的福气。那当然是令人羡慕的背景：备受宠爱。与书为伴。不需要面对物质生活的捉襟见肘。不需要面对俗常人生中不可避免的种种人际关系的不堪。不需要将就与自己不匹配的人和事。可以闭门谢客，心无旁骛。

我有一个发小，聪明且世故，年轻时写过诗歌，后来从政，口不臧否人物，即或表态，必是玩世不恭的口气，声东击西，嘻哈玩笑，让人摸不着头脑。但有一次偶然说到她，那人竟立刻正襟危坐，肃然曰，那是白雪公主啊，我都不太敢随便跟她说话。

一个人最终会退回到自己，从一扇小小的窗口打量风物。不需要太靠近，那些东西都清清楚楚。许多无关紧要之物、无关紧要之事，都被略过了。那些东西和那扇窗户，其实也不是必需的。它们都可以在重构中被代换。我依然希望为我的转述赋予相对硬朗的素质——像土地，能够承托也能够孕育，哪怕这只是一种错觉：调动细节却又绝不依赖；为自己捏造一个替身，尽管他通常只是一晃而过；戒除唯美和情意绵绵，以免文本质地溏化；尽量戒除惯性和仪式，以免这地面失去土的生机。

埃及术士用一滴墨为镜子，展现万里之外的景象。而我们这样的人，根本不需要使用实物。这有个前提，我们须得始终处身实物之间，不断地化身为它们，体味它们对邻物、对作为整体的世界、对我们的感触，让自我碎裂为仿佛不存在，让自我的每一颗微粒都浸透俗世的判断。

自我之中涵纳众生万物。这一点，她也许在早年就完成了。

人和人是各个不同的。经验如果可以嫁接，许多人就不必活了。我一直对于引用保持谨慎，也时刻警惕教诲的嗜好。人这一生固然很短，但也难能因此潦草敷衍。要靠谱地活下去，必须一样一样，逐个尝试。也许这一番出入永无终止。只要万物生长，你就必须不断地粉碎自己，化为它们；或者相反。处身其中，或者抽身撤离。我们和灵魂隐匿其中的事物，总是貌离神合，难解难分。似乎总是这样：推杯换盏之间，后山杏花已落。

泉源在左，淇水在右

1

1989 年夏天，我写给一个人的毕业留言是：

　　但愿人长久："，；'－'、?!……"（）——《·》。

半是游戏。大家互赠同一句话，每人随意在后面列出所有的标点符号，根据标点顺序推测性格。尽管马上就要各奔东西了，但是，我和物理系几个男生围坐在一间光线暗淡的宿舍里，还是饶有兴致地在纸上涂来涂去。我这个标点顺序被解释为：在无秩序中追究意义。

　　想起这个游戏是由于我收到了洪洧的电话。洪洧就是接受这句毕业赠言的人。那一年，我为了和男友在一起，回到伊城一所高校教书；他为了和父母在一起，返回老家云台。后来，我换了单位，跟那男人分道扬镳；他则拖家带口去了北京。

　　久不联系，他第一句话便是，猜猜我在哪里？他极少这么一惊一乍地说话。我第一个反应是，他到了伊城，甚至，已经到了我此时所处的办公室门外？我按下陡然涌起的高兴，说，你这毫无悬念的家伙还能在哪儿，无非待在地球上，不是在这个角落，就是在那个角落。他说，我在你的宿舍楼下。我愣了一会儿，才明白他所指何处。这么说他是在复旦。隔了这么久，他提到的那个旧场所有些令人恍惚。我依稀记起那个三十年前的青葱男孩——也是初夏时节，他手搭凉棚看着我宿舍的窗口，嗓音戗直地大喊，马老，下楼！像许多校园男孩一样，当年的洪洧一头乱发，白衬衫松松垮垮统在牛仔裤里面，有种泼泼洒洒的萎靡。他太瘦了，站得又有些歪斜，仿佛风再大一点他就会给吹到半空里去。

　　洪洧历数着那些令他心醉的"不变"。这些旧楼旧馆一处也没有动，他说，5号楼还是住着五颜六色的女孩子，曦园也是当年的样子，荷花快要开了，苏步青题词的粉壁——记得吧，咱们当初挤在那里拍照来着——也还是旧模样。

　　这怀旧的人，会不会再次手搭凉棚看向那个窗口？毕业这么多年，我们前前后后也就见过两次面。我也还记得几年前见过的洪洧，在一帮子膀大腰圆甚或白发历历的男同学里面，唯有他依然瘦弱颀长。他笑容明朗，一袭黑色风衣，连发型都还是学生时代的样子，与那种暮气乍现的气氛有几分不搭。至少，在外壳上，他也属于"不变"的部分。

只有树变了。他说，还记得那些小树吧，当时你还拿它们来比我，现在我还是瘦，树可是已经长得又高又壮了，你楼下全是大片大片的树荫，我还不如人家树呢。我笑起来。遇到故交，人就一下子返回原形，成了当年那个孩子。我说，到底是你比树好，树可不能到云台长几年，再到北京长几年，天南地北地转悠。他也笑，一边笑一边慨叹，天南地北地转悠，心里惦记的就那么几个去处，可惜都变了……还是复旦好，知道留着这些老地方。

嗯，我说，复旦懂得你的心肠。

我曾以为我哪里也不怀想。但是这个下午，洪洧在复旦园里心情复杂地闲逛，我们说了许多话，说起曦园，燕园，草坪上的恋人，袖珍教室和通宵舞会，当时喜欢过的人，以及那个告别的夏天，从我们心头碾过的属于青春的无畏与悲怆。

岁月留给人的刻痕深浅不同，但是，刻痕总是有的，有些轻描淡写，有些凶险狠辣，我们能够经受的时候，那些天真，热情，梦想，都已经石化了。当时年少，我们曾经天真地、满怀热情地在那里度过，嘴里唱着"我们曾经终日游荡在故乡的青山上，我们也曾历尽苦辛到处奔波流浪"，浑身却充溢着少年不知愁滋味的欢乐与疯癫。不知道从哪天起，故乡的青山远了，我们不再把将来挂在嘴上，也羞于说出梦想与忧愁。不知从何时起，我们不再东张西望，我们开始清减，放弃，对沿途所遇的事物扫视而过。

我们听从了谁的教唆，被谁带向了远方？远离之后回首，哪一道往日的河岸还看得清楚？想不时回去看看的地方并不多，但也如洪湑所言，那些旧场所大多已经改变，或竟完全湮灭了。只是，所有隐遁的时间都会化为"此刻"的酝酿池，会布散某种属于过往的特殊气息，虽然难以觉察，却不能不时时携带。

2

父亲的忌日在农历小满前后，正是蚕蛹结茧，桑葚成熟，小麦灌浆的时节。布谷鸟正在嘹亮地鸣叫，空气里飘荡着新鲜果木的香气，一切景象都显得祥和。我在麦田里。麦子茎秆青碧，从根到梢都是湿的。还可以坐在坟头边的田垄上抽支烟，而不必担心会引燃一片叶子。一次点两支烟，坟头放一支，我抽一支。我们都不是沉默寡言的人，但我极少跟他长篇大论地说话。不习惯。好在还有烟。想说什么总会有凭借的。烟就是凭借——他抽完了，你也抽完了，就再来一支，根本不用废话。

父亲的"不在"，在烟的气息里变得更其确凿。

早年把世事看得轻易，目光总是投向远处，顾不上细细琢磨沿途的遇合，也不曾十分重视他的"在"。父亲的"在"是一种不需要论证的公理，是从我们出生就已经先在的、可以随时援引的前提，是人生一切推导无须明言的依据。那种"在"，不是生命里偶然介入的元素，不会特别引起注意，仿佛他会一直"在"那儿，理所当然，不需要条件。然而有一天，"在"的条件被命运剥落，我们的公理被摇撼，进而被推翻——那个人，他"不在"了。

回家也不再能够接近他。"不在"布满了院子。在形式上，这个被叫作"家"的地方一切如故。院子与几年前一模一样，街巷也一模一样，门口还放着他喜欢坐的青石板，影壁前的苹果树上，他修剪凤凰棵①留下的斧痕历历如新。只是那个人不在了。"不在"成为被谜团包裹的刀刃，寒凛凛的，却无从捉摸。父亲的欢迎也已"不在"。这个家里，兄弟姐妹加上他们的丈夫妻子和孩子，乌泱乌泱一屋子人。他们大多健谈，喜欢高声大嗓、排山倒海地说话。这热闹是空心的，无趣，令人生厌。在沸沸扬扬的语音里，父亲的曾"在"如同虚拟——在大脑的记录中确实有，却仿佛并没有在时间之内发生过。我在沸

---

　　① 凤凰棵：亦称凤凰枝。苹果蚜吸食树苗的汁液，导致嫩枝变得粗壮，形状类似凤凰头。凤凰棵会影响树苗健康生长，需要及时修剪。下不另注。——编者。

沸扬扬的语音里发呆。我这个人，我的怀念，俱如虚拟。

"回家"成为庸常时日中格外凸出的部分，成为一根刺。我们都回来了，但是团聚永远不会有了。我甚至也不敢为家人拍照。这么些年，我的取景框里人总是不全，不是这个回不来，就是那个回不来。如今有个人永远回不来了，我的取景框再也不可能取到一张全家福了。

有过最难挨的一段时间。我能够做的似乎唯有上路，不停地奔走。妈在伊城，豫北老家并没有谁等着我回去，这样的长途奔袭显得毫无理由，我还是莫名其妙地要驱车上路，向那个方向开过去。偶尔，车到中途便停住了，有如被某种巨大的理由陡然拦阻。我开下高速，漫无目的地拐上乡间公路，在荡起的尘土中穿过一个又一个村庄。不知道究竟要开到哪里才是穷途，才愿意停下来号啕一场，然后返回。沿途的景象似是而非，与我充满了隔阂。

不在就是不在了，一点痕迹都看不到。这无可挽回的"不在"，是我遇到的第一件无力消化的事。我本来以为，父亲的离开虽然令人悲痛，但只是人生必须接受的事件之一。不是吗？父亲从来都不是一个可以永在的角色，他会变老，会生病，会突然从我的生命场域中撤离。这完全出乎意料——最初心情近乎麻木，甚至有略微的轻松，仿佛随着他的离开，他解脱了，我也解脱了；接着便寂若真空；然后，那种情绪才慢慢袭来。心里壅塞的是一些垂坠之物，斑驳杂陈，类若哀恸，又不纯净，仿佛哀恸留下的渣滓。不知道从什么时候起，我陷入了沼泽般的虚无。

祭奠仪式太多了。祭奠先是每周一次，然后是百天，还有一两个月就会到来的鬼节，然后是周年，一周年，两周年，三周年。那些壅塞物，好容易按捺下去，又一再被翻搅上来。摆在灵位前的供奉令人难受。供奉越丰盛，看着越让人难受。他不需要这些了。他的肉身已经化为泥土，什么也不需要了。我们的供奉只是给自己的安慰。他也不会再有期待。从今以后，我们即或有所成就，也只是给自己的了。成就与我们的生命背景相脱离，失去了本来的重量，变得轻浮，功利，像一桩将要在街市上发生的交易。是吧，你也知道的，这种堕落仅仅在你这里发生，却不是你造成的……许多时候你只能端起酒杯，喝一口，再喝一口，喝到发呆。

烈酒入喉，只是酿成了倦怠和昏迷，壅塞物并没有清除。它高耸而且迫近，就像王屋横亘，不知道什么时候才会崩解。我怀疑是不是因为说得太早了。我还没有消化，就经不得折磨，把这痛楚全部招供。这样"说出"，等于贸然拆穿了一桩秘事。是否那种肤浅的絮叨破坏了内部蕴藏的势能，进而，需要讳言以敬才会清晰呈现的命运，就此改弦更张？我走在路上，沉默或者号啕，却不能回答。

那个岔口，就在京珠高速与淇北街交叉口的高架桥东侧，因为不被注意，缺少维护，因而崎岖难行。岔口向西，是笔直宽阔的柏油路；向东北，则是勉强可以错车的乡间公路。乡间公路没有名字，为了称呼它，我名之为泉源路。《诗经·卫风》为凭：

> 籊籊竹竿，以钓于淇。
> 岂不尔思？远莫致之。
> 泉源在左，淇水在右。
> 女子有行，远兄弟父母。

我的故乡曾有河流贯穿，河名"翟泉"。诗句里的"籊"，虽与"翟"字音义俱异，但我依然一厢情愿地认为它们在辞源上是有联系的，诗中的"泉源"就是与淇水有源流关系的翟泉。每次经过那个岔口，我便会条件反射般想起"泉源在左，淇水在右"的句子，认定这岔口必是那远行女子思念中的故地。

奇怪的是，家乡没有人知道贯穿村庄的小河叫作翟泉河。翟泉河这个名字的来龙去脉早已失传。这个名字也将失传。没有人关心一条已经干涸了的河流。

在淇水与泉源之间长大的女儿，十几岁远离故土，不是因为出嫁，而是因为求学。这远行一如溪流入河，河流入海，不惟离源头越来越远，连源头的清澈也一并丧失。若干年后，我也成了一个惯于四处奔袭、独自游荡的人，类如车至穷途、大哭而返的阮籍。穷途——那莫可名状的阻断与隔阂，"惜逝忽若浮"的况味，现在我也体会了。它一点也不诗意，没有重量，没有形状，有如强大的磁场，吸住谁，谁就难以挣脱。我一趟一趟返回，恍若在竭力靠近一桩悬念。

许多写作的人，都有一个放不下的故事。他可能写过千百个故事，但是其中的一个，总也完不成。他写了札记写故事，写了短篇写长篇，写了正文写补录，挖掘，翻检，反反复复，无休无止。某个故事，发生在某时某地的故事，他总也不收手。他总想看清楚——看得见源头，后来发生的一切才能迎刃而解。

那个起点总是在的。它意味着这个人是谁，而不是经过质变或杂糅，成为谁。那也是必然要回去的地方。可以佯装无视，但任何一种天然联结，都不可能被昧灭。某个时刻，在往事的镜前，沿途所遇的问题蓦然澄清，你也会的，在这面深不见底的往事的镜前，你也会满怀惊诧与怜悯地打量你自己。

3

父亲去世之后，妈变得唯唯诺诺。吃饭的时候她会拣个桌角坐下，默不作声地嚼着馒头，对着一桌子的菜半天都不动筷子。她甚至不太敢一个人坦然地去逛街市。见了人不仗义，她说。仗义，是豫北方言，意思是因为有所依靠而坦然自若。但是她说，她见了人不仗义。这让她越发显得可怜兮兮。

过度的担忧压垮了她。她曾以永无断绝的忧虑和悲愁，在父亲耳朵边长吁短叹了五十年。她先是为爹娘兄弟的温饱担忧，然后为儿女的安稳担忧，到了晚年，霆子——她的幺儿子便成为她唯一的担忧。为霆子担忧成了她活着的全部内容。她担忧的事情没完没了：儿子的生意，儿子的好朋友和坏朋友，儿子的房子，儿子的户口，儿子的早餐，儿子的儿子，儿子将来必然会有的孙子。

母亲是一堵写满了标语的墙。那些纵横交错的字行，每一句都是关于世界末日的预言。一个希望你全心全意投入她的悲愁之内的母亲，她的方式一点也不粗暴，她的方式是示弱。要安抚这样的弱，你必须打点起足够的耐心，陪她一起奔赴那个与你的生活南辕北辙的目的地。

我难以抵制这自虐般的悲愁。一天到晚听她滔滔不绝数说忧愁我会疯掉的，我确信，只要在她身边待久了，陷在悲苦的念力深处，谁都会觉得活着真是没劲透了。虽然试着克制，总还是忍不住在她唉声叹气的时候打断她。我知道我的气力远不足以脱身，因而警告自己，不要陷入，绝不陷入。

要试图把她从悲苦的惯性里拽出来，是一件力不从心的事。悲苦的念力仿佛冥冥中自有响应。处在她的念力深处的霆子仿佛不是被母亲担忧，而是被那种担忧施了魔咒。她的念力像个巨大的旋涡。她担心什么，什么便会发生。霆子不断惹事，而且会尽快让她知道，他又遇到了麻烦。她立刻会发动她能发动的每一个人去解救。她的理由是，再怎么他也是你们的兄弟，你们怎么能不管呀？没有几个人受得了永远背着另一个人走路。但是，身为母亲的人愿意背，即使她背不动。她总是忘记她背着的人完全可以自己走路。

从十几岁出来读书起，霆子的人生一大半都是在伊城度过的。但是至今，霆子与这个城市依然不投合。他更像个隐居山林的侠客，待人接物的方式始终有着不切实际的豪爽，但凡谁有麻烦，不问轻重，甚至也不问亲疏，他总是调兵遣将、两肋插刀的架势。他凭着那一套江湖义气在伊城开拓着自己的世界，却一直不懂得如何与这个城市得体地相处。每当我开口劝他，霆子总是反问，不这样，能怎样？能怎样，我回答不了。伊城还有多少像霆子一样的人？他们从乡村来到这个城市，两手空空，心怀奢望。年轻的霆子们盼望一蹴而就。然而，城市远非他们预估的样子。很多时候，他们别无选择。顺应着生存的提醒，他们很快就把自己磨成了另一种模样。他们曾经做过什么样的努力，这个城市曾怎样左一刀右一斧地修改着他们的方向，我又曾经怎样试图螳臂当车，不能想。这样的思量，会让我深感悲惭。

霆子自己经营第一份生意的时候，才二十出头。我只陪他在商铺里待过一天，就再也不去了。身体的疲累倒在其次，那份儿盼望顾客、迎来送往的情形，我受不了。年纪轻轻的霆子竟然坚持下来了。第一个月，霆子赚到了三千多块。在 21 世纪之初，那已经算是不错的收获了。但是紧接着，那点收获被一个穿制服的敲诈殆尽。制服的理由是，霆子经营的碟片里有色情段落。霆子不让找人讨回。霆子说，这次不让他得手，绝对还有下次，穿制服的想对练摊的下手，一秒钟能找一万个借口，不如顺了他，以后倒有许多方便。凭着这种化敌为友的城府，霆子的生意虽然起起落落并不十分顺利，一直也还过得去。起初转手光碟，然后开酒馆，再后来做建筑管材，霆子的生意越做越宽，在各种场面上的朋友也越来越多。

只不过，每次回头看他走过的路，我都会心情复杂地看到周遭的污脏怎样一层一层地浸入，把我的兄弟变成了面目全非的陌生人——在日渐娴熟的敷衍下面，霆子的算计渐渐成为习惯，性子也越来越狠。被制服敲诈以后他又遇到过什么，霆子极少说起。如今，面对任何劝诫他都会反问，不这样，能怎样？

看看他的来路，我的心肠也如同母亲。我也格外想质问，再怎么他也是你们的兄弟，你们怎么能不管呀？那本来心肠温暖的孩子，那曾经努力为自己挣生活的孩子，那不喜欢逆来顺受的孩子，那到处惹是生非的孩子，他，以及那帮子和他一样营苟混世的孩子，不靠着彼此抱团，不靠着拳头，又能怎么样呢？

母亲的墙上，写满了痛惜和冤屈。

　　经过许多跌宕，虽然算不上惊心动魄，但我自以为，在岁月的教唆之下，我至少已经懂得安身立命四个字的分量了。我也开始理解人的忍耐。霆子对这样的妥协不以为然。你总说忍耐，他问，你有安稳的职位，不需要为生存奔命，你忍耐，可是，你又怎样呢？

　　我又怎样呢？若干年前，有个人远行之前，留给我最后一句话，要耐烦。这人是知道的，几乎没有什么能够强烈或长久地吸引我。大学毕业来到伊城的时候，这个刚刚开始扩张的城市在我眼里土得掉渣。对于一个一张白纸的孩子而言，上海的涂染力是彻骨的。我的乡村成长经验，在初入上海的时候，在十六七岁的年纪就被全面涂覆。四年后，我穿着开司米毛线短裙，骑一辆26英寸的斜梁自行车穿行在伊城的大街上，只觉得尘土四起的伊城就是个小县城，又破败又局促。我带着微微的蔑视在这里驻扎下来，根本没准备在这个城市度过一生，更没有深入并了解它的动机。

　　连我自己也以为我是喜欢变动的。来到伊城以后，我跳槽再跳槽，几番进出围城。以一个朋友的话来归纳，你这人总也不见安生，一会儿换单位了，一会儿换人了，一会儿又换单位了，一会儿又换人了，作成精了。许多人的职场变动是沿着同一条职业方向，是秩序井然的台阶式移动。我则是另选一条路再来。每一次跳槽都是对过去的全盘搁置。这种反复的从头来过，意味着职业方向的改弦更张，也意味着职场资历的断裂。

我的简历也就如命运本身，有着触目的不连贯。因而，即使把
日子弄得起伏不定的霆子也有资格问我，你又怎样呢？

4

初夏时节，乡村的下午很长，日光会持续到晚上七八点
钟。乡村的时间仿佛是不动的，时间被无垠的空间稀释，与空
间合二为一。时间的维度被淡化，沿着这条绷紧的绳索匆匆向
前的一切在田野里散失，这时候，我才能够看见来路。我走得
闲散，我知道时间足够。我想到当年读过书的学校去看看，然
后，去看看我在其中出生的老房子。

先沿着乡间公路向北，走到曾经读书的中学。这所学校曾
经是一所颇规范的初中，因为在村庄西头而被称为"西学校"；
建在西塘东岸的翟泉小学与这所初中隔岸相望，被称为"东学
校"。两所学校之间，有一片叫作"西塘"的小湖泊，曾经水
波潋滟。湖泊西半部有个小岛，曾经草木参差，荻花瑟瑟。因
为上下有活水连通，在雨季，西塘能够容得下方圆几十里范围
内的流水。后来查看地图我才知道，西塘上游接纳的三条小溪
里面，有一条叫翟泉河。西塘下游的无名小河出西塘向北，在
汤阴汇入永通河，永通河向东北汇入汤河，汤河再入卫河。所
以，西塘的水，是可以流到渤海的。

西学校的大门已经生锈，上面挂着一把铁灰色的大锁。尽

管我早已从做了多年英语教师的姐姐那里知道，西学校已经
"撤销"了，但是从门缝里看到的校园景象还是让我惋惜不已。
毕竟，这是我待过三年的地方啊，我至今还记得从初一到初
三，我曾在哪间教室里听课。如今，三排坡顶教室都已经坍
颓，瓦楞上长满了高高低低的瓦松和稗草，西边的院墙塌出几
处豁口，抬脚就能越过。门上的大锁就像一个纯粹的仪式，似
乎仅仅是尽着提醒的义务，告诉你这里已经不再使用了，也告
诉你，这里依然是一个不应当随便出入的地方。

三十年前，这里的人们过着勉强温饱的日子，但这个乡镇
的每个村都有小学，每个大行政村都有作为中心校的初中，全
镇有一所颇具规模的高中。大多数孩子，包括在乡村不受重视
的女孩子，一般都会读到初中。可是如今，由于学生零落不
足，也由于支出捉襟见肘，全镇的初中撤并得只剩下两所，镇
高中则已经没有了。在这个大多数人家住进了小楼的村庄里，
一部分孩子读完小学就闲散在家，或是跟着大人出去打工；少
数孩子继续到镇里读初中，能到县城读完高中的孩子寥寥无
几。

小时候常走的小路，应该在学校大门口东侧五十米下坡，
沿着西塘的河滩走一个褶皱颇多的不规则弧形，然后过一处小
石板桥，再向南上坡，东行，第三处院子就是我家了。

西塘滴水俱无，塘底种满了麦子，已经难以想象撑篙行
船、芦荻环岛的景象了。西南方延伸过来的旱沟就是翟泉河的

遗迹。河底经过平整，种满了麦子。麦子在大风吹拂下涟漪阵阵，依稀还是碧波荡漾的模样。我沿着这条滚涌着青色麦浪的溪流向东走。麦穗拂过我的指尖，有窸窸窣窣的刺痒。

应季呈现的景象一如既往，而我要寻找的老院子不见了。老院子被一条贯通南北的大街截断。堂屋和东屋在开路的时候就被平掉了，留在路边的西屋也在风吹雨淋下坍塌。我在那一带徘徊，直到看见那一小片杨树的时候才确定，那就是西屋的旧址。杨树是父亲亲手栽下的。父亲栽了五棵树，沿着老屋的宅基线，后面一溜三棵，前面两处屋角各一棵。我原以为他是栽给五个儿女的。后来才知道，那不过是他为余下的老院子立下的界标。

街道横平竖直，早已没有我记忆里的弯转和坡道了。几乎所有的住宅都经过了翻新，家家户户高门大院，簇新的楼房。父亲栽下的杨树被大街和楼房包围，显得孤苦伶仃。

老院子是北方最寻常的四合院，四四方方，门开东南。堂屋五间瓦房，东西各三间泥坯砌筑的厢房。曾祖父母生养了四个儿子，我的祖父是长子。曾祖父去世后，爷爷分了东屋，二爷分了西屋。曾祖母带着三爷和四爷住在堂屋。四爷早亡，五间堂屋便都归了三爷。20 世纪 40 年代，二爷带着儿子外出逃荒，挤火车的时候把孩子挤丢了。二爷痛愧之下离家寻子，从此杳无音信。二奶奶远嫁异乡。西屋空了好多年，一直由我爷爷照管。父母结婚以后，便借住在西屋。我就是在泥坯砌筑的

　　在雨季,西塘能够容得下方圆几十里范围内的流水。后来查看地图我才知道,西塘上游接纳的三条小溪里面,有一条叫翟泉河。西塘下游的无名小河出西塘向北,在汤阴汇入永通河,永通河向东北汇入汤河,汤河再入卫河。所以,西塘的水,是可以流到渤海的。

西屋里出生的。

母亲说，我的胞衣就埋在西屋的后墙根下。又说，人的胞衣埋在哪儿，就会常常梦见哪儿。我吃了一惊。西屋位于西塘东岸，西屋的后墙根正对西塘。我常常想起和梦见这里，竟是由于胞衣的呼唤吗？

5

也许是对我手里的相机好奇，我走在麦田边的时候，一群背着书包的孩子跟了上来，先是三个，然后是四五个，然后是八九个。孩子们并不老老实实地跟着，时而翻着跟斗，时而爬上树，时而做着武打动作，欢呼雀跃。乡村的孩子还是更像孩子，淘气贪玩，不问将来。他们跟着我在麦田边上走，在杨树林里走，最后跟着我来到一道水渠上。

这道长长的水渠高出地面两米，东端连接着百米深井，是几十年前修建的。它的东端就在翟泉河边。渠水到这里弯转向南，一直延伸到麦田的尽头。我在水渠边的石岸上坐下。孩子们在我旁边玩水嬉闹。

姑姑，你是不是科学家？

不是。

那你是什么家？

这可把我问住了。这个孩子眼巴巴地看着我，似乎我这周吴郑王的家伙必然会是"什么家"。可惜我什么家也不是。若一定要用什么家来描述我自己,那,我大约只能算是输家。孩子的词典里还没有"输家"这个词,即或有,我也惮于说出。尽管已经领教过人生中必然含有的艰险,但我不喜欢当着孩子的面夸张失败。人生这么艰苦,必须葆有勇气啊。

我说,有人说我是个作家。

作家是不是科学家?

嗯……不是。

我们教室里写了,长大要当科学家。

你想当科学家?

我想当运动员。我跑得可快了,我赛跑得过全校第四名。

哦?那你跑得很快啊。

前三名有奖状,第四名没奖状。

不要紧,你可以给自己画一张奖状。

画的奖状能不能挂到墙上?

当然能挂到墙上了。

我要是能当运动员就好了。

那孩子牙齿咬着下唇腼腆地笑。他看起来很开心,但还是若有所思的样子。然后,仿佛是要证明自己的速度,他突然站起身,在水渠边的杨树林里跑起来。他不仅跑得飞快,而且闪躲灵活,像一只在林间穿梭的小鹿。不知道他会不会给自己画一张奖状。乡村学校能维持文化课已经很勉强,这些孩子没有机会参加体考或者艺考。虽然对于乡村孩子来说，当运动员差不多是个空想，我还是希望那个正在奔跑的孩子给自己画一张奖状。

6

在和玉表姐聊天之前，我不曾想到一个把日子过得兴兴头头的人会这样说话。我以前从来没有跟她深聊过，她精明强干，活得气派周全，不是我喜欢对谈的类型。而且，在我的臆测里，这缓慢的乡村时光是宜人的，一个自始至终在这里生活的人，比起我这样的远游者，要安生。

年过不惑的玉表姐神色萎靡，显得苍老过度。我至今记得她十七八岁的样子，白净高挑，眉目清秀，有一种格外肃静的气质。如今儿女大了，玉表姐得空便做起服装生意，把家里的几间破屋转眼翻盖成了三层楼房。提起她持家的本事，街坊邻居无不夸赞。但是玉表姐说，活得不值啊，唉，不值啊。她说一闲下来就不知道日子怎么过了，心里空得很。她说，年轻的时候不懂，觉得那些出家人都是神经病，放着好好的日子不过，去当苦行僧，现在呢，一天到晚想着出家去修行。我问她是不是因为女儿出嫁了，舍不得。她说不是，她是觉得可惜。她说她自己拼着吃苦受累，就是想让他们好好念书，长大了有点见识，别像她一样活得像糊涂虫，可是现在，一个早早谈起

恋爱，一事无成就嫁了人，另一个，刚上完初中就死活不想上
学了，成天东游西逛，不务正业。

　　玉表姐抹一下眼角说，到底还是落了俗套。她长叹一声，
又说，有时候赶集回来，坐在那里数钱，数得心里那个空啊，
觉得这钱挣得真没意思，抓挠了这么些年，钱有了，楼盖了，
可两个孩子都荒了。

　　这重锤击鼓的家常话，说得令人惊心。我劝她，要说服儿
子继续上学。玉表姐叹道，没学可上啊，现在全乡一所高中都
没了，县一中又是查分收学生，缺一分交一万，排队都排不
上。这一茬小孩没几个正经学的，学校不管，老师不问，家里
大人惦记着挣钱，都出去打工了，把小孩往家里一扔，爱学不
学。没出路，小孩就往下坡路上混，不是成天窝在电脑前头玩
游戏，就是吆五喝六吃喝打麻将，勉强上了学，也还是胡混。
荒了，都荒了。

　　已经是月上中天，院子里又安静又清凉。我沉浸在她的绝
望里，那种在心头出现过许多次的悲哀正在卷土重来。人们的
收获各不相同。但许多孜孜不倦的辛苦，不过是致力于改造生
命的外壳。那个壳，恰是容易破的。如果说，生命的重复与坠
落已经是不堪忍受的事，那么，谁又能够忍受这种重复与坠落
在下一代那里变本加厉？这些生在乡村并将在乡村长大的孩
子，他们读着一年级的时候，读着五年级的时候，心里或许都
有过想望，只是，成长环境中可资汲取的精神给养几近枯竭，

儿时的想望，在成年之前就会灰飞烟灭。而孩子身边的大人，几乎没有能力觉察。天真烂漫的孩子一直在改变，直到他们变得沉默，抵触，躁狂，变得充满了敌意，许多做父母的也不明白，孩子究竟是怎么了。玉表姐，这个希望孩子跟自己活得有所不同的母亲，她觉察了。但这样的人正在绝望。

我难以设想他们还可以指望什么。面对故乡，我在局外。我的怀恋只是生命之初的天真里漏下的碎屑，是人当年少、无忧无虑的轻快，是辛苦承担的乡村生活边缘的装饰，是我一个人的永不再来，与眼前的乡村并没有实质性的关联。

7

最近，一位从编辑岗位上退休、写了大半辈子的朋友声称自己再也不写了，一个字也写不下去了。因为她五十五岁了。在五十五岁到来的时候，大多数女人会被宣布"退休"。虽然没有退休的时候她也不曾做过多少努力，可是现在，被这个一刀两断的仪式惊醒，她一下子意识到，她已经是个"宣布作废"的人了。她突然垮了。

我不知道自己是否也会发生类似的坍塌。我曾以为，写作是逃遁的曲径之一，是从命运中险死还生的办法；对于人生的颠簸与虚无，写作者——可以深入灵魂内部的人，是有力量克服，或至少有能力理解的。但发生在此类人身上的坍塌仿佛是一个证明，它确凿地显示着人的精神世界的不可思议，令一种危险显影——即或有写作，我们依然可能在肤浅的刻度上活着，依赖的只是不牢靠的事物。

人们总是想逃。怀乡或隐居，只是我们逃遁的方式之一。隐居瓦尔登湖的梭罗说，家具越多，越不自由。那么，丢掉家具，从命运赋予的外壳里脱身而出，就行了吗？如果行，出逃的人们为什么要回去？

可怕的也许并不是失去目标，而是失去来路。就像寓言中的远行人。远行人去过许多远方，去过很远的远方，有一天当他返回，当他在一个星夜赶到家门前，推门之后，他看到的不是离开时的巢穴，而是一片荒原。这时候他才明白，原来每一种斩断，都是有代价的——你关上门离开，就可能再也回不去了；而你自以为早已逃脱的旧时光，必会频频以记忆的方式来提醒你，那印记就在你的骨头上，在你的血液里，你逃不脱。谁也逃不脱。我们都是被不断斧凿的石头，并非我们要变节，而是，当命运的重锤击打下来，我们才发现，自己的质地根本经不住。或许，并没有人情愿逃脱——从起点开始就被不断灌注的某种生命势能，虽然可能与生命自身的渴望格格不入，虽然总是导致痛苦，但由于根深蒂固，最终，痛苦也就成为一种救赎般的痛苦。

我早已陷落到某种不可救药的情绪之中了。这情绪犹如四方连续的花纹，平铺，无穷无尽，也大致等于没有。

　　满怀乡愁的流亡者，塔可夫斯基的流亡者，在目睹过一个痴人的牺牲之后，怀着拯救世界的隐秘愿望，手捧蜡烛，一遍遍穿越温泉。风在吹，手中的蜡烛总是在途中熄灭。他返回，再返回。他不断返回，因而出发过许多次。他回到起点，点燃蜡烛，重复着穿越温泉浴池的跋涉。流亡者的身影在几近干涸的温泉浴池中缓慢移动，背景是青苔遍布的浴池边壁，风过浴池时若有若无的呼哨，偶尔传来的滴水声，他的呼吸声——如履薄冰。

　　那不厌其烦的反复有如表达本身或毫无指望的怀乡。每当沉湎于那个冗长无比的长镜头，我的想象便会确凿无疑地展开——在我们的身体与意识之外，还有某种分岔开去的过程，为另一种意志所驱动的"经过"。所谓盼望，也许正是在如履薄冰的"经过"中建立的。

去河源

1

自驾去黄河源是在多年前。彼时父亲抱病辞世，生死隔绝的大哀让我有相当长一段时间无法复原。我不时偷闲逃离闹市，在乡间道路上漫无目的地游荡。有一天，我蓦然想起了"漫水滩"。

在父亲的讲述里，"漫水滩"是带有几分惊险的神秘事物。漫水滩哪，父亲说，那地块又大又空，十几个人往那里一撒，跟往大路上撒了把石子一样。六十多年以前，父亲是一名测绘军人。他所在的部队驻地在京津一带。他和他的战友为什么会到西部去，为什么会有一次探访黄河源的长途跋涉，是执行任务还是休假，我记不确切了——或许父亲并没有跟我讲起过他们长途奔赴的原因，或甚至，那只是父亲转述的别人的往事。当时我年纪太小，还没有理解他的能力。等我成年了，可以听得懂他的话了，他却早已换了话题。

父亲说话行事皆是边界斩截，比如从来不跟后辈人对弈，比如讲述往事总是不好好从头讲起，等等。他要那样，就得那样，没商量。他不提，谁追问他也不会再提。在喜悦或苦楚的日子里，我常常记起他说过的那些跟寻常日子毫不相干的往事，记起他慢悠悠的语调和为点燃一支烟而造成的停顿。我这个好奇的人，总是在他的理所当然面前噤声，把心里的疑问一再按捺。

在听父亲讲述往事的年头，我未经世事，还是一张白纸，而父亲也仿佛是在以他的方式书写——他是作者，他叙述的每一句话都自有来龙去脉，不应该被一个孩子稀里糊涂的提问所打扰。那也许并不全是父亲的往事，而是父亲以自己为主角编排的故事。但所有的故事，在小孩子那里都会被当真。黄河源头的漫水滩仿佛儿时反复经历的一个场景，不时在梦境里出现。

六十多年很漫长啊。如今，我已经比当年讲述河源往事时候的父亲年纪还大，他说过的话却还清晰如昨。他说他们那一拨兵，穿解放鞋，用铝制水壶和搪瓷茶缸，说五花八门的方言。他说他们使用白玉牌牙膏，牙膏皮是锡做的，烧化了能焊平搪瓷茶缸上的砂眼。漫水滩哪，他说，看一眼，叫人心都慌了。

那场景在我印象里像颗钉子，尖锐，冷硬，在某个角落里发出旧金属的微光。时至今日，我觉得自己似乎也成了那样一粒被抛掷到某个巨大空间里的石子，周遭旷野辽阔，人迹断绝。庞大的虚空稀释着属我的一切。我也感到了那种奇异的"心慌"。

父亲大约想不到有一天我会成为一个醉心于远行的人。他当然也想不到，"测绘"这件事会成为我跟某个越野团队之间的第一个话题，进而成为隐藏的牵线，成为连接我们的媒介。"测绘"这个词在胥江谈起它的一瞬间让我怦然心动。我想起父亲说过的话，想起那片让他觉得"心慌"的巨大的空地，想起父亲说过的"石子"。面前那个人——衔着烟卷、慢条斯理聊着"测绘"的胥江，仿佛就是那一把石子中的一粒，和我一起被撒到了通往河源的长路上。我对他，以及甘于"在路上"的他们，陡然有了某种相依为命的幻觉。

于是，我决定跟随他们去看看那片梦见了无数次的"漫水滩"。

2

我至今记得出发那天陡然刮起的大风。

清晨的高速公路上车辆稀少，毫无预兆的大风从越野车后方呼啸而来，像是一次猛烈的追赶，又像是特为护送。我们轮流开车，一路接力，第一天就赶到了青海。大家打算在共和休整，适应一下三千米以上的海拔，隔天再到玛多去。路上车辆稀少，加上越野车强悍的通行能力，赶到玛多只用了两个多小时。

车过河卡，窗外画风突变。草甸覆盖的连绵低丘被雪山代替，天气也变得阴晴不定。冰淇淋般的云朵或深或浅，让我想起了那首仿版民谣。"云一朵，云两朵，云三朵啊云四朵……"汉语吟唱的歌谣唱的是"长亭送别"。而那支让人醉倒的原版曲子，唱的却是"在路上"，是"一百英里，二百英里，三百英里，四百英里，我已离家五百英里"。我正在走的道路早已超过了五百英里。在通往河源的长途上，山不是山，水不是水，连云朵都变了样。

正在头顶漫游的云朵据说相当凶险。胥江告诉我，它们有可能突然变成鸽子蛋一样大的冰雹砸下来。

车左侧远远看见一片湖。我看了看车载即时地图，我们已经走到了兴海县与玛多县交界处。这片湖就是传说中的"苦海"。我们停车，在苦海边站了一会儿。我看着那湖面。它平展如镜，反射着天光云影。据说，它也能吸纳人心中的苦楚。

道路右侧是布尔汗布达山，左侧能望见阿尼玛卿山积雪覆盖的山顶。在地理学上，阿尼玛卿山属于东昆仑山系。昆仑山是华夏地理单元中央山系的西脊，它的东支岔开为三座山，由北而南，分别是阿尔金山、阿尼玛卿山、巴颜喀拉山。"阿尼玛卿"，藏语意为"活佛座前的最高侍者"。在藏传佛教地区，阿尼玛卿山和冈仁波齐山、梅里雪山、尕朵觉沃山并称为四大神山。右侧的布尔汗布达山也是昆仑山的东延山地，山顶常年积雪。

我看着山上的冰雪跟胥江闲聊。我说这些山呀河呀都让我着迷。我说我每一次来都不想回去。我说，我父亲年轻的时候为执行一宗测绘任务来过这里，我跟这个地方是世交。

父亲的河源往事跟 20 世纪 50 年代的那一次河源勘探测绘有没有关联，我不知道。那时候他才多大？十几岁，一个痴迷测绘的小兵。有没有可能，那些被我牢牢记住的河源往事，只是他转业到漳南灌区工作以后，从水利部门的同行那里听来的？其实，那是谁的往事已经无关紧要。即便是亲身经历，父亲也会当成故事说给我们。他的开头总是，来，咱们开始"说古"了。既然是故事，他乐意虚构。他是一个虚构能手。他并不为着"告诉"我们什么。他只是为了"说古"，为了哄小孩高兴。他常常把自己的故事和别人的故事掺和到一块儿，讲得枝蔓横生、云遮雾罩。这使他说过的许多往事虚实难辨。但父亲也有他的纪实。他留下的老物件之一，便是一沓牛皮纸笔记本。我最早看见的黄河就在其中一个四方形牛皮纸笔记本上。父亲手绘的源流图带着密密麻麻的数字和符号。那些由盘桓的曲线、红色直线、小三角、小圆点，以及未知其意的阿拉伯数字构成的神秘图形，一下子"拿住"了我。我常常把父亲的抽屉悄悄打开，拿出那个四方形笔记本，爬上屋顶平台，对着其中的手绘地图翻来覆去地琢磨。

　　父亲喜欢在墙上挂印制的地图。一幅中国地图，一幅世界地图。很早我就在地图上认识了黄河。它一路上在哪里遇到了高山，在哪里遇到了草原，在哪里有弯转，在哪里穿行峡谷，在哪里路过高原、盆地和平原，不必用心记忆即可历数。那条河在我的印象里不只是文字的、概念的，也是形象的、具体的。那时候特别想知道它在什么地方，离我们的村庄有多远。我注意到那张地图下面有个"1∶10000000"的数字。我问那是什么意思。父亲点点自己手里的"金钟"说，意思是，要是在地图上黄河跟咱家隔着一根烟，在实地上，黄河就跟咱家隔着一千万根烟。

　　那是多远呢？我看着墙上的地图，找到我家附近的车站。地图上那支"烟"变成道路，在我的脑子里渐渐放大。一支烟的路途化为黄土地面，化为路边的电线杆和小麦田。一支烟的道路在父亲手指间燃尽。

3

道路尽头出现一片低矮的白色房屋。在一望无际的山丘之间，那些房屋状如碎砾。房屋之上云涛翻滚。那就是玛多县城玛查里。黄河源到了。

黄河河源，在地理区划概念上，包括了龙羊峡水库以上的黄河流域范围，涉青、川、甘三省，面积十三万平方公里。我们正奔赴而去的扎陵湖和鄂陵湖，是黄河上源合曲为河的地方。两湖以上的河源地带，是呈扇形分布的河曲：居于最北部的扎曲，长七十公里，水量有限，大部分时间断流；位于卡日扎穷山麓的玛曲曲果日，汇集泉水成溪，下行汇合约古宗列曲，形成较大溪流，称玛曲；位于南部的卡日曲，上游有两个源头，北源卡多曲，南源拉朗情曲。拉朗情曲上源那扎胧查河源于巴颜喀拉山北麓，是黄河上源最长的水流之一。三条溪流汇聚后入扎陵湖，又从扎陵湖东南角流出，经两湖之间的宽阔河谷，从西南方向注入鄂陵湖，再由鄂陵湖北部流出，折向东南。

黄河正源在哪里，地理勘察结论曾有多次变动。1952年，玛曲上游的约古宗列曲被定义为正源。1978年又根据流量认定卡日曲为正源。1985年测量后再更正，认定约古宗列盆地西南隅的玛曲曲果为正源，并在曲果位置竖立河源标志。2004年和

2008 年，分别有两位地理专家勘察后认定，注入扎陵湖的溪流中最长的是卡日曲，其上游的那扎陇查河才是黄河正源。但哪一处泉水或溪流才是正源，对于黄河来说并不重要。一条有容量的大河总会接纳所有奔赴而来的流水，不会在意谁主谁次。在人们印象中，到了玛多，到了扎陵湖和鄂陵湖，就是到了黄河源头。两处湖水接纳的溪流都是从巴颜喀拉山及其支脉发端的，它们都是孕育中的黄河。严格地说，出鄂陵湖以后，黄河才算是"降生"了。经过了双湖的补给，它才具备了长途奔涌的水量与水势。

我看着河源地图，默默估算着速度、里程，以及我们抵达和返回的时间。

从玛查里到鄂陵湖和扎陵湖，再到最接近玛曲曲果的麻多乡，大约二百公里；麻多乡到玛曲曲果立碑处，还有六十公里。但这些距离都是推测。我查过许多关于这一带的地图和交通资料，里程标示全都不一样，甚至差异很大。扎陵湖以上的路况难以估计。从麻多乡到玛曲曲果，原来几乎没有明确的道路，只有在草地或泥泞中留下的车辙。六十公里这个数字是自驾走过这段路的人估算的，他们当时的时速大约三十公里，从麻多到玛曲曲果走了两个小时。我估计可能没有这么远。

只要知道时间也就够了。全程走不快，再加上中途的停顿逗留，玛查里到河源往返时间差不多需要十二个小时。就是说，如果当晚返回玛多县城，那就到了晚上八九点以后。即便西部天黑得晚，时值深秋，也会有一两个小时的夜路。

　　扎陵湖与鄂陵湖就在眼前了。它们位于玛多县西部构造凹地内，海拔四千三百多米。出玛查里向西，通向河源的路先是一段柏油路，再是沙石路，然后就成了搓板路。尽管如此，路况还是比我预想的要好得多，至少有路可走，路面也算平整。

　　赶到鄂陵湖边的时候时近正午。传说中鸟群云集的小西湖"鱼餐厅"此时安静异常，没有水，没有鱼，自然也没有鸟。那个水落鱼出、群鸟啄食的季节已经过去了。阳光强烈，气温适宜。堤岸左边的鄂陵湖浅滩波光点点，水色轻柔。我们下车，在水边用过午餐，沿着鄂陵湖与扎陵湖中间谷地向南走。前方是牛头碑和茶木错。左手的鄂陵湖岸边不时有成群的高山绵羊。它们就在湖边站着，看着我们的车一前一后经过，雕像般一动不动。右手是黄褐色的高山草甸，不时有藏野驴出没其间。偶尔能看见苍鹰或金雕，在云朵下面展翅滑翔。鹰隼类的大鸟活动区域在高空，难得有机会近距离观察它们。尽管依靠鸟类图谱反复比较过它们的形貌特征，但也只能在图片上分辨。看见实物，总难准确指认。天高风劲。车窗外面，高原上的生灵倏忽往来，似在标示世界的阔大与自由。

　　茶木错是扎陵湖东南部的一片小湖，夏季雨水充足，它会与扎陵湖连成一片。现在是枯水季，有一部分湖底裸露成为水岸，这片水面就成了单独的一块。茶木错附近的谷地平缓开阔，穿过谷地的小路蜿蜒向前，时隐时现。天空阴晴不定，湖水颜色则随天色变幻，或深蓝，或铁灰，偶遇云朵经过，便是一片银白。黄褐色的高原草甸与深嵌在谷地上的青蓝湖泊构成了触目的色彩对比。

处于大体量的旷野之中，我仿佛被某种莫名的势力所镇压，直觉与经验难以贯联。烈风劲吹，头发在脸上杂乱无章地扑打。我抬手拢拢头发，蹲下对着地面拍特写。这里的草地属于高寒草甸，多是毛茛、问荆、针茅之类的苔草。这些经得住冷热旱涝的植物，有些贴地生长，四处伸展，像在大地上铺了一层毡子；有的会在雨水充足的夏季挑出细长的草尖和豆粒大的小花。而现在它们干枯发白，全都蜷缩在地面上，一团一团的，斑驳稀疏。这片草地在承受水力、风力、重力和冻融侵蚀的同时，还要承受超载放牧和无度的垦草开田，从 20 世纪八九十年代开始，干旱、泥石流和草原退化迹象便日渐严重。植被退化导致的水源涵养功能减退，已经使河源区的四千多个大小湖泊减少了一半。因草原减少，依附于草原的生物种类和数量也在锐减。同时减少的还有氧气。本就相对稀薄的氧气因植被衰退而更加缺乏。

从茶木错返回，去牛头碑。牛头碑在措日尕则山顶峰。从山顶俯瞰，可以看到鄂陵湖和扎陵湖大约三分之一的湖岸线。大自然随物赋形，从来没有重复过任何一根线条。这些弧线在大河源头的谷地上肆意伸展、蜷曲，比人工造就的图画更令人赏心悦目。近处水色澄碧，远处是河水穿过湖心的景观，河水微微浑浊发白。而"扎陵"这个语音在藏语中的意思，正是"白色的长湖"。东部的鄂陵湖比扎陵湖体量大，湖色深沉，因而名为"鄂陵"，意为"青色的湖"。

父亲他们的水准仪、经纬仪曾经在这里支开过吗？我仿佛看见他们穿着旧式棉布军装，脚蹬解放鞋，在这里走来走去，远看近看，校准，记录。那时他多年轻啊，又瘦又挺拔。他说起鄂陵湖的时候口气神秘。鄂陵湖妖怪得很，他说，前晌风平浪静，一到后晌，平地起风，漫天跑马云，天也黑了，水也黑了，白花花的太阳地儿，一眨眼狼烟地动。

4

午后赶到麻多乡。我们的位置在约古宗列盆地中部，通信信号已经没了。

约古宗列，藏语意为"炒青稞的浅锅"。盆地呈东西窄南北宽的椭圆形，周围山岭环绕。盆地坡降很小，高原草甸在大温差下反复冻融，形成上百个大大小小的水泊。阳光照耀时水泊泛出孔雀蓝色，如开屏孔雀，所以在藏语里，这里叫作"玛涌滩"，意为有泉水有孔雀的沼泽。水泊四周是天然牧场，野生动植物众多。野牦牛散布在草甸上悠闲地吃草。高原气温已如严冬，仍不时有藏原羚和藏野驴在远处低丘之间出没。

据说这里偶尔会遇见狼群、雪豹和棕熊。所以，我们的活动范围一直局限于越野车附近。

我下车，在路边站了一会儿。四千五百米的海拔并不算太高，但感觉空气里的氧气稀薄了很多。一个写诗的人曾经说过，他的理想，就是到西部水草丰茂之地，做一只吃草的羊。但是在这里，连呼吸都这么辛苦，做一只吃草的羊想来也并不惬意。

遍布水泊的草地上，星星点点的水面反射着天光，直如群星闪耀。玛涌滩的汉语美称是"星宿海"。在星罗棋布的水泊边缘，是令人望而却步的深褐色滩涂。路上偶尔见到四肢没在泥中正在吃草的牦牛，它们长毛拂地，神态安详，但不知怎么，我总替它们担着心——看上去它们真像是湿地的食物，似乎这片沼泽里潜伏着无数张隐形的嘴，会随时把它们吞吃下去。这种泥炭类的沼泽地，含有大量死亡生物体的遗骸分解物，在某种意义上的确是"活的"，它也真的会"吞吃"。有沼泽地行走经验的人，都会记得那种随时可能被"吞吃"的恐惧。一个不留神陷下去，非以强力拉扯不能脱身。因为这"活地"会把它的"食物"往下吸。那种诡异的下吸力，称为"下咽"毫不为过。但它并不主动攻击你。当你保持一个旁观者的谦逊，遵守界限的时候，它呈现的景象是悦目的。距离产生美，在这里不是煽情，而是铁律。

天空明净，云朵静止。奇异的景象令人屏息。时间还早，加上氧气稀薄，我们沿着先来者留下的小路，慢慢开向河源。

许多路段设了木桩标示，这让我们的行进轻松了不少。

到达玛曲曲果的时候已过下午五点，阳光依然明亮刺眼，感觉仿佛是午后。这里的日落时间比中原约晚两小时，离天黑还早着呢。

大河的源头并不如想象中那样神秘。大河的源头跟小溪的源头看起来没有什么区别。被认定为黄河正源的泉眼宽不过一米，深不过竖掌。如果不是一块带有"国家地理"字样的河源标石，你根本不会觉得这么一个不起眼的地方跟黄河有什么联系。草甸上的河源碑有七八通，有的是自驾到这里探源的户外远行者所立，虽然不甚周正，但也令我肃然起敬。在有标示的路上接近河源，跟漫无头绪、不知死活地寻找，完全不是一个概念。早期的越野人，有的在这里转好多圈都找不到地图上标记的这个点，走了很长的冤枉路，仍与河源擦肩而过；有的在约古宗列腹地屡屡陷车，惊险迭出；有的遭遇暴雪，全体高原反应，只得紧急求援。我们是迟到的一拨。借助了前行者留下的痕迹，还算幸运，没有迷路，身体也都还扛得住。

"黄河源"的标志碑就竖在眼前，但我还是很难接受什么"正源"之说。关于泉水水量、河道宽窄、溪流长度的统计，都只是告诉我一些信息，却难以让我相信，黄河就是从某一处泉眼出发奔向了大海。一条奔流万里的大河正如某种绵延数千年的文明，它们的强盛主要不是因为有一个明确标识的正源，而是由于具备了不拘一格、广纳博收的气量。在整个黄河源区，河水应该是在接纳了两侧高山无数泉水和溪流的约古宗列盆地第一次蓄积了能量，到扎陵湖和鄂陵湖再次蓄积能量，然后出湖，才具备了"大河"的底气。玛查里以东，黄河水顺势而下，在青藏高原和黄土高原上画了一小一大两个首尾相接的"几"字，再经华北平原奔赴渤海。

愣怔之间，"妖怪"来了。

高原上的乌云离地面很近，抬眼能看见密密麻麻的云脚，似乎云朵不是飘过来，而是踏着小碎步跑过来的。已经跑到头顶的乌云体量巨大。乌云正在崩塌，正从空中兜头压下。阳光灿烂的河源地瞬间变得阴森可怖。谁也不知道接下来会发生什么。会不会突发暴雪？返回的唯一道路——那些本就忽隐忽现的车辙会不会被积雪掩盖？这一大片漫无边际的湿地会不会在一场雨水或雪水里顷刻化为沼泽，进而断绝归途？我想起父亲反复用过的那个词——漫水滩。我瞬间明白了"漫水滩"为什么让他感到"心慌"。

乌云推移的速度很快。我们不约而同，转身向车子飞奔。得赶快撤！我们被一大团黑苍苍的云块追赶着，仓皇离开。父亲的描述生动逼真。这就是他曾看到过的情形：跑马云。白花花的太阳地儿，一眨眼狼烟地动。

胥江的车技出神入化。我们很快返回扎陵湖。天上开始落雪。雪花稀稀落落的，让人感到祥和。前头是能正常行走的硬地。在墨灰色天空和枯黄草甸之间，又一次出现藏野驴。它们正从丘陵上奔跑下来。大家都松了口气。

但我们还是大意了。落雪越来越猛烈，天色也越加昏沉。鄂陵湖黑色的湖面开始起雾，很快便大雾弥漫。湖水隐在浓雾与雪花之中，仿佛消失了。这时，我想我才真正看到了"漫水滩"。四野苍茫之中，根本找不到路在哪里。玛查里通向河源的乡道尽管是粗沙路，也略略高于地面，即便落雪，仍依稀可以辨认。但这里是"漫水滩"，是雨季河水漫流的滩地，没有任何可以辨认的道路标识。在落雪的覆盖下，道路彻底消失了。

胥江在小心翼翼往前挪。我一直信赖他的车技和方位感。即便在这样的漫水滩上，他也知道怎么找到可靠的路。到玛查里还有九十多公里，以目前的速度还有将近两个小时车程。我看着前面雪地上隐约显现的路面，倦意深沉。

到玛查里草草吃了点汤面，就赶紧躺下休息。四千三百多米的海拔加上雪天，气压低得让人头晕目眩。后脑开始隐隐作痛。外面风声呼啸。大风在这个无遮无挡的小镇肆意掠过，把不知什么东西掀动得叮咚作响。你也在这里住过吗？父亲，那时你在哪里？还有谁在？说过什么？你提到过卡车、解放鞋、铝制水壶、漫水滩和"妖怪"，但你没提到高原反应——这种由人体内压力与大气压不对等导致的膨胀，仿佛黄河源头对外来者的驱赶。

5

黄河河道经过第一次地理陡降之后，在阿尼玛卿山南端谷地上回旋，来了一个一百八十度的反转——先在久治以东，流向东南方向的若尔盖草原，然后在四川唐克乡以北回转，经玛曲流向同德、兴海，再流向贵德，构成了上游河道的小"几"字。这个大转弯，称唐克湾。

从河源返回时，为尽快修复高原反应引起的不适，我们先下到了距离玛多最近的低地——阿尼玛卿山脚下的小城久治，稍事休整，再出久治向北，奔向阿万仓，再到郎木寺。这段穿过小"几"字顶端的路程，不仅跨越青甘川三省，而且由西南向东北，两度跨越黄河，途经高原、丘陵、草原、湿地，海拔陡降三百多米。其曲折多变、幽僻阴郁，在我走过的道路中实属独一无二。

过了黄河桥，土路变成了沿河柏油路，道路呈"T"字形岔开，左右各自沿河而去。乡间道路没有任何标示，车载导航信号也有些紊乱。凭直觉应该向右——这段路大方向是西南—东北，无论如何，阿万仓都在右方。往前不远，路边出现了"阿群段"标志，里程标示数字渐减。这说明我们是在向着"阿"的方向走。我的判断是对的。

左手山丘，右手黄河。河道宛转向前，河面开阔平静。一场薄雨适时落下。雨点时紧时疏，在挡风玻璃和车顶敲出噼啪之声。胥江打开车载 CD，放一首叫作《阿万仓》的现代风民谣。歌是藏人唱的，歌词单调，音声混沌，只有每节压轴的"阿万仓"听得分明。阿万仓，这名字陌生、嘹亮，带有莽莽苍苍的乐感，有一种莫名的神秘和浪漫。不断回旋的曲调犹如一只点穴的手，它沿着某根经络兜转来兜转去，在每一处酸痛点停留，把那些紧张纠结一一捻开，让人浑身舒展。

地平线上先是出现了两排火柴棍似的电线杆，接着出现了一片白色建筑。灿金屋顶在蒙蒙细雨的阴郁背景中很是惹眼。不用说，一定是寺庙。这一带的房屋大多低矮俭素，但寺庙全都建得巍峨辉煌。沿途所见，无论规模大小，热闹冷清，每一处寺庙，无不庄严肃穆，郑重其事。所谓相信、重视，归根结底，是在这样的取舍中体现的。

道路旁边竖立的深褐色标示牌上是炭烙的寺名——阿万仓宁玛寺。

还在下雨。我停车，把冲锋衣帽子扯到头上，抻平帽檐，下车。刚才在远处看到的灿金屋顶，就是大门右侧正殿的。正殿建制四层，由下而上，高度、宽度逐级收缩，每层皆有四角塔柱和四方门；覆飞檐金顶，上有连珠塔刹。这种建筑格局，从视觉上给人以既高耸威严又沉稳安详的感觉。

他们不止一次从此经过。为了照顾我的需要，胥江问要不要进去看看。我摇头，还是不看了。我对佛教经典的奥义缺少理解，走进去晃一圈，了一了到此一游的浮念，太敷衍，反会让我感到惭愧。

右转就看见那小镇了。

阿万仓，胥江提醒说，那就是阿万仓。

在山丘之间的褐色大地上，阿万仓是白色的，在雨中微微发亮。这里是藏族格萨尔神话的诞生地，也是西羌民族的集聚地。传说西羌民族与汉族同源，都是古羌人的后裔。在末次冰期结束后的洪水泛滥时期，原始人类聚居地并不在平原低地，而是在地势更高的高原临河地带。古羌人的聚落主要集中在有黄河穿越的山西高原和黄土高原中部交界带。大禹时期，随着地理气候的变化，洪水消退，地势较低、土壤肥沃、更为开阔平坦的平原临河地带，因适合农耕，成为人类聚落的首选之地。古羌人中的一部分开始离开高原，迁徙到渭河谷地及今中原地区黄河沿岸，开始了农耕生活。这部分羌人，史称"东羌"，是华夏民族直系先祖的一部分。另一部分羌人据守高原，依旧保留着游牧生活方式，史称"西羌"。数千年来，西羌部族又经分解，陆续迁往不同的地区，成为后来的西部及西南诸羌。

在地形图上，阿万仓处在阿尼玛卿山东南端余脉之间，在黄河一百八十度折转的小"几"字形臂弯里。而在下游的大"几"字形臂弯里的黄土高原中东部，则是古羌人最早的聚居地。这实在是一个令人好奇的巧合。

　　时值午后，微雨中的小镇明亮静谧。我们的越野穿过阿万仓大街走向玛曲。一片苍莽湿地在前方展现。我知道附近有两百平方公里的草原，没想到就在小镇脚下。黄河从久治进入玛曲木西合，先后接纳贡曲、赛尔曲、道吉曲等大小水流，河水因流泻不畅，积成了无数的汊河和沼泽。黄河到了这里便遁形了。黄河化为一大片水流之网，像是张开的秋千绳。这便是阿万仓湿地，又叫贡赛尔喀——藏语意为"河曲汇流之地"。在一眼望不到边的草原深处，是密布其间、回环勾连的河湾；草地近路边缘，则是黑的牦牛群，白的羊群，红褐的马群，骑马的牧人，牧人的毡房，草垛，牛粪墙。

　　我试图沿着穿越湿地的木栈道走到深处去。那种一言难尽的惊怖又来了。在黄河源头的约古宗列，在祁连山腹地木里，那种诡异的感觉曾不止一次兜头袭来。那是巨大的荒野造成的威压，是视野乃至全部感官系统里的强震。在平坦、坚硬、安详的华北平原，我从来没有、也不可能见到这样诡异的地表。它是稀烂的、不能承托的软地，在深秋的雨水中，它呈现斑驳的肤色，恍若活物。无数的河汊拳曲交错，正如筋脉遍布其中；湿淋淋的苔草成块成绺，亦如绒毛附着其上。它是无声的，安静得令人不安；却又分明在呼吸，气息中带有腺体分泌物特有的黏滞与微腥。它浑身都是口，都是胃。我仿佛成了投到这巨大活物口中的一枚小虫，正在被它咽下去，消化掉。意识昏乱。心脏似被一只巨手攥紧，每跳动一下都需要努力。

这情形让人难以经受。我不得不停下，退回到湿地边缘的公路上。我长长舒了口气。这种泥炭地，根本不是人类的地盘，长时间待在里面，真不是闹着玩的。胥江在旁边笑。什么叫长时间，还不到十分钟。他说，你怎么回事，魔怔了？我摇头。当然不是。这种貌似诡异的感觉，其实是缺氧造成的。大面积的高原泥炭地，都是极度缺氧的状态。所以，在约占宗列，在祁连山腹地，都会有类似的感觉。

经过草地边缘的下午，天空中曾出现潮汐似的云阵，整齐的云际线把眼前的天空对角分成了两块，一边暗蓝，一边亮白。在那个深如大海般的深秋，阿万仓湿地草原颜色深褐，暮霭笼罩，犹如塔可夫斯基镜头里的故乡。

我对不起郝美丽

病房

几乎在每个清晨，"小燕子，穿花衣"的电话铃声都会率先打破病房的寂静，孤零零地响起来。接着便是郝美丽的沙哑嗓音。又来了，又来了。她嘴上埋怨着，却也不急于接听，只是慢吞吞坐起来，摸索她的衣服鞋子。

这是一间格局特殊的病房，开在十七病区的东头，里面只有一个标准床位，朝东开了一面阔大的观景窗，门前的一截走廊恰到好处地隔离了来自普通病房的噪声。据说这病房原来是专门留给厅局级以上干部的单间，后来伊城新区分院投用，厅局级以上干部住院放到了新区，这间病房便加了两张床，成为"小病房"。小病房条件虽不如原来的单间那么优越，但比起挤了七八张床的普通病房，还是舒服了很多。

窗玻璃外面还是一派乌色，不过已经是早晨了，那一派乌色中透着隐隐的金属之光。

我喜欢清晨，即便是病房的清晨。经过一夜饱睡在枕头上睁开眼睛，有一种难以言喻的轻松。这是纯属身体的轻松，准确地说，是大脑感觉不到身体有重量。在病房，很多时候人只能躺在床上。即便这样，清晨特有的轻松也会准时到来。

我不知道究竟有什么事能让一部手机总是在天亮之前响起来。不过也无所谓，即便没有这电话铃声，这个点护士也会进来，随着"啪"的一声轻响，LED 顶灯大雪般的白光就会豁然灌满病房。护士要给昨天入院的病号抽血，开灯是必须的。还有在走廊上打地铺的家属，也会在这个时候被要求收拾铺盖，把东西放回病房。反正也不用着急，等这点喧闹过去尽可以再睡回笼觉。

一个人进了病房之后就有了足够的时间。时间仿佛大河里偶然涌入岔道的水流，它会陡然减速，甚至停下来。除了在预约时间必须去指定地点做指定的检查，其他时间都可以用来睡觉。

我把眼罩推到额上，垫高枕头，看窗外那一大片剪影般的楼群。在清晨的暗蓝天色里它们是纯黑的，显得极其肃穆。这个城市的人们仍在酣睡，还没有一盏灯打破那一片错落有致的黑。那一片楼群所在的位置是这个城市最早的楼群之一，楼面破旧斑驳，其间夹杂着花花绿绿的广告牌，白天看上去，也就是伧俗市井的一角。这原本不堪入目的景象，被昼夜交替时分的天色掩去细节之后，竟也颇为悦目。

耐心惊人的郝美丽每次都能磨蹭到燕子回答完毕才去接电话。手机里的歌便兀自唱下去：我问燕子你为啥来，燕子说，这里的春天最美丽。

马上就到春天了，天还冷成这个德行，漫天的雾霾让人觉得里里外外不清爽。燕子来这里为着个什么，谁知道呢？这穿花衣的貌似乖顺的小东西，其实是一种性情高傲的鸟儿。你若想像养鸽子一样把它们圈到笼子里据为己有，它们会愤怒，宁可把自己饿死也不会吃你喂给的食物。这样的灵物，会稀罕你所说的美丽吗？

躺在病床上的人闲得无聊，便常常把燕子的答案换掉——

燕子说，这里有个郝美丽。

燕子说，我们想念郝美丽。

燕子说，燕窝送给郝美丽。

因为这电话铃，来打针的护士总是逗她，美丽阿姨，这歌可是你的专属啊。郝美丽便敷衍着。她拍拍胸口说，你还别说，一听这歌呀，这心里头可安生了。在地道的老伊城口音里，这个"可"字念成拖长的去声，是整句话里的重音。被强调的字音像一道勒进泥墙的长索，引着人去细想里面的原委。

咋了？郝美丽的沙哑嗓音终于接续了唱歌的童声。噫，我还以为又是臭妞打的。郝美丽的声音陡然变得急切。那你等一小会儿，我现在下去。郝美丽边说边从床边站起来，两只脚倒腾着穿上棉鞋。

这两天伊城突然降温，这个点，室外温度大约在零下十来摄氏度。伊城冬天的冷分两种。一种是雪一般的冷，冷得松软、好商量，冷是冷，稍微焐焐也就化了。还有一种，是冰凌一般的冷，冷得生硬、锋利，直扎人的骨头。这两天的冷法，显然是后一种。郝美丽似乎很怕冷，里里外外的衣服有很多层，里面是保暖内衣，外面有暗红色的大针厚毛衣和花色零乱的毛绒家居服。她晚上睡觉极少脱毛衣，都是鼓鼓囊囊穿着睡。出门的话，外面还有一层厚厚的大棉袄，再加上蓬蓬勃勃的大围脖、绒线帽，她常把自己裹得像一大团没扎紧的包袱。

不过这一次，事情看来是很急，郝美丽没来得及一层一层往身上裹衣服，她拿了手机，披上大棉袄就出门了。

沙粒

窗外的天空转为含有光感的蓝灰。那是我最喜欢的色调，唯有在晴天，在清晨和傍晚的天穹边缘，才能见到那种玄妙的渐变色。偏执狂的脾气促使我试了许多次，企图调制出同样色

　　黑色楼群剪影被一方白色洞穿。在这个凛冽的寒冬，那个位置，每个清晨都会第一个亮灯。大约一刻钟后，在它的左上方，会出现第二个白色小方块。再过大约半小时，它们的正下方会零零星星出现一片小方块，白色的，黄色的，微蓝的。那也是一簇聚集的亮斑，沙粒状亮斑，它们在黑色剪影中一朵朵开放，犹如杂花生树。

调的电脑文档背景——由发光的蓝灰到沉郁的墨蓝。不过，我的模拟没有一次成功过。

黑色楼群剪影被一方白色洞穿。在这个凛冽的寒冬，那个位置，每个清晨都会第一个亮灯。大约一刻钟后，在它的左上方，会出现第二个白色小方块。再过大约半小时，它们的正下方会零零星星出现一片小方块，白色的，黄色的，微蓝的。那也是一簇聚集的亮斑，沙粒状亮斑，它们在黑色剪影中一朵朵开放，犹如杂花生树。"沙粒"在楼群右侧八点钟方向，跟身体中的"沙粒"曾经所在的方位一致。

身体中的"沙粒"已经被拿掉了。在被拿掉之前，它们的供血通道遭遇了药物阻断。被切断供养的"沙粒"坚持了两个多月。经历了三波药物狙击之后，顽强的"沙粒"们终于失去了生命迹象。"未见血流通过"的检查结果在我手上，被看宝似的看了许久。打扫"沙场"的手术已经过去一个多月。手术之后，为了巩固形势，又以药物消杀一遍。药物剂量每次只有九毫克，药力却是极其毒辣。这毒力对每个人造成的影响不一样。我的反应算是轻微——用药之后两三天之内，会有几个小时，骨头里若有电流穿过。那是从未有过的感受，难以用任何一种惯用的词汇去描述它，但它极其强烈，让人不可能移开心思去注意别的事情。

"沙粒"早已被歼灭，被同时切断的经脉却迟迟没有接通。有很长一段时间，创伤部位处于无痛觉状态。按照主治大夫的说法，人体神经有强悍的自我恢复能力，它们会慢慢"爬"到受创部位，在那里重新勾连成网。

伤口有一小截没有长好。有一厘米？我问。有两针，主治大夫说，剪开再处理一下就行了。像在讨论一件衣服。

在急救室，处置伤口的医用小刀在骨面上刮。能听到短促的、有节奏的沙沙声。站在旁边的护工金满箩嘶嘶地吸气，好像那几分钟的刮骨疗毒发生在她身上。她嘴里嘟嘟嚷嚷，对医生表达着不满。还大医院哩，都动刀了还不给麻醉，娘唉，叫病号干受着，啥医院哪。因为最初入院的时候我对检查和治疗程序完全没有概念，而用药打针紧锣密鼓，一项一项都卡着点，年轻的主治大夫按捺不住性子总是嚷嚷，金满箩对这个大夫很不满。她看这大夫的时候也斜着眼睛，一脸的厌烦。我摆摆手，让她回病房等。她皱着脸，一步三回头地退出了急救室。主治大夫的手很轻。我的感觉是有只蚂蚁在那里徘徊，只有轻微的触觉，不痛不痒。

为什么不疼呢？

这里的神经还没有恢复。主治大夫说。

神经不知道，可是我知道啊。

主治大夫开始消毒，敷纱布。你知道它也不会疼。

我看着天花板，厘不清这里的逻辑。我明明知道这件事，却不能激发我的痛觉，说明痛觉系统根本不能识别任何语言信号，而只能识别身体内部的生物信号。又或者说，痛觉只是神经的条件反射，而根本不是大脑反应。只是这么一来，我对于我的身体而言，又算个什么东西呢？一个旁观者？一间移动病房？

就是说大脑听神经的，不听我的？

这个……大夫把我扶起来。你也不能想疼就疼啊。

不需要再缝针吗？

不用，皮肤很快就"爬"严了。

这一块的神经呢，会恢复吗？

当然了，大夫说，不过神经"爬"得慢一些，别着急。

金满箩战战兢兢等在门口，见我出来，赶紧来扶。我笑笑说不用，其实不疼。金满箩坚持扶着我回病房，嘴里嘟囔着，娘唉，铁人。

走廊上有几个术后恢复期的病号在锻炼手臂。我们被反复提醒，术后十天就要开始锻炼手术侧的胳膊，举手做"爬墙"练习。"爬"，不是一个比喻，而是实际需要的手部动作。病区走廊的几处转角墙上画着标高格线，病号背靠与标线墙垂直的另一面墙，"爬墙"的手臂与身体保持平角，然后上举，先爬到一米六，然后一米七、一米八……直到能够垂直向上，再能够绕过头顶，触摸到另一侧的耳朵。这是一个需要数月才能完成的过程。伴随着贯穿手臂的扯痛，被手术切断而蜷缩的筋脉被一点点拉开。那一侧的手要真的像乌龟一样往上爬，直到筋脉被扯开到某个适度值——到你忍受不了那种筋脉撕扯的疼痛为止。

医生告知，术后半年甚至更长时间内，受创部位会有类似针刺的轻微疼痛，不用紧张，那是你的神经正在"爬"出末梢。

"爬"这个词一遍遍被重复，仿佛在描述某种有独立大脑且四肢健全的动物。手臂会"爬"，皮肤会"爬"，神经也会"爬"。在被"小燕子"叫醒的许多清晨，我都能感觉到它们在"爬"。微微的刺痛从重创区零星传来，犹如冬季常见的静电打击。这刺痛让我觉得安慰。这意味着受创的神经正在竭力"爬"向空白区，它们在倔强地不眠不休地恢复。疼痛充满了正能量。

窗外天色渐淡。黑色剪影慢慢褪色，变得形影驳杂。楼群现形，归入嘈嘈切切的市井之中。这时候，我可以睡个回笼觉了。

病房

郝美丽寒气飕飕地回到了病房。她脱掉外套，换上拖鞋，灌下几口热水，坐在床沿上开始数落她丈夫老朱。大约也是为了筹钱，老朱已经退休了也不歇着，天天跑到西郊一家什么加工厂干活，白天干完活，晚上带着晚饭来医院。为了陪郝美丽，老朱夜里就打个地铺，睡在医院的走廊上。

　　郝美丽的数落与刚刚下楼对付的事有关。老朱的电动车被"弄走"了。

　　在郝美丽嘴里，数落男人也是有章法有剧情的，悬念、包袱、卖关子一样不缺，像是说书。郝美丽说，从俺家门口到这儿，走路也就一小会儿，就是个老鳖，赖好动动腿，五分钟也爬到了，然后从这儿去他上班那地儿，看见没？出北门往前多少蚰蜒蚰蜒，三十七路公交，车都不用转，这边门口上，那边门口下，够方便吧？噫，他就不，他可成别筋国国长了，他说他没时间等车，快七十的人了，非作妖，非骑电动车。郝美丽又灌了几口水，继续叨叨。一大早，路上黑黢黢的，让他开车灯，就不开，说是白天不用开。这是白天？郝美丽指着窗外求证，隔十来米就看不清人，这是白天？那片天确实已经是白天了。郝美丽转头一看，自己先笑了。奶奶！这天儿亮真快。

　　郝美丽说，她有时候绷不住，就发动儿子劝老朱。郝美丽把儿子说成是"他儿子"。我跟他儿子说，你爹不听劝，非骑电动车，摸黑骑还老不开灯，还不让我管，我丑话说前头，他要是不让我管，出了啥事可别埋怨我。郝美丽手机响了一下。她拿过手机，一边划拉一边叨叨。你知道他儿子说啥？他儿子说他，老哥儿，你要是不听阿姨的话，非自己作，作出了啥事，可别指望我管。

　　儿子叫你"阿姨"，这么说儿子的确是"他儿子"？

　　郝美丽看了一眼手机，摆摆手说，你是不知道。

异常能闲扯的郝美丽常常以一句"你是不知道"让她的家长里短戛然而止。"你是不知道"，大部分时候相当于"不说也罢"或"一言难尽"，有时候相当于"且听下回分解"。"你是不知道"犹如一道帘幕，会在某些难以启齿的当口，或者在她需要暂停的时候，随时落下。此刻的"你是不知道"相当于一个省略号。因为，郝美丽突然意识到在老朱的种种可恶之外，还有电动车这档子事。

这辆一大早不知去向的电动车，让郝美丽整整折腾了一天。

郝美丽从楼下上来的时候，已经在外面问了一圈。问门口保安，保安说，昨天晚上他十一点接班的时候，门口的电动车就全都清走了。哪儿清的，不知道。问路口交警，交警摆摆手，意思是别问我，不知道。

郝美丽拿起手机打电话。先打了两个，没人接。再打别的，对方接了，郝美丽便从床上下来站在地上，似乎是要表示接下来这番话的郑重。我跟你说，郝美丽对着电话急惶惶地说，你爹的电动车昨天晚上停在医院北门口，今天一大早没影了，一溜几十辆车都没影了，这不用说肯定是交警弄走了。郝美丽的声音低了八度。你能抽个空不能？能抽空那好，你先来医院吧，你找我拿钥匙，对你不用上来，我给你送下去。郝美丽腾出一只手从包里找钱。然后你问问交警拖车都拖到哪儿，我把钱给你，你去把罚款交交，对对，还得麻烦你把车骑回来。郝美丽又套上大棉袄，套上棉鞋，把长围脖往脖子上绕了两圈，拎起包，捯着小碎步出去。

回到病房的郝美丽看上去很放松。她洗漱，吃饭，然后窝到床上，把手机夹在支架上看视频。为了半躺着看视频方便，郝美丽的手机一天到晚在床头架子上别着。来了电话她也懒省事，就按下免提键，半躺在那儿接打电话。

大约半个小时以后，"他儿子"的电话打过来了。"他儿子"说，我到三大队堆车的地方看了，哪有车啊，一辆车都没有。郝美丽欠了欠身又躺下去。"他儿子"又说，现在交警队不拖车了，说他们整改了，这几个月一辆车没拖。

郝美丽只好另外想办法。她记得原来停车的地方有根立杆，立杆上有一串电话号码和某某街道的落款，她就顺手拍下来了。郝美丽找到照片看号码，看了一会儿，拿着手机直摇手。你说坑人不坑人，留个电话号码，他中间给你抹掉一个号，这叫咋打呀？我告诉她，直接打114问一下就好。郝美丽向我借了笔和纸，问了，记了，打过去，把原委拉拉杂杂说了。

那边接电话的人显然有点不耐烦，语气昂昂地说，我们办事处从来不拖老百姓的车。郝美丽怯生生地犟嘴，停车地方那立杆上不是写着你们电话号码嘛，那意思不就是你们管吗？那边语气端肃。留电话号码是因为创文工作需要，那是我们的片区，知道吧？电话是我们留的，不等于车是我们拖的。又高声道，我们办事处是给老百姓服务的，什么时候也不会拖老百姓的车呀。我拿过电话问，既然是你们的片区，几十辆电动车被什么人清走了，你们应该知道吧？对方顿了一下，支吾道，这个，要不，你可以直接问问城管，当然我们也可以帮你问一下。

电话又打了一个来回。城管方面称，拖车的事不归他们管，建议问问110指挥中心。110指挥中心则把电话转给了交警队。交警队说他们早就整改了，有仨月没拖车了，一辆车都没拖。

我说，要不要打一下市长热线，有时候还挺管用的。郝美丽连声推辞。那不敢吧？郝美丽说，为个电动车就能找着市长说话？市长会顾上搭理我？我解释说不是市长，是话务员接，接完了转到管事部门去处理。郝美丽说，那行，我要是说不全了你替我找补找补。我说，好，打吧。

热线通了，郝美丽开始有点吞吞吐吐，待报了自己的姓名，便很快镇静下来，开始讲述这件事。大半天过去了，这件事仿佛也已经成为一件"往事"。郝美丽把从清晨到现在发生的枝枝节节，像说书一样说得一波三折。对面开始还问一两句，接着便是嗯嗯，然后索性没声了，只是听着。等郝美丽说完，对方说，请问女士，您需要我们做什么呢？郝美丽顿了一下，看看我，决然说，恁热线是代表市长吧，恁说话要是管用，那就把俺家老头儿的车给找回来。对方说，好的，我们已经记录了，回头会帮您查问一下，请问您联系方式是这个电话吗？郝美丽说，是是是，就是这个电话，我姓郝，叫郝美丽。

一条河

一沓校对稿摞在床头柜上。是最近待出的书稿，关于河流。

这条泥沙累累的河流，很早就以它的灾难感吸引了我。很早，1985 年。那年秋天，我第一次出远门。绿皮火车经过黄河大桥的时候开得很慢。那是一个晴天的午后，河面上有白花花的反光。我看着被地理书称为中国第二大河的那条河，有些出乎意料。中国第二大河竟然没有多少水。黄泱泱的沙洲一绺一绺分布在河床上，把河面切割得零零碎碎。但那河面又是何其辽阔，辽阔得一眼看不到边，让我觉得没着没落的。火车减速了。印象中常常呼啸而过的火车，那时在车轮与铁轨摩擦发出的"咣当、咣当"声中缓慢爬行。

我至今记得路过黄河时那种莫名所以的惊讶和紧张。

时日滔滔，人生张开又收拢，有多少过程与结局，都在时间的冲洗中淡去了细节，其中的绝大部分，连一点轮廓都没有留下。许多段落正如这古老的大河，有时候似乎是空的，却有什么在一刻不停地经过；究竟都有些什么经过了，又无从说起。回顾，意味着今天这个人凝神观看过往时日里那个人。那个人简直花了太多的时间在干蠢事，有时候干得很认真，干得扬扬得意。回顾往事意味着我只好眼睁睁看着她犯傻，干蠢事，得意。时间里面究竟埋藏了什么，它曾经诱导我做过什么，又给予过怎样的果实？回顾往事，常常让人不堪重负，偶尔，会陷入莫名所以的内疚，觉得辜负了那个在已经定格的时光里茫然无措的人。

而河流，几乎就是往事本身。

书稿是在例行体检之前交出的，不过是三个月之前的事。此时再看，观感竟是大改。三个月之前的书稿，亦如三年之前、三十年之前的我；看书稿，正如观看往事中的那个人。我看着目录，一时竟看出此前多番修改熟视无睹的缺陷。

太自以为是了。我在床头靠了一会儿。

书稿形成的时间段，差不多正是体质变得羸弱的时候。也许是"沙粒"聚集引起的——不时发作的眩晕，从未有过的嗜睡，让我敲打键盘的时间很难延续到五十分钟以上。注意力的集中成了一个不得不用时间表来自我强制的事项。写作仿佛是一种为人公认的精神生活，也许，写作还是某种带有巫术气氛的事业。但是，在这个蜷缩在病房打量书稿的时刻，我意识到，而且几乎可以断定，写作本质上是身体的。文字是骨髓、血液、神经、肌肉以及它们的同伙所构成的这看得见的肉身的叫喊，它们堵塞，文字便堵塞，它们酣畅，文字便酣畅，它们的康健与病态也会直接渗入文字，化为文字的状态或曰风格。

身体，意志力，写作……与其说它们是休戚相关的，毋宁说它们是一体，它们是"我"的构成，也是我的名称。

书稿背面是我无意中写下的名字。写了许多遍。那个被称为"本名"的名字，吻合我所归属的这个家族辈分和排行谱系、有醒目性别标识的名字。这三个字特别难写，怎么写都不顺畅。汉字仿佛是有灵的。大约与它们的来历有关系。这些字尽管经过了一再的抽象和简化，但形声会意的功能还在。它们的形状与发音，对所指涉的事物有着不可言喻的暗示力。我的名字低眉顺眼，姓氏的风格却奔腾飞扬。当被这样称呼的时候，我大致也就是这么个分裂的人。

在这里，这个名字被漠然地符号般地呼唤。它出现的频率从来没有像现在这么高。它出现在输液单子上，出现在各种预约单、检查单、报告单上，出现在床头卡上，中间那个字变成"＊"号出现在叫号屏幕上。它每一次被呼唤，后面都跟着一个动作——打针，抽血，换药，到某号诊室就诊，签字，或者仅仅是在输液前确认一下……这个名字标示的，就是病床上这个神情涣散、面容松弛的家伙。

我拿起铅笔，删掉两个整章，一个整节，再删掉许多凤凰枝般稠密的段落，以及大段大段累赘的引文。已经排版了，这么狠的删减，至少是不礼貌的。我暗暗说着抱歉，却停不了手。虚饰，也从未像现在这样显得累赘而可恶。表达需要考虑的，难道不只是言语的必要性吗？为理解提供必要条件就够了。表达与生存一样，"充分"不仅是浪费，而且不悦目。

撇开那些云遮雾罩，这条河渐渐显露出清晰的轮廓。它的诞生，它流经的全部时间，它的水系，它的新伤旧痕，它的滋养与孕育、暴力与残酷，在剪枝打杈以后仿佛都是视力可及的。这情形，看起来有些清冷，不够绚烂，甚至，很难说是动人的。但这就是它本来的样子。

右手食指被纸边划了一道，小血珠从伤口处慢慢渗出。我把那一摞纸扔到床头柜上，躺在床上养神。"大针"的威力好像上来了。贯穿骨髓的酸痛从髋骨处开始，然后蔓延到四肢。白色药液正在体内发散。它在剿灭某种隐形物，某种可能。它是我身体的保护者，也是闯入此间的甲兵。骨中若有冷风穿过，不时会有被电流击打般的痉挛。这种情形会持续数小时。我已经熟悉了这套把戏。从第二次开始，身体便已具备了卓然不同的耐受力。不可避免的疼痛，乃至，不可避免的任何不适，都会像饥饿和瞌睡的感觉一样，成为身体的某种常规表达。现在，距离第一次已经过去了三个多月。时间恍若流水，仿佛冲走了一切，又仿佛什么也没推动。

叙述河流的文字堆在床头柜上，像一堆精心晒制却又吊不起胃口的霉干菜。你絮叨了这么多，但你真的了解它吗？一条河的个性与体内的隐形物一样不可捉摸，它的逻辑也在人的推理系统之外。"电流"一番番袭来，极其有力，如在冲刺、格斗。相对于这种力量，纸上的喋喋不休显得羸弱而无聊。吻合规范语法的文字真是太累赘了，仿佛在某种持久的惯性作用下，有另一种"沙粒"在其中生成、裂变，成为独立于表达意图之外的存在物。

我以为已经陷入某种惯性之内，无法脱离这一场又一场的饶舌了。但在所有经受"电流"击打的时刻，我需要给自己鼓励。我对自己说任何惯性都是可以克服的，只要你舍得下手，所有多余的都可以清除。

病房

"小燕子"又来了。

电话是姐姐打的，说下午给郝美丽带饭过来，问她想吃啥。郝美丽问，你是不是又请假了。姐姐说，又请了半天，咋了，犯法？郝美丽忽一下坐起来。不行，郝美丽说，刚转正你就一直请假，你那个季度奖还要不要了，就是不要季度奖了，你工资晋级咋办，别人都不请假，就你老请假，领导为啥要给你晋级，哪头轻哪头重你想过没有。郝美丽越说越快，声音也越来越大。姐姐不耐烦，打断了她的话。是我知道还是你知道啊，姐姐说，假已经请过了，说破天也不可能再倒回去。

郝美丽于是换话题，说起老朱的电动车。姐姐没等她说完又撑了一句，你是住院呢还是管闲事呢，你咋恁会管闲事啊。

郝美丽往床上一倒，扯过被子盖上。奶奶！啥孩子。

闺女够孝顺了，别要求太高。

郝美丽还是那句叹息，你是不知道。

旁边病房来串门的人们还没有离开。我预感到，这一次的"你是不知道"后面，她还会说起那件事。那些事我已经零零星星听过多遍了，只是没有完整的轮廓。这一次，她会对着病房里的人们再说一遍。那些琐琐屑屑的陈年旧事，除了那一件事，或者也没其他什么特别之处还值得如此郑重其事地回忆，但对于郝美丽来说，那一件事就够了。那件事一直在她心坎儿上嵌着，仿佛从来不曾远离，其中的细节也不曾被时光遗漏过分毫；仿佛只要经她一说，往事里的一切便会结伴生还。

郝美丽说，我上一次住院打点滴，还是三十多年前的事。那是哪一年，八八年，不错就是八八年。那一次住院是生孩子，跟这住院可不一样。那住得有盼头，受罪是受罪，后头等着的是个孩子。现在住院，钱也花了，罪也受了，后头等着的是个盒子。

有人拦话，怎见得就是个盒子，别吓人了。

郝美丽说，咋不是盒子？到最后，谁还能活到二百五？不都得进盒子？

病房的人哄笑。偏要活到二百五。听说有个什么基因改造技术，能让人一直活下去，那就不用进盒子了。

郝美丽说，俺妞她爸要是有现在这条件，也不会年纪轻轻就死了啊。

病房里的人们沉默下来。

郝美丽说，他在世的时候，我可真是有福啊。那时候我在客运段干后勤，活累点，可是福利好啊，奖金多不说，一年到头吃穿用都是单位发的，穿衣服有工装，看电影有电影票，洗个澡发澡票。妞她爸跟班车，福利比我还好。妞她爸弟兄五个，没一个姊妹，四个哥家生的都是儿子，眼看着一堆光头，她爷爷奶奶想抱个孙女抱不上，噫，急。她奶奶说，你俩千万千万给我生个孙女儿吧。

老太太可喜欢她小儿子。郝美丽说，恁是不知道，俺妞她爸多招人待见，又孝顺，又能干，长得白白净净的，脾气还好，还知道心疼人，只要在家歇班，里里外外挨着收拾，一个男的，会做饭，还会缝被子，还会织毛衣。

郝美丽从毛茸茸的家居服里扯出一截暗红色的毛衣袖子。这不，我身上这件，就是他给织的。

郝美丽说，那一年，我给他家生了个孙女，老太太稀罕死了，恨不得一天到晚把她孙女捧手上。妞她爸白天黑夜在边上守着，一家人围着我转，天天变着花样给我开小灶。

郝美丽摩挲着毛衣袖口磨开的线头，叹了口气。回头想想，我就是那一阵儿太享福，把这一辈子的福都享完了。妞妞不到六岁，她爸没了，心梗。也是合该他死啊，一步一步赶点赶得，那就是老天爷给的死路。那天家里上班的人刚走完，就剩下他、老太太和没工作的三嫂。他起床晚了，老太太说你吃

口饭再走吧。他说我今天不上班了妈，我不舒服，你去看看西
工房诊所开了没，开了喊个大夫来家给我看看。他妈一听，心
里一咯噔，老五从来不支使人，要不是特别不舒服，能使唤他
妈去叫人？老太太一溜小跑到西工房诊所，一看，没人。回到
家，三嫂正往三轮车上搬人呢，一边搬一边嚷嚷，赶紧吧，小
五走着走着出溜到地上了，老天爷，赶紧去医院吧。老太太还
算明白，赶紧叫人跑单位给我送信，说小五不行了，你赶紧回
家吧。我一问，人还在家。我跑到后勤科就打120，我知道他
心脏不好，我就说哪儿哪儿有个病人，心脏病犯了，家里有人
等着，恁赶快过去抢救。我说完就往家里跑。等跑到家，救护
车在那儿"滴呜滴呜"叫唤，家里人没影了。唉！我那三嫂怕
等不及，硬是蹬着三轮把人拉到医院去了。她俩都不知道心脏
病犯了人不能动。其实俺家离医院可近，救护车一眨眼就开到
了，要是当时就见着人，立马抢救，说不定他还能捡回条命。

　　郝美丽一巴掌拍到床沿上。她每次说到这儿，都是一巴掌
拍下去，话题戛然而止。那一巴掌像个巨大的感叹号，一次又
一次拍在白色病床的床沿上。仿佛往事到那个关口便被陡然拦
住，再往后，事情还有沿着另一种线索发展的可能。在一遍遍
的重复里，这件事的细节渐渐减少，后来就剩下一句话："妞
她爸走那天。"再往后，成了三个字："就那天"。

　　"就那天"，郝美丽三十出头。一年之后，铁路系统大裁
员，郝美丽下岗。几乎同时，带着退休金帮她照料女儿、贴补

生活的老太太哀伤过度，撒手而去。郝美丽开始了一手带孩子、一手打工的辛苦生活。用她的话说，就是"我的福享完了"。这二十多年怎么过来的，她从来不提。只有当妞妞来到医院、言语冲撞了她的时候，这段日子才会被一语带过："我打工养了你二十多年。"

妞妞当然不会因为这二十多年的抚养是靠打工就格外让着她。从小经历的艰难，让妞妞比同龄人成熟老练了许多，她通过熟人给妈妈办到了小病房，一下班就跑到医院来招呼，检查、打针、用药诸事，一概不用郝美丽操心。郝美丽那些七七八八的主意，在极有主见的妞妞看来，基本就是笑话。妞妞如今是一家医院的护士，月收入过万，但她爱拿自己工资跟这个医院的护士比，一比较，她觉得自己"那点工资就提不上嘴"。妞妞工作本来就忙碌熬人，家里还有个吃奶的孩子，如今又赶上妈妈生病住院，几头不得清闲。到医院办完了杂事，妞妞歪在郝美丽的床边就睡。妞妞的理想是换到行政岗。没人哪，妞妞不时感叹，没人给你说话，想啥也是白想。郝美丽听着妞妞的感叹，不以为然。好在那时候让你上了个卫校，出来还能进医院，还能转正，有个正式工作，一月一万多，不比你妈强？郝美丽说，你妈打工养你二十多年，一个月两三百也拿过，七八百也拿过，千把块也拿过，熬到现在一个月也就两千来块，不也过来了？别成天没人没人，谁有人哪？不都是慢慢熬过来的。

电动车找到了，妞妞一进门就说。

郝美丽忘了手上还挂着吊针，一骨碌坐起来，张了张嘴，似乎又不好意思问，眼巴巴盯着妞妞。

妞妞瞄她一眼，放下饭盒，脱了外套，打开一盒酸奶。事赶事，一口东西没顾上吃呢。妞妞吱溜吱溜吸着酸奶。

晚一小会儿喝会咋着？郝美丽到底绷不住。

妞妞偏不照顾她的情绪，索性往床边一歪。累死我了。妞妞抠着手机，把一盒酸奶吸溜到底。

到底在哪儿你倒是说呀。郝美丽夺过空奶盒扔到垃圾桶里。

就在门口斜对面桥底下放着。妞妞站起来打开饭盒。一堆电动车堵在医院门口，当那是你们停车场呢？人家就稍微挪了挪，看把你紧张成啥。

郝美丽看着妞妞，脸上有些难为情。郝美丽说，我还想今天可好，总算你不一大早打电话了，谁知道，你不打了，他又给我找个事。

妞妞说，那一样吗？我打电话给你找过事？

郝美丽说，你有事没事打电话，一大早，吵得别人睡不成觉不是。

妞妞说，我起床时候不打，后头就不知道忙到啥时候才有空打电话，打电话吧你烦，真不打了你也是事，又该说我不心疼你了。妞妞把饭盒饭勺递给郝美丽，又说，早上老朱走了，你身边没人，我不打我也不放心，想想还是得打。

你还是给我双筷子吧，郝美丽顾左右而言他，用勺子吃不习惯。

妞妞说，呀，没带筷子。

郝美丽伸伸脖子，抄起勺子大口吃饭。你咋来的？郝美丽一边吃一边没话找话。

妞妞又歪在床上抠手机。开车来的呗，妞妞说，给你带这又是饭菜又是汤的，你想叫我地奔儿啊。

郝美丽放下饭盒说，这儿哪有地方停车啊。

妞妞说，街边不都是忽悠人停车的？给他二十块钱，管给你停好，加十块，还能给你停到树荫下边。

郝美丽摇摇头，放下饭盒。吃不下了，郝美丽说，咋突然有点反胃啊。

妞妞说，没事，做个深呼吸。别说话，专心吃。

老朱也拎着晚饭上来了。吃上了？老朱说，有饭了也不告诉我，我又给你带了一份。

妞妞说，这不，正说恶心吃不下呢，你又给她添一份恶心。

老朱笑笑，她恶心我不恶心，等会儿我吃了。又解释说，在楼下问了问电动车的事，就晚了。

郝美丽拍拍脑袋"噫"了一声。她这才想起，电动车找到了也没告诉老朱。

老朱说，我先打给交警队，那哥们儿说了，大爷，现在都整改了，有仨月不拖车了，以后不要再跟交警队要车了。我说这一回整改得不赖啊，管老百姓都开始叫大爷了。那哥们儿立马改口了，说，我的哥，现在除了老家伙谁还骑电动车啊。又打给办事处，一女的接了，说，同志，我们有纪律，不允许干欺负老百姓的事，怎么可能拖老百姓的车呢。问保安，保安说，老先生，我刚接班，就没见门口有电动车。我顺手给他递根烟，他还不抽，也说有纪律，就跟我要贿赂他一样。我一想，去路口问问警察叔叔吧。那个小叔叔把手往帽檐上一戳，同志请问你有啥事啊？我说了啥事啥事。他说，今天咋回事，都是来我这儿问车的，啥都来问交警，交警是执勤的还是给你们看车的呀？我说，执勤也是为人民服务，看车也是为人民服务，你说是不是？他说老同志你赶紧一边忙去吧，那一堆车都在桥底下，自己都不会左右看看，都要我服务，我有八只手都服务不过来，我都快成螃蟹了。

一屋子人都笑了。郝美丽坐在那儿，看看老朱，再看看姐姐，臊着脸不吱声。

姐姐说，你那个小叔叔起先也不知道车挪到哪儿了，是俺妈打了一大圈电话，交警队接电话接多了，通知了附近的交通岗。还小叔叔嘞。

老朱听了，戳着郝美丽的脑袋笑，傻子，做好事不留名，你学雷锋嘞？

郝美丽这才释然，自己搓着脸嘿嘿笑起来。

沙粒

细胞个数达到十亿个，"沙粒"才会被仪器"看见"。

在胶片中看到那些"沙粒"的时候，我坐在医生侧面，迅速做了一次推算：一个变异细胞分裂10次，达到1024个；它们再分裂10次，个数便增加到1024的二次方，达到百万加；再分裂10次，个数增加到1024的三次方，才能超过十亿。从一到十亿，只需要30次分裂。这类细胞的分裂周期大约是45天。30次分裂，需要1350天，也就是将近45个月。往前推45个月，是丁酉年正月。

丁酉年正月，人生积累的压力逼近临界点。它被压到了身体之内，被压到了这个似乎有无限容量的高压容器里面，从外部觉察不到任何危象。彼时，被某个隐藏的机缘触动，这个高压容器松开了一条缝隙。于是，全部的压力忽然炸开了。

我点点头。嗯，时间没错。

大夫看我的眼神有点复杂。她先是问，时间？什么时间？然后连声安慰，现在这个都是常见病了，预后很乐观，别有压力啊。

我摇摇头。压力已经释放过了。在螺丝松动之前，它促成了一枚细胞的变异。"沙粒"给予我的不是压力，而是一桩答案，一个结果。眼前这一小撮亮斑，这深嵌在体内的星星点点，怎么看，都像是一张欲哭的脸，像是表达着某种冤屈。如果它们开始于丁酉年正月，那么，它们的表达是准确的。

潜伏在每个人体内的"沙粒"长成基质，经过了怎样的催化才发生了质变？许多人携带着它们，于无知无觉中安然度过一生；也有人携带着它们，于无知无觉中被侵占、被终结；还有一些人，体内有恰当的协调机制，以至"沙粒"在被仪器"看见"之前先被消灭了。生长与消灭的动力都是人体提供的。"沙粒"的形成要经过重重阻碍，它们形成之后仍会受到免疫力的围追堵截。是什么样的动力，为生命基质的异化提供了充分条件？总之，从丁酉年正月的某个时刻起，体内有一枚细胞发生了质变。

几何倍数递增一旦及物，想象中便有惊心动魄的效果。尽管这些微物体量渺小，根本不会被人眼看见。它们更像是某种特殊的寄生物。正常细胞分裂不会超过六十次。而它们一旦生成，便能够无限分裂，能够脱离宿主继续分裂，能在血清浓度很低的培养液中生长，能通过体外培养堆累成立体细胞群。也就是说，它们能够长成一种无法归类的"活物"。

到底是什么条件加入了那枚细胞，以至于它仿佛获得了独立生命，进而产生所向披靡的繁衍力和破坏力？是人们通常认为的尼古丁、酒精，或者多余的糖？我不这么想。对于有嗜好的人来说，尼古丁与酒精都是顺应人体需求的妙物，只要不过度，便不会成毒。那个导致细胞变异的条件，一定是人体的悖逆势力，是某种不由衷与不顺畅。

病房

护工金满箩是家政公司照我说的标准挑的，勤快，安静。她是个瘦小到看不出年龄的人，说三十来岁也像，说四五十岁也像。她的普通话里有着很容易分辨的南湾口音，脸上难得有笑容。

我常常一觉醒来，发现金满箩坐在矮凳上看着地板发呆。尽管我给她的报酬里加上了一日三餐的餐费，但她总是凑合，不舍得花钱。我每次订餐订得都有富余，不时分给她一些，她也不客气，每次都把我吃不完的汤汤水水吃得干干净净。朋友探望带来的各色食品水果，我也尽着她吃，但她在这些东西上就客气起来，我不塞到她手上，她就不动。我不爱甜食，常常把东西放蔫了也想不起来吃。我说，你要是不吃，放坏了可就只好扔掉了。她这才不再客气，自己拿着吃。只是这么一来，她吃饭变得更将就，常常说吃葡萄吃饱了，吃苹果吃饱了，就省掉一顿两顿饭。

有一阵子，金满箩忽然聒噪起来，在我不需要她的时候，几乎一直在打电话接电话。南湾语音里有一种古怪的委屈。尽管她接打电话的声音很低，但是，有个南湾口音的人一直在耳朵边叽叽咕咕地说话，也是一件让人心烦意乱的事。我问，你老在打电话，是有什么急事吗？目的是提醒她，没什么急事就安静一会儿吧。谁知她竟把我的问话当成了关心，实打实地回答说，我的钱好像被人骗了。

我笑了，什么叫好像？

是这，她说，我有个朋友，在一家大公司做事，去年她给我介绍了个理财，说是给百分之三十利息。想着这比我干活挣得还快，又是朋友，就投了。

是不是开始有利息，后来没了，再后来本金也要不回来了？

你咋知道啊，你认识那公司？

还用认识啊？通过私人介绍的高息理财不都是这个套路？

她跟我从小就认识哩。金满箩一着急，语音里的委屈便越发明显。娘唉，啥人哪，骗自己朋友哩。

投了多少？

四万七。

好在不多，以后别再干傻事了。

这可是我干了好多年攒哩，全都给她了，我身上就留了几百块零花钱。金满箩抹着眼泪，脸皱成了一团。

想想也是。四万七，有整有零，可不是兜底都搭上了嘛，难怪她连饭钱都抠着不舍得花。我简直不知道怎么安慰她。

金满箩忍不住，开始诉说。我去要了几回，都是磨半天才给个三百五百，她还跟我说她多难多难，她有我难？我男人死在煤井底下了，矿上的赔偿金叫婆婆和小叔子把着，我现在身上的钱只够买个回家的车票，她有我难？

他们凭什么把着？我问。

怕我带着钱走了。

怕你改嫁？

是哩，说是都得留给孩子，我一听留给孩子也就摁了手印，谁知道弄这哩。

孩子多大了？

大姑娘十九了，在北京打工，给人家看小孩；小的是儿子，十七了，不成器，好赌博，手里有多少都能弄得一个子儿不剩。

这么说金满箩也不小了。按乡村人早婚推测，她也该有四十出头了。我问她，你打算怎么办？

不知道咋办。她皱着脸说，我那钱除了给的利息，还有不到四万三，现在就想把这几万块钱要回来，回老家，种一口吃一口，别的啥也不干了。

估计要不回来了。

噫，得要。俺儿该说媳妇了，还指着这钱给俺儿买家具嘞。

话说不下去了。我闭上眼休息。

金满箩坐在床边，替我拿捏右侧的手臂。

我从来不支使她做这些。但是她愿意做，就随她吧。她曾经跟我诉说，上一次服务的是个老先生，半身不遂，脾气很大，家里人脾气也很大，一天到晚，一会儿都不能歇着，动不动就被数落一顿。我那时问她，为什么不提前问清楚。她回答，活不好找。

金满箩手上没劲，显然也没有拿捏常识，拿捏也是聊胜于无。只是，每一次我在她的拿捏里都会很快昏昏欲睡，好像她的手能催眠。我迷迷糊糊跟她说好了，她也不理，就一直在我手臂上拿捏着，直到我坠入梦乡。

一条河

伊城以下的黄河不是空间的，而是时间的。它在西部山区、高原和下游丘陵夹持的"C"形低地上曾经多次改道。把它前前后后的河道标绘在一张图上，得到的是一张缺口扇面。在这个残缺扇面上，没有什么事件能够跟这条大河脱离干系。

河流史把周定王五年大改道上溯至大禹治水时期的河道称为"禹贡河"。这段河道在伊城以西受山势阻挡转向东北，经太行山与山东丘陵之间的低地流向渤海。大禹治水之前的河道，则被古人称为"山经大河"，指山海经时代的黄河。山经大河在这个缺口扇面上的流向，与禹贡河是一致的。据说在山经大河形成之前，黄河出峡谷以后不是流向东北，而是向南。

听起来似乎是不经之谈。不过，唯有这样解释，济水作为"四渎"之一才是可能的；否则，济水与大海之间就没有直接通道。黄河出谷，右转南下；济水下山，盘桓东流。两条大河在伊城西侧的弯转形成了一对蝶翅般的双函数曲线，而伊城几乎正处于那一对曲线的坐标零点位置。

　　自然的安排本来井然有序。只是，任何事物的变化似乎都会趋向于紊乱。

　　后来，这条河开始频繁改道。它开始在低地扫荡，先是切断了济水，然后切断了汴水，泗水，贾鲁河……水流的秩序崩溃了。山海经时代的大河从太行山南端北折，沿着太行山东侧的台地边缘流向东北。大河左岸的太行山台地上，自上而下，依次分布着如今名为新乡、鹤壁、安阳、邯郸、邢台、廊坊……的古地。那时，大河在今天津以南入海，而如今的天津位置正在海岸线上。传说这条河的下游是在大禹治水时经人力疏通改道的，改道河段在近海右岸，大致在今深州一带。不过我更相信地图。在大禹时代的大洪水到来之前，大河左岸、太行山麓的河流冲积台地，大约对河流右岸的低地已经形成了地势压迫。避高就低是河流的本性。于是，这条河在今深州以下向东南偏移。而大禹治水，只不过是对偏移之后不甚畅通的河道做了疏通罢了。因为两岸地势的不均衡，这条河不断向右岸滚荡。山东丘陵以北、以西、以南的平原低地上，到处是这条河的旧迹。

　　那一番番改道形成的河流故迹在我脑中挥之不去。它们是动态的。它们的影像前后相接，仿佛夏王朝之前的时代至今数千年的时间接力。

　　公元前 602 年，大河右岸在宿胥口决口。河水离开了西部较高的太行山麓河流冲积台地，向东南偏移数百里，呈雁翅形掠过华北平原，于今沧州位置入渤海。宿胥口，就在今河南浚县堤壕村附近。大河下游曾经广袤百里的大陆泽，也因这次大河改道南移而丧失了主要水源。它不断缩小，终在 20 世纪初淤成平野。

　　改道后的大河六百多年后又出现了淤塞。东汉时期王景受命治河，把雁翅形弯转的河道做了裁弯取直。新河道顺流东下，直入渤海。这条河道，史称"东汉大河"。

　　东汉大河曾经安流千年，直到北宋初年。这是黄河史载最长的安流记录。然后，大河的灾难史开始了。在近千年时间里，它频频决溢、改道，向北曾经流经天津以北的乾宁军（唐置，故城在今河北省青县）；向南则多次侵夺水道南下入淮，借淮入海。1855 年，大河左岸在铜瓦厢决口，河水改道北流，形成如今的河道。不过，由于现代史上那次恶名昭著的以水代兵事件，大河主流曾有八年多时间离开北流河道，向东南泛滥直抵六安、扬州。

　　在"扇面"缺口以上，大河的故道一直延伸到如今的天津以北。与其说那是这条河的故道留下的地理图，不如说那是一幅时间之图。正如哈勃望远镜所拍摄的太空不可思议地带有时间性质一样，这条河曾经流经大地的样子，把山海经时代、大禹时代、先秦直到 20 世纪三四十年代的漫长时光刻到了太行山、秦岭与山东丘陵之间的这一块巨大平原上。

它以什么蛊惑了我？在这场大病来临之前，我甚至从来都没有想过。

疾病是一场突如其来的大风。生命从不曾被如此剧烈地摇撼。不过我一直确信，这场风并没有刨根究底的力道。我这棵树，根扎得够深。当层层叠叠的叶子被剥落干净之后，剩下的部分，那绝对不会被大风刮掉的主干与枝节，才更清晰地显示了树的形状。

曾有的解释都不切题。只有一种东西是实质性的——我与这条大河之间，有血缘般的情感。这情感是中性的，混沌，凝滞，不明亮也不晦暗，剪不断、理还乱。大河曾在祖辈的流浪故事里、在父母的少年记忆里出现过。每一次出现，它都是一重巨大的屏障，在人的故事里显示为"绝对"与"极端"。年轻时第一次遇见这条河流时的观感，让"绝对"和"极端"的印象又得以强化。

在走过的长路上，只有极少数的事物真正惊动过我。那是一种被加予烙印的感觉，是身体某个部位被针刺、被烫了一下的感觉。那种"绝对"和"极端"便成为参照，在冥冥中校正着我的界限感。当然，有时候，它的庞大与不可思议，也会让我陷入沮丧。

病房

这家医院的位置起初在这个城市的西郊，现在，这里早已是闹市区了。因为拥有占绝对优势的医疗资源，这里成为中原及周边省份治疗重病和疑难病症的首选。任何时候，医院都是摩肩接踵的状态。伏在病床一侧的窗台上，能看到经过医院北面的立交桥。这是伊城最早的立交桥之一。起初，它只是一座双层三岔桥，西、北、南三个方向分别连接着这个城市最早的三条主干道；后来，二层桥面又向东延伸了一段，跨越京广铁路，把快速通道直接接到了城市地标位置——六角广场。

夜晚，从病房的大窗户看过去，立交桥上静止的路廓灯和来来往往的车灯有如一场无声电影。路廓灯原地不动，变换着赤橙黄绿青蓝紫的色调；车灯或白或黄，在路廓灯线以内来来往往地移动。它们也是河流。只不过道路两侧的车河流向相反，视觉上有些怪异。即便是凌晨暂醒，起身瞄一眼窗外，那车灯的河也从不断流。夜这么深了，车里的人们要去哪里，去做什么？

小缘是我在小病房遇到的第一位室友。开始我们话很少。我感到这一次病势凶险，不愿意多说话。她第二天要手术，大约是有些担忧，也沉默着，只是盯着天花板发呆。孩子们知道了怎么办呢？小缘说。小缘有两个女儿，大的读初中，多少懂事了；小的才两三岁，正是偎在怀里闹腾的时候。丈夫在一边好言安慰，小孩子，就让她们知道妈妈生病了，正好不闹你，还不好？小缘盯着天花板喃喃自语，孩子们好哄，我妈知道了怎么办呢？我妈怎么受得了？丈夫说，知道了怕啥，咱本来就没多大事。那一次，她的确没多大事，只是发现了几颗小纤维瘤。不过医院的预告总是吓人的，小缘从医院的术前谈话里听出了巨大的危险。在病理检验的良性报告拿过来之前，她大部分时间都在盯着天花板发呆。在她丈夫出去抽烟或者打水的时候，小缘才幽幽地说话，像是自言自语：我这俩孩子，小的也太小了。

那一次，小缘在术后第三天就出院了。她走的时候我正好在门诊楼做检查，她于是给我留了一张字条，算是告别。我们彼此都没有留联系方式。我没有一见面就跟人热络的习惯，她似乎也是。我们俩挺合得来，但是，并没有熟悉到彼此要留个联系方式。我把那字条夹在一本书里，心里还在感慨，这辈子跟遇见的许多人，也就是一面之缘，能留下的，也就是个字条了。没想到，我后来又在同一间病房遇到了她。我走进病房的时候小缘已经办完了出院手续，正要和丈夫拎着东西离开。小缘一见我，愣了一下，放下手里的小包，扑上来抱住我，呜呜地哭了。

小缘在上次出院后复查时又查出另一处病变，据说病灶只有 2 毫米。虽然症状属于最轻的一种，但为了保险，还是做了根除性手术。她搂着我的脖子哭得像个孩子。她丈夫慌了，忙不迭地在旁边哄着，没事，啊，咱现在做了手术已经安全了，不难受，不难受啊。又对我说，大姐你看看，这几天跟我都没哭，一见你哭了，这是跟你近。

我拍拍她，任由她哭。这种情形，男人大约是很难理解的。心理成熟的女人就是堤坝。只有一种东西能够颠覆女人的强韧，那就是身体内部出现的漏洞——正如大堤上的蚁穴。身体不仅是意志力的载体，也几乎就是意志力本身。现在，意志力被它自身背叛了。一场手术，只是遏制了这场背叛，却索要了高昂的代价。她将有一个相当长的时期，不得不自我为战。所谓"挣扎"，不就是这样吗？她丈夫口中所说的"安全"，怎么想，都是割地赔款换来的和平，这和平里有一言难尽的委屈。

我不想勉强安慰她。很多情况下，能安慰人的只有时间。或者不如说，唯有无尽的时间有可能磨钝痛苦的锐角。只要有足够的时间，人体会渐渐习惯各种改变——病痛，衰弱，残缺——身体会找到新的平衡，去适应它自己的缺陷。

沙粒

从本质上说，我的后半生正是从丁酉年早春开始的。与必

　　我不想勉强安慰她。很多情况下，能安慰人的只有时间。或者不如说，唯有无尽的时间有可能磨钝痛苦的锐角。只要有足够的时间，人体会渐渐习惯各种改变——病痛，衰弱，残缺——身体会找到新的平衡，去适应它自己的缺陷。

然降临的生理变化一起到来的，有夜间不时冒出的阵雨般的大汗，有日益加剧的膝关节僵硬，零零星星的白发，性别感的丧失，以及对一切熟悉之物的极端不耐受。

　　我的幽闭恐惧症开始发作。我反复梦见自己身处洞穴。洞穴狭长，两端的出口都很远。我开始厌恶一切紧箍在身上的衣物，厌恶容易发生缠绕和漂浮的东西，比如披肩、围巾、项链、手串、随身包的带子之类。还有长发。我看着镜子里长发蓬松的那人。她个子矮小，却留着这么长的头发，像个滑稽的大头娃娃。我用一根橡皮筋扎紧头发，拿过一把剪刀，贴着橡皮筋剪了下去。还是长。我对着镜子，自己把头发理成了超短。我叫来搬家公司，把家从闹市搬到了市郊，除了书和酒，没有搬动其他的物件。我坐在新房子客厅地板的书堆上，对正在帮我码书的胥江说，哥们儿，中午我请你喝酒，咱们从此罢手吧。他一面往架子上码书一面应了声，好啊。开始他以为我在开玩笑。但我没开玩笑。他还是意识到了。他看了我一眼，神情复杂。他扯扯白棉布工装手套，继续往书架上码那些书。那些书码得毫无章法。我心里也像被挖掉了一小块。但我又觉得轻快，仿佛从绳索中豁然解脱——不是从胥江手上，而是从曾绑缚我半生的惯性里。半生啊，其中曾有过怎样的邂逅与琢磨，到后来，都成了缠裹。也许人性本含有作茧自缚的倾向。想到松绑，都是后来的事。直到丁酉年的春天，在夜间不时冒出的阵雨般的大汗里，在日益加剧的膝关节僵硬和不时冒出的白发里，我由衷地渴望给自己松绑。我知道，我终于解脱了。

在一切熟悉的事物里，最难避开的还是这座办公楼。最初来到这里时的清静被业已形成的人际关系逐渐浸透。熟悉的气息浓厚而亲密，正在把我们彼此变成透明人。人们喜欢互相了解的感觉。"了解"了之后，比较和评判也很方便。这时候，不一样便容易成为过错。不一样，显得你像流水线出品中的一个次品。"熟悉"就像洪水，即便你有功力推开，它马上就会再涌过来，围着你，在你四周与头顶，形成一个闭合的洞穴。

得到诊断消息时我在会议室。微信发来的消息虽然含蓄，却也确凿地透露了问题。我感觉头顶呼地热了一下，心口仿佛有沙堆塌下。老卞正在抖着腿卡带似的讲话。老卞有个神奇的习惯，只要是开会，哪怕只有三五个人在场，他也会抖擞嗓门，两字一顿，三字一停，卡带似的说话。老卞还有个更神奇的习惯，一边讲话，一边在桌子下面不停地抖腿。在会场上，只要屁股挨到座位，他就二郎腿一跷，开始抖腿，左边右边换着抖。本来，端着架势说话，纵然过火，在机关并不算什么稀奇事；抖腿也是许多男士的通病。只是这两样加到一块儿，就未免有点让人硌硬。那天的会列了七八项议程，不过老卞真正要说的事情只有一件。虽然是事后过程序，老卞陈述理由时依然保持了两字一停、三字一顿的端肃。老卞说完，示意大家表态。会场上鸦雀无声。谁也不想先开口。老卞一直在玩这一套。开始只不过是扎个摊子玩玩小把戏，如今玩得熟能生巧，人肉包子都能做成素的。这些越办"档次"越高的事情，成了某种不可言说的过场。反正圈外人也不懂。而且这点钱，宏观地看，不足挂齿。会议室的气氛有点微妙。敦促再三，还是没人吱声。老卞于是又开始卡带似的说话。老卞伸出一根食指点着桌子说，不表态，就是，默许。然后又蹦出两个子弹似的字：散会！

老卞离开会议室的时候步态有些踉跄，几乎绊倒了一把凳子。那个背影从会议室门口消失的瞬间，我忽然有了某种巫婆似的预感，这个人要玩完了。这是直觉，是所谓的第六感，还是有什么不可思议的逻辑给我的暗示？气急败坏，正是力竭的征兆。那以后，老卞再也没来过这座办公楼。一年后消息传来，说老卞突然栽倒了。说老卞那天正蹲在一处水潭边拍野鸭，他的手机响了一声。老卞打开手机看了一会儿，再起身时，就一头栽到了水边的泥潭里。

消息传来的时候，我第一个念头居然是，栽倒是什么意思，死了？我想起那个背影从会议室门口消失的瞬间。当时我之所以有一种巫婆似的预感，是因为他的背影太像一只漂在死水上的大虾了。如此强烈的憎恶一直在心底盘踞着，让我自己也感到吃惊。

憎恶，也是一种自我戕害吧。第一枚变异的细胞就是在那时候生成的。它出现了，而且不断裂变，直到1350天后，它们的个数超过了10亿。它们出现在 X 光胶片上，亮晶晶的，有如堆积的"沙粒"。那正是时间里所有的拧巴结出的果实。

一条河

　　黄河和它的水系在黑暗里慢慢张开，有如藤蔓。这神秘的枝丫形状，会在许多事物——水流，闪电，雪花，叶脉，血管，甚至宇宙里的星系——中铺开，会循着某种玄奥的规律慢慢张开、分岔，然后，又在某个不可估测的位置终止。河流的枝形是逆向的。与叶脉与血脉的津液流向不同，河的津液从末梢流向枝丫，再从枝丫汇聚到主干。唯有到了入海口，这个枝形才会逆转过来。临近入海口的河水滔滔下泻，为了顺畅入海，水流在大地上自动岔出一道又一道水路。

　　水流寻找低地的过程自有规划。从高空看，水流的痕迹堪称完美。这条河的二级三级支流在黄土高原勾画出纲目清晰的团扇形状。在太行山间，水流则画出几乎规则的叶形。这些仿佛经过了精心描画的水流痕迹，让我一再想起若干年前那个名噪一时的水实验。一位化学博士提供了大量实验证据，表明水可以感知人类的情感倾向而呈现相应风格的水结晶。我记得当时我的第一反应是不信，我觉得那就是玩噱头。然而，逐渐积累的对于外物的印象，却让我不得不承认，"万物有灵"不见得是一句空话。

　　辛丑年仲夏，从办公楼东墙上蔓延过来的常青藤爬到了我的窗台上。这是北方今年以来异乎寻常的雨水导致的。它们在墙上爬，仿佛长着眼睛，知道在哪里向前，在哪里向下或者向上。我曾小心揭起一段常青藤，看它们是怎么附着到墙上的。它的藤蔓上布满了细如蛛丝的小爪子，每一个关节处都有。这些小爪子牢牢地抓着墙面。它们是手，也是口。粗糙墙面上凝结的每一丝水汽都不会被浪费。它们会自动绕开窗口。因为玻璃太光滑，抑或是因为它们竟能感觉到攀爬这样的方形空洞有被剪除的危险？它们准确地避开了窗口，爬满了窗框四周的墙面。所有的藤蔓、瓜秧，都会准确地沿着架子爬，都会"认路"。

同样在这个雨水丰盈的夏天，我发现早已长好的伤口处拱出了几粒线头。我从来没注意过伤口处有线头残留。我跑到医院问当时的助理医生，是不是拆线没有拆干净。医生一看就笑了，她说，嘿，又一例吐线的。我说，什么？医生解释说，这不是皮肤表面的缝合线，是皮下组织的缝合线，本来是可以被人体吸收的，但是有人肌体敏感，皮肤会有排异反应，皮肤组织在痊愈的同时，会把线头一点一点吐出来。

这话让我又一次想起驾驶。驾驶动作几乎不需要经过大脑，手脚的反应几乎是自动的。有人说那是一种肌肉反应，是经过多次操作之后的肢体记忆。省略了对大脑信息报送与反馈的过程，肌肉反应迅速而准确。唯有生手上路才需要使用大脑。也正因为需要大脑指挥，多出了一个信息往复传递的过

程，所以，新手虽然知道什么情况下该怎么操作，但是，手脚
的动作总是慢半拍，总是不精确。现在，我的车速慢下来。波
及右侧手臂的筋脉创伤，使我这个有二十年驾龄的人也变得反
应迟钝。我尽量避免夜间开车上高速。转弯的时候要认真看看
弯转侧的倒车镜。原来一把进库的倒车，现在吞吞吐吐。肢体
记忆被截断了，驾驶不得不返回依赖大脑的状态。

这实在有点不可思议。我们以为只有具备大脑组织才会有
判断。但是显然，水、藤蔓、肌肉、皮肤和手脚，它们似乎都
不必依赖大脑就能够独立判断。我又一次记起那次"刮骨疗
毒"。不疼痛，是因为大脑没有收到疼痛的讯息吗？也许并不
是。真相可能是，疼痛根本就是属于肌肉和筋脉的，而不是所
谓通过信息传递，经由大脑获得痛感。

有时候，简直不得不相信那个"造物者的钟摆"的确是存
在的。似乎在一切事物之先，某种神秘力量早就预设了一切。

如果智能指的是感觉、记忆、思考与表达，那么，水似乎
也是有智能的。而河流——这水的集合体，往往抱有出乎人类
意料的目的。

在20世纪40年代以前的数千年时光里，黄河水患的长期
存在，曾经对两岸人们的生活方式有过直接的影响。在豫西，
黄河有山体夹持，是不大可能决口的，人们有条件积攒，所以
在洛阳盆地这样的地方，特别讲究积攒、留余。但是在黄河决
口频繁的豫东，人们更习惯于吃干用尽。因为积攒也没有用，

黄河洪水一来，一切都将化为泡影。在生产力不够发达的漫长历史上，黄河水患治理的特殊需要，想必也曾对大一统的社会构架有过很强的催生作用吧——没有足够广泛的资源集合，治理这么一条巨大的河流是不可能实施的事。在某种程度上，这条河流的秉性成为这片土地上生活谱系和社会结构的隐形尺度——这是类父性的规定，它构成了我们的族谱和姓氏，是隐藏在我们习性里的斩不断的枝形。

一条河与我有血缘之亲，也就不足为奇了。

病房

小缘出院以后，小病房住进来一位老伊城。老伊城喜欢唠叨她小时候的事。在老伊城和郝美丽齐集的日子，小病房每天都像是办书会。她俩唠嗑，我正好闲着，便就着床头柜校改书稿。郝美丽总是像个长辈似的提醒我，不要老坐着，对伤口恢复不好。我嘴里应着，继续改。郝美丽又提醒我，别喝水了，明天一早那检查，得提前八小时空腹。坐在旁边的老朱笑她多事。别啰唆了，老朱说，人家不比你懂得多，人家住在医院还在干活呢。这话说得，未免太励志了。我赶紧辩白，闲着无聊，弄着玩的。这么一说，我倒不好意思再改下去，索性收了摊，靠在床头跟他们闲聊。一到九点，老朱很自觉地抱着被褥去走廊打地铺。

　　郝美丽瞄了一眼门口，看老朱走远了，便拿着老朱的话找后账。你听听他那话的意思，郝美丽说，不就是嫌我不干活光花钱了吗？事情因我起的，我只好打哈哈。我说，不过是句玩笑话，你还当真呢？老伊城也说，老朱天天跑这儿打地铺陪着你，够意思了，别挑刺了。郝美丽摇摇手说，想想吧，他对我不能说不好，不过咋说呢，再好，都好像隔着一层皮，说不是一家人吧，也是一家人，说是一家人吧，又不像一家人，唉，说不清。又说，不过，我也真怕他计较钱啊，你俩那单子上的钱都能走医保，我这一分一厘都得从自己牙缝里往外挤。

　　郝美丽是从铁路系统转院来的。铁路医院认为她的病在那边能治，既然能治，不好好在铁路医院治，非要跑到外面去治，那这种情况就不能报销。郝美丽说，他说他能治，你要信他的，敢在那儿治，他真能把你治死。因为不能报销，郝美丽最操心的不是自己的病，而是每天一早发来的药费单子。药费单子一到，她会立马拿到窗户边，眯着眼看半天。她眼睛显然花了，药费单子上面那细细碎碎的数字她常常看不清楚，再加上各种拗口的药名，她根本闹不明白单子上罗列的都是些什么。只要哪位病号家里有年轻人陪着，她就央人家帮着念念；没年轻人，她便逮个小护士一项一项给她解释。有一次妞妞碰见了，便冲她嚷嚷，缺你吃还是缺你喝了，你成天抠那几个小钱？你闺女就是干这一行的，人家医院不会给你胡开单子，看又看不明白，成天拖着别人给你看，你倒真不怕麻烦人。说也没用，郝美丽背着妞妞，还是天天看单子。一边看一边咕哝，一天四千四，唉，够我不吃不喝干俩月了。

我只好劝她，别愁了，整个下来，也没多少。

郝美丽直摇头。十来万呢，在你俩都不算个事，可是我这样的，去哪儿弄十来万去？这么些年，我手里的钱攒攒，花花，再攒攒，再花花，总是进得少出得多。年轻时候，我跟俺妞她爸一块儿攒，然后呼啦一下，他走了，我下岗，光出不进，一来二去攒那几个钱就花完了。钱没了也得养孩子呀，我就出去打工，抠着毛票过日子，花着攒着。攒差不多了，妞上中学，上卫校，家里花成窟窿窝。好容易等妞上完学了，我再攒。攒几年，妞出嫁，再穷得给孩子备个嫁妆吧，又没了。妞出嫁了，我再攒，心说这往后总算没事了，再攒的可是我自己的了。这才攒了三万多，谁知道，都攒给医院了，兜里掏干净还不算，还得倒贴五六万。

郝美丽说得并不悲苦，依旧像在说故事。

老伊城被"倒贴"这个词逗乐了。医院比老朱还有魅力呢，老伊城说，还能让咱美丽姐倒贴呢。又说，你闺女不是说了不用你管嘛，瞎操心。

郝美丽看了一眼门口，说，闺女倒是孝顺，她才领了几年工资，能攒几个钱？我有一点办法，总不能先给孩子添累赘。

老伊城突然激动起来，你觉得不让孩子操心就是对她好？

你知不知道想孝顺都没地方孝顺的滋味？跟你说我到现在，一做梦就梦见我妈，她一直就是我心里的疙瘩。

老伊城说，她家里姊妹三个，在 20 世纪 70 年代，本来不算多。可是家里硬是把她送到了燕庄的姥姥家，好腾出空来再要个儿子。说起燕庄，老伊城是控诉的语气。那时候燕庄还是个小村，吃水得挑。我七八岁就开始挑水了。我把水桶放到井里，那水桶怎么都不往下沉，摇半天辘轳，一看，水就盖了个桶底。放下再摇上来，还是一个桶底。好容易打了个满桶，摇辘轳摇到半截就摇不动了，又不敢松手，因为大人说过，一松手辘轳倒转，辘轳把会把我打到井里。我跑回家一次，被打出来一次，跑一次被打一次，我觉得我还不如家里的一只鸡呢。等我大了被接回家，跟他们一点亲气都没了。后来我才看明白，都是我奶奶当的家。我奶奶大半辈子守寡，泼得很，一言不合，就能搅和得鸡飞狗跳，是个神鬼都怕的主儿。可我刚刚明白过来，我妈就没了。我妈去世前一天，挨了奶奶整整一天的辱骂。我奶奶从早上骂到中午，从中午骂到晚上，我妈缩在屋里，一句都不敢还嘴。为啥不敢还嘴？因为以前有过教训，只要她敢还嘴，奶奶立马会逼着我爹去打她。我妈在奶奶的骂声里挨到了晚上。奶奶不依不饶，越骂话越歹毒。我爹把手里的饭碗一蹾，走到奶奶面前说，欺她欺了几十年了，你也算找够了吧？从今往后，我就破上落个不孝，也不能容你再欺她！我奶奶一看那阵势，立刻住了嘴。

我妈那天真开心啊。老伊城说，她一面笑一面抹眼泪。我从来没见她那么开心过。第二天早上，我爹才发现她躺在床上没了气。我和小妹睡醒的时候，我妈已经放在灵床上了。

老伊城抽抽搭搭哭起来。

郝美丽劝她，过去的事就过去吧，别想了，再想也没有用。

老伊城说，几十年了，我一做梦，不是梦见井，梦见那井在后面追我，就是梦见我妈，她一面笑一面抹眼泪。我心里这疙瘩，不是我不想解，是它就解不开啊。

郝美丽说，想开点吧。反正这事要搁我这儿，早就过去了，我要是跟你这样啥事都过不去，我都死了八回了。

打针的护士就是那时候进来的。

今天郝美丽要打"大针"，护士先来埋软针。郝美丽手上的青瘀还没下去，血管不好找。小护士在她两只手上交替拍打，想找到一处可以下针的血管。像这种情况，搁别的病号，早就嚷嚷着要小护士"喊你老师过来"了。"老师"是指资深护士。资深护士扎针，总能一针准。"大针"药力毒，不能跑针，所以一般都会喊"老师"来扎针。郝美丽扎针从来不换人。郝美丽说，咱不难为人家小姑娘，她不练练手，她啥时候能学会？总得有个人让她扎。我不怕疼，要扎那就扎我呗。

郝美丽伸出两只手臂让小护士挑地方。郝美丽说，你是不知道，干个护士有多不容易，俺妞刚上班那会儿也是这，越扎不上越紧张，越紧张越扎不上，回家就跟我说今天可丢人了，针没扎好被病号吵了一顿。我就让她在我手上练。小护士说，你先别说了阿姨，你越说我越紧张。郝美丽说，紧张啥，你就把我的手当成馒头，扎吧。

小护士总算找着了地方。消毒，再消毒，抽出套针，摘去针套，对准郝美丽的手腕推下去。郝美丽嘶地吸口气。针头没进血管。小护士不好意思地说，对不起啊美丽阿姨，要不我还是叫老师来吧？郝美丽说，不叫，就你了，扎吧。小护士又找地方。找着了，拿出一根碘伏棉签，在埋伏血管的皮肤上消毒，再拿出一根碘伏棉签，消毒，然后抽出套针，摘去针套，对准郝美丽的手背。郝美丽嘶地吸口气。针头又没进血管。郝美丽像是自己做了错事，赶紧说，不要紧不要紧，你先坐下歇歇，别紧张，只要不紧张就能扎准。小护士没歇，做了个深呼吸，再扎。

那天的针扎了四次。总算扎好了。裹好针管，收拾了护理盘，那小护士咬着嘴唇转过身去，自嘲似的说，我对不起郝美丽。待要出去，又反顾再三，说，唉，我今天真的真的，对不起美丽阿姨。

小护士出去了。老伊城待要逮着郝美丽开玩笑，却见这个浑不吝的郝美丽，竟然在抬手抹眼泪。哎哟，咋啦？老伊城说，看来真扎疼了。郝美丽说，没有没有，皮糙肉厚的，疼啥疼。郝美丽扎了针的手放在床沿上，另一只手抹了把脸。我就是觉得吧，那啥，小姑娘扎个针，没扎好她也不是故意的，多扎了几下能咋着，人家小孩还给我道个歉。郝美丽说，我这一辈子，嘿，就没人给我道过歉。

大风吹

1

　　大风到来的时候竟然是无声的。我看见那顶深蓝色帐篷被连根拔起，向着悬崖方向翻滚。有几个孩子试图去阻止。但是显然，要在山顶阻止一顶被大风旋起的帐篷是危险的，也几乎是不可能的。那座孤峰，峰顶只有很小一块平地。他们意识到了，很快松手躲开。深蓝色帐篷犹如受伤的大熊，在地上四脚朝天舞动了几下，然后连续翻滚，坠下悬崖。

　　我看见的不过是手机屏幕上的无声景象。因为一直在会上，手机总是要静音，上午的会议结束后忘了调回振铃。春天一来就开始开会，各种会，差不多每年都会开到春天结束的时候。我放开音量。海啸般的风声便从山顶传来，夹杂着那几个孩子的惊呼。回放的时候我发现了帐篷里的白色人影。帐篷是一瞬间被大风连根拔起的。那个小小的人影羽毛似的翻了几个跟斗，落地，被旋转的帐篷挡在后面。镜头一直跟着帐篷，看不到那个白色人影的下落。

那座山被这个城市的影视制作者作为外景地已经很多年了。它被反反复复地拍摄，各个角落都被用得差不多了。所以，他们今年找到了这座处于风口位置的孤峰——那里还没有被使用过。

京华的微信也在这时候到了：我在帐篷里看视频，差点被吹到山下去了。

我的天，那个白色人影是你吗？

怎么可能，那不过是个道具。

当心点，不要为个镜头就去冒险。

猜猜我们在哪儿？

不猜。

你就一点不好奇？

不好奇。

事实上，我一眼就认出了那座孤峰。若干年前我曾经去过那里。当时我还有极好的体力，身形矫健，四肢灵活，像只猴子一样善于攀爬跳跃，醉心于远行和冒险。有大约十来年时间，我跟着一拨同样有着极好的体力、醉心于远行和冒险的家伙，先是爬了许多位于第二和第三地理阶梯交界带的低山，然后开始往西部高原上跑，去爬那些有名无名的雪山。对雪山的种种印象里最深刻的就是大风。雪山上不时刮起的大风仿佛有魂魄，会死死地揪着人的衣襟，把人往某个方向拉扯。尖叫着的大风会让人的呼吸越来越艰难。如果不是那些飘浮在空中的细密的雪粒不断扑到脸上，我常会觉得什么也呼吸不到，仿佛空气也会被大风卷走，大风给我们剩下了一个真空。几乎每一次中途下山都是大风引起的。反正，我和我的同行者都不是立志要征服高山的疯子，因而都会相机行事。偶尔会听到雪崩的声音，虽然不曾有机会亲眼见到，但是，那样广阔、沉闷、澎湃的崩塌声，不是雪崩，又能是什么造成的呢？后来，在某个冬天，因为出现强烈高原反应，我从奔赴贡嘎雪山的车队里中途退出。回家以后，右膝关节开始剧烈疼痛。接着是左膝，疼得更厉害。有一段时间我只得老老实实待在家里，不敢再四处乱跑。我一遍遍想起撤回途中贡嘎雪山上的傍晚，切诺基前方丹红与灰蓝浑融的天色，那时候似乎也有大风劲吹，因为大切右前部经过改装而高高昂起的车灯杆上，那面已经看不出颜色的小旗猎猎翻卷，隔着挡风玻璃都能听到密集的"噗噗"声。因膝关节疼痛而不得不退出所有高强度活动以后，我开始变胖，脾气也越来越暴躁，乃至于在许多时候难以按捺自己的愤

怒，会像个机枪似的对着某个不幸惹到了我的家伙开火。对我
而言，那样待在一个城市许久不动是异常状态，近乎某种迫不
得已的堕落。贡嘎雪山上最后一次看到的傍晚让我想念得心中
惶惶。在那样一段不可救药地坠入肥胖和愤怒的时日里，许多
平时根本注意不到的匪夷所思的人和事迎面涌来，我不得不花
大量的气力去忍耐。就那样过了半年，膝盖貌似养好了。那个
夏天我无暇挑剔天气炎热，应邀加入一个短途采风团，随队走
了走鲁山。在我的判断系统里，那简直不能称为爬山。但是，
就是那么随意走了走，我的双膝便同时疼痛发作且持久不愈，
以至于不得不住院理疗。我在那所朋友特意安排的小单间病房
里，看着红外线照耀下的膝盖第一次感到了绝望。我无比沮丧
地承认，远足和爬山将永远成为回忆；而鲁山，那个几乎不能
被称作山的小丘陵，说起来真是滑稽，看来它就是我这一生去
过的最后一座山了。

　　与所有高山上的风不同，那座第一次被京华作为外景地的
孤峰上的大风有一种类似海水的质感。那样的大风经过的时候
曾让我生出溺水般的幻觉。大风的声音犹如海啸，带着咸涩海
水特有的压力，十面围合，持续不断，不像别处的风声是线性
的，嗖一下就过去了。如果我事先知道他们选中的外景地是那
里，我可能会建议他们换个地方。几年前京华带队在晋豫峡谷
取景时，曾发生过摄影师不慎一脚踩空跌下悬崖的事故。万分
侥幸的是，年轻的摄影师被半山石缝中长出的一棵老树挂住，

他眼疾手快，迅速攀住了两根粗壮的树枝。摄影师经过艰苦救援终得脱险。那件事让京华有相当长一段时间不敢带队上山。不敢不是他自己胆怯，而是一想起那个年轻孩子倒栽着跌下悬崖的情境，他就禁不住心惊胆战。心惊胆战他也可以克服，但是在现场，注意力如果这么分散，手下就出不来像样的镜头了。这几年京华手下一直没有出过像样的纪录片，是不是跟那次事故有关系，我也不好判断。不过现在，敢把团队拉到这样的险地，看起来那件事留下的心理阴影已经消除了。

　　那座孤峰，我在春天去过，秋天去过，冬天去过。如果不是因为受不了过分的烈日和可能突然降临的雷电，我夏天也会去。那样我就可以断定，那座山上是不是一年四季都在刮风，刮大风。与其说那座孤峰上风力强劲，不如说在那一小块处于群山垭口的山巅，空气流速很快。经过那里的空气犹如经过逼仄峡谷的大河洪流，会陡然变得拥挤、湍急。大风吹过山顶的过程犹如水漫金山。有一天午后，我正在那样的大风里跟站在对面凸岩上的胥江聊天，突然感到了恐惧。我想我是看见了旋风，它正在迫近，像是长着蜈蚣般密集的细腿。胥江貌似毫无感觉。他脚下那块小小的平地与我和众人所在的山顶平地之间隔着一道垂直裂隙。那道状如斧劈的裂隙虽然也就七八十厘米宽的样子，却由于它的深不见底让人望而生畏。胥江每一次上来都要越过这令人胆寒的裂隙到那边的凸岩上去。尽管胥江越过裂隙的动作像只雪豹一般轻捷，我却总是免不了看着裂隙之下的垂直岩壁提心吊胆。在有着恐高症的我看来，胥江一次又一次越过裂隙的行为纯属轻浮——事实上，每一种毫无必要的冒险在我看来都有点轻浮。胥江对这样的高度貌似毫不在意。胥江皱着眉头笑道，这点距离，有什么好紧张的。在裂隙对面的凸岩上，胥江像只豹子似的踩着悬崖的边缘左顾右盼。是的，如果不是令人生畏的高度，跨过顶多有八十厘米宽的裂隙，以及站到某个边缘保持平稳，都是极其平常的事。让我不敢直视的危险都是垂直距离引起的。有一次我随着一个参观团下到一处已经废弃的煤矿采矿区——它那时已经成为煤矿博物馆，采矿区照明充足、气流通畅、道路平坦。而七百米的深度依然让我在一刻钟的参观时间里备受煎熬。到后来我感到心里憋闷，简直有点透不过气来。那时我才明白在恐高症之外，我还有严重的幽闭恐惧症。乘着缆车出井到达地面的那一瞬间，我下定决心再也不加入这种需要深入地面以下的参观了。七百米，在平地上还不够一次轻松散步的距离，一旦竖立起来就能令人毛骨悚然。让无数攀登者向往的珠峰八千八百多米，也就不到九公里的距离，但因为这个距离直立着，便有了令人惊悚的效果。我跟胥江的交谈随着我的注意力转移陡然悬停。正在经过的旋风里仿佛有语言，有方阵般的嘈嘈切切，却不容辨认。那时候我竟然想起了妖风之类的无稽之谈。小时候从大人们的闲谈里听到，平地上每一股旋风都是一个鬼魂。当时深信不疑。因为，显而易见，每个在地上"行走"的旋风都是竖立

的，高度和体量正像一个透明的人；而旋风经过时发出的响
动，实在又太像呜咽。所以，我被大人们的鬼话骗得服服帖
帖。及至后来明白了旋风形成的原理，怕旋风却早已成了一种
心理上的条件反射。那天的大风一改往日那种洪水漫流的风
格，陡然变得凌厉、撕扯。我看见山顶上的枯叶碎草渐渐形成
涡旋，竖起来，越来越高，像长了脚似的向我扑过来。我瞬间
失控，发出了狼嚎般的喊声。同行的人不知就里，也随着我大
声喊叫。他们是喊着玩，没有人知道旋风会让我恐惧。我至今
记得胥江一个箭步从对面凸岩蹿到我身旁的情景。怎么了？你
怎么了？他扑在我眼前的空地上连声地问。我们俩互相被对方
吓住了。从他突然跳过来的那一刻起我的心就悬到了半空。一
个不小心，或者起跳力度不够跨越这个间隙，结果就是跌下
去。跌下去啊，而下面在哪里，看都看不见。那时我一定是面
如死灰的状态。胥江也是。他脸上的惊恐我从来没有见过。在
扑倒的一瞬间他的手竟然一把攥住了我的左脚踝。我就是在那
一刻才意识到的。在我和胥江之间潜伏许久的东西豁然显现。
我无法用准确的名词去概括那种感觉，被滥用过度的名词早已
让人懒于使用。事实上我一直觉得它就是一种在两个人之间传
染的瘟疫——极其罕见，极其偶然，但传染也不过是一场昙花
开放。胥江的眼神正是发烧病人特有的眼神，昏热，专注，其
中有着无限的深意，仿佛是怜悯，又仿佛是冤屈。那样耀眼的
病态，在你这里有多强烈，在对方那里也就有多强烈。但它会

很快衰竭，所以也用不着担惊。我以为我已经充分见识过它的
性状，其实不然。我只是达克效应里那一群驻足于愚昧高峰上
的家伙里的一个，不知道自己一直被蒙在鼓里。而那个瞬间，
当山顶上的大风突然变得凌厉、撕扯，当胥江在我猝不及防的
时刻来了一次奋不顾身的跳跃，我一下子就从那个概念中的高
峰上跌落，就像从眼前凸岩上滚落到裂隙中的一粒石子。我想
我在那一刻才算是看见了事情的真相。我待在那一场忽然变得
零乱的大风里，想到曾经的遇见竟不过是一些浮皮潦草的误
解，一时便觉荒唐至极，有一种想仰天长啸的冲动。如果不是
周围的喊叫已经停止，如果不是他们被胥江突如其来的危险跳
跃吸引，纷纷围过来问我怎么了，我不知道自己会不会顺势痛
哭一场。在两个人之间传染的瘟疫犹如凝聚了密集能量的闪
电，璀璨而短促。仿佛这种闪电般的显现天然带有不胜悲切的
气质，在我这里，它的显现总是伴随着一场又一场领认溃败的
痛哭。我只得抬头向天，用力深吸气，再把肺腑中的惊愕重重
吐尽。那时我才感到了如释重负。我看着胥江。发烧病人般的
专注在他眼中迅速稀释。你没事吧？他又问了一句，握在我脚
踝上的右手松开，收回去揉搓自己的额头，语调与神情一起松
弛下来。我说没事，是因为旋风。我记得我最后一次登上那座
人迹罕至的孤峰，我在那里的最后一句话就是这样：是因为旋
风。

　　看着手机屏幕上那顶在旋风里翻滚扑向悬崖的深蓝色帐

篷，我决定去外景地探班。我还是有点看不透京华。他的纪录片刚刚拿到了被同行业多少人视为纪录片最高成就的国际大奖，但他一点也没有春风得意的样子。可能是这些年太劳神的缘故，他看上去有几分未老先衰——几年前笔挺的脊背显得有点佝偻，脸上的肉多了一圈，额上的头发则有趋向于谢顶的疏落。拿到大奖以后的京华仿佛对自己的未老先衰终于释然。他不再努力遮掩自己的谢顶，也不再掩饰在日常交道里发生的林林总总的碰壁。这让他身上那种容易让人同情的气质更增强了几分——只要交道建立起来，你的注意力就会慢慢撇开对于他的理性判断，而转移到他的想法、他的喜好和风格上去，并且忍不住想要推波助澜。这真是挺奇怪的。我的膝关节问题已经严重到上楼都有问题，不可能再爬上那座孤峰了。去探班，得等他们转场以后。

2

转场后的外景地在河阴黄河滩涂。那片滩涂在广武原西北边缘，飞龙顶正北，是黄河右岸在这一带向北凸出最多的河滩。它的东西方位在伊城以西两座跨河高速之间，南北方位在邙山头—三皇山—飞龙顶构成的东西向带状低山丘陵北麓，与人烟稠密的城区之间隔着不易通行的飞龙顶，是一处距闹市很近的荒寂之地。河阴一带的黄河右岸因为丘陵阻挡因而没有支流，但是每逢雨季，从飞龙顶通向黄河的沟壑里都装满了泥水。在每一场暴雨到来的时候，从飞龙顶西端到三皇山不过十公里的黄河右岸，奔腾入黄的泥水沟有二十几道：石槽沟、宋沟、池沟、堂沟、北马沟、杨树沟、草帽沟、寨沟、哑巴沟、木门沟、大丈沟、小丈沟、骨头峪、西沟、东沟、刘沟、陈沟、冯沟、西张沟、东张沟、鸿沟、薛沟、桃花峪。所以，黄河在这里形成一个格外凸出的黄泥岬角，或称河滩，是自然而然的事。

开阔而荒寂的河阴黄河滩仍保留着地老天荒的原始风格，是相当理想而又不必付费的外景地。京华要让司机来接我，他认为那地方不太容易找到。他不知道那么个偏僻地方我也去过。我说不用，荥阳原上就没有我找不到的地方。在沿黄快速路与河阴黄河滩之间，大大小小的"顶"与无数条枝丫状伸展的"沟"，构成了一片与黄土高原酷似的碎巧克力般的地貌。那一带的村庄也多以"顶"和"沟"为名。穿越飞龙顶的道路有许多条，每一条都需要经过被雨水侵蚀得支离破碎的"顶"。从伊城市区出发最近便的一条，是沿着盘桓深入飞龙顶腹地的兴榴大道东端向北，转上南北方向垂直穿越飞龙顶的富民大道。这条路线虽近，但是在两条大道中转之间必须经过一段坡陡弯急的盘肠道。较为平坦的通道需要绕行飞龙顶西侧，从沿黄快速通道与001乡道交叉口右转，沿乡道向西，穿过杨树沟与草帽沟之间的黄家台向北直到临黄公路，再右转沿河东行，便到了那一片开阔的黄河滩。如果贪图平坦而不怕绕远，还可以再向西，经过兴阳线之后，由沿黄快速通道通向临黄公路便有多条平坦的乡道——经过堂沟的 014 乡道，经过石槽沟的 016 乡道，等等。我总是选择近道。进入黄河滩的道路就修在曲曲弯弯的沟壑边缘，看上去惊险万状。这些因雨水常年冲刷黄土平面而形成的沟壑，在这一片黄土堆积层不过百米的地方并不算规模巨大，然而对于行路造成的障碍却已足够。我了解道路下面的黄土层有多脆弱。在雨季，道路边缘被雨水濡湿的黄土层根本经不起车辆的碾轧，它们随时有可能塌垮。冬季还好，经过持续几个月干燥的泥土变得坚硬，有了相当大的承托力。不过这样的承托并不牢靠，因为大大小小的泥土单元之间往往有着看不见的裂隙，如果承受的压力太大，它们有可能崩塌。

我曾经以为自己天生就是四体不勤的懒人，但是，当我在放弃登山之后又被远远近近、大大小小的冈丘所吸引，一趟趟外出而乐此不疲时，我就知道，我并不是不好动，而只是缺少足够的动机。正如一场大风的形成需要足够的气压差，能驱动我的四肢的不是斗室之内的杂务，或者像退休老干部一样的散步，或者像许多年龄不详的女人那样在每一片城市空地上跳起的广场舞，不是，都不是。这些都构不成我的动机。驱动我的总是些不切实际的事。自从膝关节出现问题以后，我难以避免地跌回杂草丛生的所谓生活，便养成了懒惰的劣习。我知道我应该散步、骑车或者每天跳舞，我给自己写了块醒目的运动时间提示牌，但我每天都会忘记。我的任性总是对需要凭借意志力才能完成的事情构成腐蚀。我希望自己具有喜爱那些事情的气力，但是很遗憾，没有，一直都没有。就这样，我想起了河流。在许多次从高山上下来的恢复期，我会开车到某一条河流岸边去，沿着水路慢慢游逛。在膝关节已经不能承受爬山的强度以后，我又一次想到了河流。这一次我想去的是尽人皆知的黄河。唯有体量庞大的黄河才能抵消膝关节问题带来的窸窸窣窣的不快。

年复一年的雨季使飞龙顶上的黄土不断被带到这一片河滩上，使这个岬角不断向北凸出，也使这一段黄河河水不断向北侵蚀。这使我想起了两千六百多年前从这里折向东北的禹贡河。《尚书·禹贡》以"东过洛汭，至于大伾"描述黄河在这一带的流向。其中洛汭即洛水入黄口的三角洲，古时正在这一处岬角以西的洛口；而在洛口与这一处岬角之间，在氾水入黄口西侧，至今还有一截不为人知的大伾山的山尾——据说这座山与豫北那座名闻遐迩的大伾山原本是一体，山体左侧是古黄河，只是后来黄河向右偏转，大伾山便被蚀断。那么，在大禹治水之后安澜一千六百余年的古黄河在此地折转向北，就是因为大伾山的阻挡了。今日飞龙顶一带绵延至邙山头的黄土低丘，有没有可能也曾是大伾山的一部分？氾水入黄口西侧的大伾山我还是十几年前去的，我至今记得那一片坦荡如砥的山顶草甸。如今想来，那也是一片残留的黄土塬，与眼前的飞龙顶一样，都是典型的雨水侵蚀黄土地貌。

我自己开车的时候，车轮匝地的感觉与肢体总是相通的，仿佛我与地面之间没有间隔，我是赤足走在路面上。地面是平滑还是有微微的毛糙，是严格的水平还是略有倾斜，是僵硬还是含有弹性，是结结实实还是潜伏着某种看不见的裂隙，车轮传导的感觉分毫不差。经过两条大道转换之间那段著名的盘肠路时，越野车轮胎激起烟雾般蓬勃的尘埃。这是干燥而未经硬化的黄土地上特有的"溏土"，有着像面粉一样轻逸的质地。如果不连续使用雨刷推刮，飘浮的细土很快便会在挡风玻璃上形成一道土白色帘幕。黄土质地的道路经不起一场哪怕不大的雨水。雨一来这些粉末般的表土便化为不堪承重的软泥。雨后经过的车辆在路上碾出了深深浅浅的车辙。车辙上沿突出于地面之上，经太阳暴晒几日便成为坚硬的泥块，随时会在车辆底盘上刮出嘣嘣的声响。毋庸置疑，这样的道路不仅脚感极差，而且让任何一种车辆都很难保持像样的速度。我到达那里的时候已是夕阳西下。

绕过最北的弯道便能一眼望到宽阔的河滩。这个位置的黄河已经出了峡谷，右岸足以阻挡河水的黄土低丘从洛阳盆地北缘一直延伸到伊城北郊，左岸则是太行山南端的低地。河阴黄河滩对岸，是黄河下游左岸唯一的支流沁河的入黄口，也是黄河出山以后第一个有着密集的决口记录的地点。受地形影响的黄河在对面形成一个巨大的凹岸，而河滩上依然被惜地的农人一片片垦殖，种上了冬小麦。河水绕过这个岬角以后将一路向东直达兰考东坝头。这一段的河道位于岬角左侧，黄色的河水呈西南一东北流向。冬天的黄河水量极小，即便在主河槽也出现了大大小小的沙洲。阳光从一片灰雾般的云层缝隙里斜铺过来，让这一片本就荒寂的河滩笼罩了一层几近失真的古黄之色，颇有些宇宙洪荒的意思。作为某个以华夏文明源头故事为主题的电视片的外景地，这无疑是绝佳的天然布景。

京华他们搭起的深蓝色帐篷在土黄的河滩上比在山顶醒目得多了。在距离深蓝帐篷百米开外更靠近水面的地方有临时布景和几堆篝火。又是茅檐草舍，又是宽袍大袖峨冠博带，又是溜光水滑的发髻加上两绺虾须似的垂髻。我觉得连我都能感觉到的问题，京华不会毫无感觉。但他似乎也只能忍耐。就像清末的人们只知道有中国和外国两个国家，在本地有能力撑起的影视片里至今也只有现代人和古人两类人。我记得前几年曾有个哥们儿给某个地方做"诗经"主题的壁画，草稿图出来，所有的人一律宽袍大袖。我说那么整不对，建议他看看沈从文的《中国古代服饰研究》。那哥们儿胸有成竹地一笑，说，草稿改了几回了，不这么弄，他们会觉得不像古人。眼前，古人们在冬日下午四点三刻的光线里忙碌。这里有一场打斗和结盟仪式。有个镜头出了些问题，于是结盟之后又补了一场打斗。两个年轻的古人飒爽英姿地对打，动作斩截优美。在这片外景地

上展开的一切，都有着无可挑剔的仪式感。显然有点套路性的
腔调，并没有沉入影像所要展现的生活现场而只是停留在脚本
的囚笼里。这腔调会瞬间打消我对于一部影像故事所有的好
奇。每当这样的时刻，我总是尽量按捺自己的疑惑，避免去对
人指手画脚。能修正的都是细节；而前提性的问题，到拍摄现
场再说就来不及了。我不打算说什么。他们又不是不知道。我
要是在现场胡说八道，京华肯定会来一句：说得好，我也想这
么干，钱呢？于是，许多事情都因为别无选择而一路将就下
去，有时候是困在找不到十分合适的人，有时候是困在找不到
恰如其分的道具，有时候甚至会困在一台发电机爆出的噪声
上。总之，事情由于那个无可改变的理由而一再陷入困境，就
像一滴水脱离河流来到了岸上，除了被蒸发，不可能有别的结
果。开始我以为京华是有点小虚荣的，因为他不喜欢批评，他
会为自己的团队找到许多确凿的理由以证明批评意见根本就是
无知。到后来我才醒悟到他只是出于维护仪式感的习惯。他是
个极度迷恋仪式感的家伙，他会毫不迟疑地维护那种预设中的
完美，哪怕是仅仅建构在推理之上也在所不惜。他常常说着说
着就滑进了剧情，声音里有某种台词般的悲壮和恳切。这让我
恍惚觉得正在陈述想法的京华像个正在歃血为盟的古人头领。
每当那个时候我便心软下来。像我这样不切实际的人，根本不
忍心看着一桩对于完美的热望被生生磨灭。这个习惯于纸上谈
兵的家伙总是让我的想法变得模棱两可。有什么必要为了某些

根本不可能弥补的缺陷去打击一个喜欢完美的人呢？毫无必
要。

3

　　京华对于"考"有着无与伦比的自信，而对于任何形式的
"评"深怀忐忑。他认为唯有供需不见面的"考"能够让注意
力落到事情本身的质量比较上去；而"评"，难免渗透着林林
总总的诗外功夫，简直就是程序化的作弊。每当京华毫无顾忌
地坦陈他的看法，周围的搭档们便露出不以为然的笑容。不
过，这一点我却和京华有着同样迂腐的感受。我对于仅仅在某
个空格里打钩便能表态的"评"一直抱有偏见。最早经历的
"评"是高校的评教。20世纪末我在高校教书的时候还没有网
络，电脑也没有普及，所有的课堂展示全凭黑板和粉笔。我记
得有一阵子，教研室要求带同头课的老师必须统一大纲、统一
进度、统一教案、统一板书。当时我所在的教研室已经有十来
个同事，除了开美学和书法课的李文，大家都需要分头保持
"四统一"。李文不必跟别人保持统一，因为没人跟她开同头
课。李文比我大十来岁，是从外地一家文艺单位调到那所高校
的，擅书法，又擅小提琴，对文史和美学均有钻研。李文的书
法课能讲到让学生不想离开教室的程度。在教研室的同事里
面，她是唯一让我意识到自己孤陋寡闻的人。我于是一有空便

跑去听她的课。但是评教开始以后，李文的得分却总是不靠前。给她的评语里有两条，一条是"课程容量太小"，另一条是"随意跑题，偏离课程设置目标"。每一次评分连带着诸如此类的评语发到教研室，李文都会耸肩一笑，从鼻子里哼一声，转身，用一块湿毛巾把教研室西墙的黑板擦得漆黑而湿润，然后捏起几支卷在另一块湿毛巾里的粉笔，在黑板上发狠地写字——二十年后当我调入文艺系统工作，才知道那样的写法叫作"背帖"。王羲之的《兰亭集序》被李文一遍又一遍写在黑板上，以至于整个教研室的人都对那篇文字烂熟于心。若干年后来到文艺系统，我前后见过许多人临摹的《兰亭集序》，但从来没见过哪个人能用粉笔把《兰亭集序》临摹得那样惟妙惟肖。李文手里仿佛捏着一支白色的毛笔，而她用来写字的黑板则是柔软的黑色宣纸。李文总是把"永和九年岁在癸丑暮春之初会于会稽山阴之兰亭修禊事也群贤毕至少长咸集此地有峻岭茂林修竹又有清流激湍映带左右引以为流觞曲水列坐其次虽无丝竹管弦之盛一觞一咏亦足以畅叙幽情"一气呵成之后，再在"峻"字旁侧加添"崇山"两个小字，然后再写"是日也天朗气清惠风和畅仰观宇宙之大俯察品类之盛所以游目骋怀足以极视听之娱信可乐也夫人之相与俯仰一世或取诸怀抱悟言一室之内或因寄所托放浪形骸之外虽趣舍万殊静躁不同当其欣于所遇暂得于己快然自足不知老之将至"。写到那里黑板用尽，她便将手中的几颗粉笔头远远朝墙角的垃圾篓一扔，然后用湿毛巾擦净手指上的白色，坐在我对面开始看书，脸色平和如常。我根本不在意那些评分，继续去听她的课。后来我和李文先后离开那所高校，我调进伊城市直机关，李文考博去了京城。我跟她再见面已在分别二十多年之后，彼时她已经成为本地一所知名高校的博导，我们碰巧在文艺系统的一次选举中分别获得了期待中的兼职。再见面时，她大约与我一样早已明白了"老之将至"是个什么情状，我们只是握了握手，彼此问了句"需要祝贺你吗"，便禁不住相对大笑。

　　就是这样，二十多年后再见面的时候我们相逢一笑，便看到彼此经过了些什么样的日子。当年在教研室看李文临摹《兰亭集序》的时候，我当然想不到有一天我们都会离开，我由于那次调动而进入的工作系统将成为人们趋之若鹜的所在，她大约也想不到她获得的博士学位将成为许多为就业发愁的年轻人趋之若鹜的学历目标，我更想不到有那么一天，让我俩都有点发怵的"评"会成为针对我的矛头。事情已经过去五年了。一切都源于厌恶。那是一种与生俱来的挑剔，不由自主。谁会因为一个人总是一坐下来就不停地抖腿并且在一切公共场合两个字两个字卡带似的说话而厌恶他？我会。每当他为着一点鸡毛蒜皮两个字两个字地无端找碴，我便会在众人缩着脑袋不置可否的时候，把那些匪夷所思的找碴掸回去。就这样，事情到了戊戌年夏，我的放肆终于给自己带来了十分不利的"评"。我低估了这种人的能耐，他们在败坏的时候往往有着异常的精

　　与所有高山上的风不同，那座第一次被京华作为外景地的孤峰
上的大风有一种类似海水的质感。那样的大风经过的时候曾让我生
出溺水般的幻觉。大风的声音犹如海啸，带着咸涩海水特有的压
力，十面围合，持续不断，不像别处的风声是线性的，嗖一下就过
去了。

明。十面埋伏从夏天延续到冬天。在那些被恶意围困的时日里，每一次迎面遭逢都会让我觉得厌恶胀满了肺腑，忍不住要呕吐。那时候我跟京华喝过许多场酒。京华说，现在你懂古人的那句告诫了吧？他们之所以倾向于避开小人，不是因为惧怕小人的坏，而是因为小人能驾轻就熟地把任何一个对手变成恶名加身的人。我说你错了，我并不在乎什么美名恶名，问题是，我觉得我正在朝同样的方向滑落，我几乎管不住自己了。京华看着我，好像被噎住了。过了好一会儿他才端起酒杯与我相碰。你不至于，他说，不至于。

　　若干年后，当我和李文在一个会议上偶然遇见，我们见面的第一秒便从彼此身上闻到了那种特有的暮气。李文像年轻时一样相貌堂堂，然而气焰早已没了。我能够想象我在她眼里是个什么德行——肥胖，松懈，不修边幅，见了谁都是一脸格式化的微笑。在被形形色色的“评”一路敲打着年过半百，总算对这个匪夷所思的动作后面的动机分布一目了然的时候，参评的热情也早已漏尽。我们老了，老得如此温良恭俭让如此寒碜，这真是一件值得号啕大哭的事。我们经过了二十年时光里许许多多无可避免的锈蚀，到最后才看见，原来我们自己也早已成了某种具有锈蚀力的东西。而有着轻微社交恐惧症的京华从来弄不清楚什么事情将会由什么样的人打钩，打钩的过程又有哪些必然会参照的关节。总是到事后他才看见，原来给事情打钩的人里又有一些不待见他的家伙。京华说，问题是我都不知道他们为什么不待见我，要不是主持人介绍他们的情况，我都不记得什么时候跟他们打过交道。尽管如此，他依然保持着参评的踊跃。这种韧性让我很是佩服。总得弄钱养活这些人啊，他说，都是玩命干活的，总得给他们一个交代。京华手里唯一能够左右打钩的力道，在于他前些年埋头苦干拿到的两个奖。在这个地区，还没有人能够在同专业里靠近这种级别的奖项。这当然是能够被看见的。所有能够为这个地方带来声誉进而带来效益的东西都会被看见。这一点，京华明白。所以京华总会在关节点上恰到好处地讨价还价，把他认为重要的部分坚持到底，免得事情到最后被弄得一塌糊涂。即便如此，来自各方的批评他也不得不打起精神一一对付。我快疯了，京华不止一次对我抱怨。京华常常把酒杯蹾在桌子上，开始他的十万个为什么。有一次京华把酒杯的高脚蹾碎了，杯底的玻璃碴拉破了他的手指。醉醺醺的京华把那只没了脚的杯子紧紧攥在手里，怎么抠都抠不出来。那时候我才相信京华是练过功夫的。他说他最早干的是武龙套，干了三年零十七天。我以为他在炫经历。现在看来，他是真的干过三年零十七天的武龙套。

　　那天夜里，我们一直等到京华在醉意里昏昏睡去才把带着锋利玻璃毛碴的残杯从他手里拿掉。小十蹲在地上，小心翼翼地摊开他的手，给他消毒包扎。跟着京华打了三四年下手的小十刚刚跟他领了证。单身多年、已经奔五的京华在这件事上很是木然。京华说，我是不是有病啊，要不然怎么对谁都不动心呢？小十来了以后，看上去他好像动了心，可还是迟迟不见动静。京华说，不是那种动心啊，只是觉得这孩子可怜。后来还是小十主动开的口，当然这是小十告诉我的。有一天小十问他，现在有没有让你动心的人啊？京华说，没有。小十说，我也没有。京华说，我可能是有毛病，你小小年纪可不要这样。小十说，那可能我也有病呗。小十说，既然都有病，咱俩就凑个对吧，都省心了。京华说，那行吧。于是两人去领了证。小十把碘酒抹到伤口上的时候京华的手痉挛了一下。小可怜儿，京华咕哝了一句。小十在伤口处敷了白药拿出医用纱布贴着那只手缠绕，一直绕到那点纱布用尽，然后用布胶带绕着粘了两圈。算起来小十如今也是三十好几的人了，不过看上去很小，像个学生。这小可怜儿托着京华的手，就那么可怜巴巴地蹲在地上，头靠着膝盖一言不发。这个学电影的孩子大学毕业就来到了这个城市，参加过许多场考试，干过许多貌似跟电影有关的事，辗转数年，最后在京华这里落了脚。小十说，他事业不大，可是人靠谱，再难都不会为难下属。小可怜儿，京华又咕哝了一句，你不知道还有个金玉其外败絮其中啊。小十说，败絮怎么了，败絮也是棉花，好着呢。

　　事情拖到了现在，连京华这种慢性子也觉得耐心不够用了。起初是那边催活，他嚷嚷着时间太紧张，要求延后再延后。等到一波又一波的疫情轮番袭来，等到一场罕见的暴雨从天而降，方方面面斗转星移，他的成片交上去，那边反而不急了。经过两剪的片子已经报上去一年有余，之前催活的人总也没时间给这件事画句号，只是说缓缓，再缓缓，目前这个情况，太难了。个中的种种不得已，京华也明白。京华通过视频跟大家约酒。铁皮罐装黄花鱼，瓶装兴盛德酥花生，真空塑封哈尔滨红肠，袋装泡椒桔梗，一一拆了装碟，再开一瓶酱老头。这几样东西美味易携，是外景地常备的消遣物，每个人手头都有。京华说，酒一样，菜一样，跟在一起喝也没多大区别。众人说，可不嘛，没啥区别。京华举杯说，都别泄气啊。众人干了，说，不泄气。京华说，趁这个时候琢磨点正事。众人说，看你嘴碎的，记着呢。京华说，咱们还是老样子，每周一九点碰个头。众人说，准确点，是线上碰个头。京华说，线上碰头也得把自个儿捯饬好，别灰头土脸的给我塌气。众人说，就冲咱小十，必须捯饬。京华说，一个苦孩子，老欺负她干吗。众人说，欺负你也没啥意思吧。

4

　　向东的大玻璃窗外能看见那个车辆稀少但有红绿灯日夜值守的三岔路口，以及路口对面一派暗绿的贾鲁河西区公园。已经拓宽的贾鲁河就在那一派树木掩映之下，跨河廊桥层叠的飞檐和对岸高坡上的京水亭隐约可见。在好不容易才养成的走路习惯不得不中断下来的两个月里，每天一早一晚，我就在阳台上那株巨大的龟背竹旁边，看着远处的廊桥和京水亭做几遍八段锦。这项在室内便可施展的运动更像是静止的，是植物生长一样的看不见的动。时间犹如停下来的流水，让人随着安定下来。深呼吸，肺腑便缓缓张开。身体内藏匿最深的那一小块方寸之地，那一处被称为丹田的人体的重心所在，那个三维的黄金分割点，也在缓缓张开。它几乎总是在注意力之外。但是在每个承受恐惧的时刻，那一处隐匿在意识晦暗区的所在总会遭遇戕害。在恐惧迎面袭来的时刻，被坚强的幻觉所麻痹，我们自以为毫发无伤，然而身体的敏感度并没有减弱。恐惧每一次袭扰都会让这个方寸之地陡然收缩，位于更深处的肾脏也会因承受挤压而丧失一部分最活跃的细胞。在时光的漫长蹉跎中，我们浑然不知老之将至，而身体都是知道的。情绪的挤压一番番到达，没有一次会放过脏腑深处这一寸小小的空间。这么下去，总有一天我们会外强中干。我想象着空气。那就让空气来吧，让貌似不存在的空气沿着眼睛看不见的通道涌入，让那个被无数人数念的方寸之地慢慢伸张、充盈。新鲜空气犹如小十手里的白药，在被恐惧的玻璃碴划伤的口子上慢慢敷撒。我两手交叉，沿着身体慢慢上升，掌心翻转向上，向天空的方向拉伸。身体抻长，想象中新鲜空气正在开始它们的营救。有些无形的绑缚正在崩解。解脱正是从躯壳里开始的。我感到了前所未有的松弛，我感到全部的身心变得空空荡荡，仿佛经历了大风扫荡的旷野。之后呢？我还看不清那将是什么样的改变，它

还没有完全进入我的视野。我也不急于看清楚。远处的树梢黄
绿参差。在眼下这个季节，绿的大约是杨树，黄的大约是梧
桐。在跨河廊桥东南方向的弧形河岸上，绿的则是女贞，黄的
是金柳。那些有着阳光一样灿烂颜色的金柳让我记得特别清
楚，它们被栽在那一段弧形河岸上，犹如灯盏让傍晚的河岸显
得明亮。岸边的草坡上新种了金盏菊和粉黛乱子草。这个时
节，金盏菊必定已经凋谢了，而乱子草云雾般的轻粉色应该还
铺在斜坡上。在那个河段疏浚完成以后的初夏，我曾一个人坐
在还没有泛出粉色的乱子草旁边喝酒。盛夏到来的时候，我会
为了出汗而每天傍晚步行到那个地方，坐在那里抽支烟。我也
曾和几个朋友在那里喝到夜深，喝到河对岸海棠公园里此起彼
伏的歌声全部消停。如果不是因为连续的时光里有这样一段特
殊的岁月横亘，我可能永远也感觉不到时间里还有异质性的存
在，也意识不到寻常时间里潜藏着的滋味与自由。寻常日子离
开我们已经很久了。如今想起来它就像一个中药柜子，拉开每
一个抽屉，里面都有一种具有特殊疗效的药草在散发着香气。
身体经过用力的抻拉拧转之后才会改变它紧张的常态而暂且放
松下来，然后，它会回到绷紧的状态，除非再次经过抻拉拧
转。远处廊桥和亭子的飞檐仿佛在我身上也唤醒了同样的轻
逸。这是一种与苍鹰在空中滑翔类似的悬停，借助了看不见的
巨大气流与来自内部的惯性。

　　和京华在线上干杯的时候我又一次想起了许久未见的李

文。前不久她开始了自己向往中的单身生活。李文说，其实我们这样的人是不适合进入婚姻的。显然，这一点已经不需要再强调。我对维持任何人际关系都缺乏足够的耐心，却偏偏心肠太软。在某种相处中也许会一再迁就，而一旦退过某个界限便会陡生厌倦、断然罢手。这样难免显得无情无义，我偶尔回想，总是心生愧疚。人究竟是怎么一回事呢？这里里外外、个个雷同的生物体之内，怎么就生出了千差万别、毫无逻辑的喜悦与厌憎、热爱与冷漠？我从来解释不了我对于一个人待着的固执需要，但我也从来不觉得我需要对什么人解释。无边的虚空像空气和水一样不可或缺，乃至于我在人群里待的时间稍长便会有强烈的枯燥与窒息感。我就是热爱那种大风扫过旷野般的空荡与巨动若止。

　　京华的剧本梗概发给我的时候，由同样的故事改编成的电视剧已经开始在南方一家炙手可热的影视平台开播。每晚黄金档准时播出的故事里虽然充满了逻辑脆弱的细节，但是完全没有影响收视率。子弹般密集的弹幕让我眼花缭乱。故事显然又一次落入了宫斗的俗套。他们总是把注意力转向人和人的角斗。一个本来如大河般辽阔深沉、缠绵悱恻的故事，又一次向人与人的角斗投降。似乎不踢来踢去就难以推动细节的进展。似乎河流这样古老广大的事物在讲述的意义上乏善可陈。不断出现的硬伤让我一再跌出故事。准确地说，我根本就无法进入，因为我不得不一再提醒自己：这只是个布景，这只是个移植的细节，这只是为了方便衔接，这只是为了省钱为了藏拙。我一边看一边忍不住通过微信跟京华吐槽。京华说，现在你懂了吧？我故意的，我就是要拍个一模一样的故事。我笑他天真。我指出一处细节让他估算完成这个场景的造价。京华在屏幕里挠了挠毛发日渐疏落的头顶，把嘴抿成了"一"字。这个无比烧钱的行当每每让这位老英雄气短。京华说问题是别人家的钱是从哪里来的，他们怎就这么舍得烧呢。我看着墙上的屏幕说，那大约是有个不这么天真的制片呗。我原来是相当迷信演员的左右力的，往往一部编剧弱爆的烂本子能被几个好演员飙出烟花来。后来我又迷信导演。看来都不对。我还是太容易想当然了。在经过了一系列形形色色的事件之后，单因论的劣习已经在我这里消失。京华手上存的这个本子其实若干年前就有了，只可惜当时京华还不知道干成这样的事情关键何在，人家运作资金用了许多人情，只不过想要挂个编剧，却出乎意料地被京华一口回绝。经过了这么些年，本子被三番五次挖墙脚，如今要再起炉灶，也是一桩极其艰难的事。

　　并不是所有的事情都配称事件，事件仅仅是某些对人有过雕琢的事情。这样的事件尽管出现得晚了一些，不过如果它们发生在一个人的反弹力尚未消失的时候，仍然可以说是命运的眷顾。我的反弹力仍然在，而且相当充沛，而且，这劲道的展现方式已经跟以前绝然不同了。它有着绵绵不绝的韧性，能够把深埋的矿藏加以持续、节约地调动。我的四肢，我的颈肩，我的眼睛，我的呼吸，我的脏腑，以及意念汇聚的丹田。于无声处，力量找到了它的源泉和载体。念力洞穿名相的时刻，人才能真正懂得谅解。并不是放过什么或松开什么，那只是注意力的有效集中。现在我才看出了这些故事的全部软肋。归根结底，还是"自我"妨碍了它们，正如它们在相对于生命而言可谓漫长的过去，也曾牢牢遮蔽了我。说到底，在相同的时间之内活动的我们才是骨血至亲，而故事里的他们跟我们至多只是远亲。隔着几十代人的时间，血缘与记忆都已稀释成水。依靠我们的模样推测他们，这样的想象和虚构不仅纯属一厢情愿，而且简直是堕落。人物在被想象的故事里貌似器宇轩昂，但为了吻合历史早已给定的结局，他们每到关键时刻便会由于匪夷所思的原因跟自己也跟常识犯拧。故事于是成了人与自己的战争。我只能说我也想不明白。所有的故事都不会等着我们想明白。它们在偷工减料的布景里，在捉襟见肘的对话里，在故弄玄虚的假面下，在无可避免的拧巴里前赴后继地上演，而我们除了闭上眼睛再闭上嘴巴，什么也做不了。这时候我才恍然，京华之所以显得颓丧是因为他已经下定了决心。每当一个决定做出的时候，他总是会有很多问题，很多无用的问题，还有很多牢骚。但我知道，这些把戏都不过是在给自己减压。他要动手了，这个骨子里依然有点愣头青的家伙，他说这一回他要自己干。小十在身后看着他也像在看一个小可怜儿。年纪轻轻的小十这时候的表情就像个母亲，温柔而慈爱。她知道他要动手

了，他要冒险，他需要放松，把这件事的危险程度至少在形式
上弱化，让自己感到轻松。

京华请我看本子是在大约三个月后。我记得那天正是这个
冬天第四场雪来的时候。这个干旱的北方城市很少有哪个冬天
能下四场雪。这场雪到来的时候已经在立春之后。尽管离桃花
开放还有一段时间，人们还是把这样的·场雪称为桃花雪。那
是一场罕见的桃花雪，和着呼啸的北风，雪片巨大、松软、迅
猛而悠扬，在空中造成了烂漫的美景。我坐在工作室的落地窗
前，读剧本读得忘乎所以。京华的修改让我从中看到了热气腾
腾的、活着的、仿佛有了人格的伊城。京华手下终于有了泥水
滚荡的世俗百相了。这并不稀奇，任何一个被时光揉搓的人到
后来都会明白。但是这样一副慈悲心肠又是从何时起头的呢？
它让我蓦然想起自己三十多年前来到这里的时候大街上的公交
车碾起漫天灰尘的样子，仿佛这城市也成了让我心疼的一个活
物。我合上笔记本的时候，特别想去雪中大哭一场。我抓起羽
绒服就出门了。

桃花雪几乎是暖和的。我仿佛被温柔的雪花洗濯了一遍，
变得又清醒又雀跃。我对京华说，哥们儿，我打赌你爱上小十
了。京华说，谁知道会是这样啊，这么娇贵的东西，竟然是从
蹉跎里来的。

大风就是从贾鲁河岸边的黄色树梢开始的。那天阳光饱
满，我的八段锦正做到第二遍。向外翻转手臂的动作让我感觉

无比熨帖。从庚子年冬天开始，我经过反复治疗从医院出来以后，右臂至今没能从手术造成的影响里完全复原。曾经阻断的筋脉在术后锻炼中缓慢地恢复，但我不经意间发现自己在更多地使用左手。因为本来就是左撇子，我对这一点迟迟没有觉察。现在，我发现我会把任何需要用力拎起的重物放到左手里，也会侧身用左手拿起右手旁边的东西——只要那个东西不太好掌握，左手便会自动伸过去代劳。唯有在敲打键盘的时候，右手在一如既往地担任主角，因为敲打键盘不需要多么大的力量，已经敲打了二十多年的手指也不需要再练习技巧。而此时，我站在一棵巨大的龟背竹旁边，看见大风把贾鲁河岸边大片大片的树梢化为黄色的绿色的波涛，感觉到手臂拧转时右臂上每一道筋脉里滋生的令人陶醉的酸麻和每一处关节传来的闷闷的咯咯声，我想，它们也是需要抚慰的。抻拉带来的酸麻和响动犹如它们终于喊出口的呼叫。从遭受重创到现在，这些筋脉蜷缩了多久了？也快有三年了。我记得我住院的时间侥幸赶在第一波疫情稍歇的间隙，出入医院的人们还必须刷码并出示证件，几乎每天都有病人家属在入口跟保安激烈争执。病毒在彼时还相当凶险，人们尽量避免着彼此接触。我听着右臂关节处传来的咯咯声。这些小可怜儿啊，它们被我的懒惰压制了一千多个日日夜夜。也是因为我侥幸把这样的双臂翻转坚持到了现在，侥幸正在练习着的招式里面还有这么一式能够触及这些蜷缩着的筋脉，我总算把这样一处几乎被自己完全忽略的冤枉翻检了出来。两只手臂呈 180 度张开，尽量向内侧拧转到极限，再向外侧拧转到极限。仿佛每一条筋脉都在生长，它们沿着皮肤下面的隐形道路，沿着手指，向外生长。我感觉身体也被卷入了一场大风。大风由内而外，鼓动着无限的空气与尘埃，在远处树梢上形成越来越汹涌的波涛，从黄色到绿色，从绿色到粉黛，无声无息，无穷无尽。

有情

1

常青藤在矮楼动议整修之前就已经
爬上了窗框外墙。有的藤条从窗框上沿
垂下来，窥探一下虚实，然后准确绕开
窗口，沿着侧边向下爬，一直爬到下面
的窗台上。这些年伊城雨水渐盛，常青
藤也就有了在南方老房子外墙上那种长
势，不过一两年工夫，它们就让附近几
座老房子的墙面覆满了层层叠叠的翠
色。之前我一直不明白这种植物是怎么
牢牢攀附在墙面上的。等它近在咫尺我
才看清，这些四处蔓延的藤蔓上有很多
关节，每个关节都长有带着锯齿、能够

牢牢抓住墙壁的小爪子。那些小爪子是手脚也是根须，它们会从每一滴水、每一粒尘泥中汲取营养。

矮楼始建于 20 世纪 50 年代，因为位置特殊，附近少有高楼，颇得闹中取静之妙。门前伊河路两侧的梧桐也是当年栽植的，早已长得枝干壮硕、树冠阔大。梧桐的枝丫经过许多个春天的塑形剪裁，在道路上方形成了绿色穹隆。到了夏天，位于道路北侧的矮楼得益于几可蔽日的树荫，也就格外清凉宜人。矮楼因为需要整修，几年前就搬空了。我不时回到这里取我的邮件。有些老朋友记不住我的新地址，依旧把邮件寄到这里来。我便嘱咐留在矮楼看门的师傅，把我的收件放到原来的办公室。这间朝向后院的办公室我用了十五年。从来没有在其他任何一间屋子里待过这么久。楼上的人换了一茬又一茬，如今，还有谁知道在这间屋子窗外曾有过一棵巨大的泡桐树，泡桐花曾帘幕似的簇拥在北窗的玻璃外面？他们也想不到有人会把一棵树看得很重，为了窗外的一树繁花，就会泡在办公室舍不得离开。这些都是无所谓的闲事，不值得注意。每次来取快递，站在只剩下一排空书柜的房间里，我都难免想起泡桐树在窗外枝丫横斜、花枝招展的模样。可惜的是，泡桐树早就被毁掉了。那些人把毁掉一棵树称作"拿掉"，好像它不是长在地上的活物，而是一块碍事的石头。

泡桐树长了许多年，体量很大。有七八年时间，每到四月，粉紫色小钟状的花朵便会在纵横错杂的枝条上一茬接一茬地开。桐花的甜香被阵风隔着窗纱送进来，在我的屋子里悄悄布散。泡桐树是我的发小。它们曾长满了故乡的沟沟坎坎，在每家每户的院子里招摇。在豫北乡村长大的人，谁没有儿时吸食泡桐花蜜的经历呢？在食物贫瘠的年代，泡桐花蜜，玉米和高粱秆，河边的茅根，都是馋嘴孩子的糖。把泡桐花冠从花萼里抽出来，轻轻一吸，一丝蜜甜便溜到了舌尖。那大约是一种最接近蜂蜜的花香了。似乎花蕊的香甜在花冠密封的过程中已经酝酿充分，一旦花瓣打开，成熟的香甜便倏然布散，不必等待蜜蜂的加工。但蜜蜂还是会来。它们常常钻到泡桐花的花冠里，去采集深藏在小喇叭口里的花粉，直到花朵凋谢，青白的花柱和鼓胀的子房赫然显现。

窗外泡桐花怒放的季节，往往也是合唱团开始排练的时候。因为接下来连续几个月的一号都是节日，他们该准备各种活动了。楼下大厅里不时传来合唱团高低音声部间错搭配的美妙和声。我坐在二楼看书码字，总难免被花香和乐声勾引得走神，想起乐声与泡桐的缘分，想起今属豫北的鄘地，曾有过"椅桐梓漆，爰伐琴瑟"的歌谣。在汉末乱世，生于豫东的大儒蔡邕，曾从吴人燃烧的柴灶里抢出一段有噼啪之声的木头，忖度其用，裁制为琴。从此，这段爨下桐便劫中重生，成为焦尾琴，成为一切在埋汰中被辨识的良木高士的隐喻。只可惜，这位伸出解救之手的蔡邕，却被乱世中的一个褊人以区区小事囚禁致死，自身反成了爨下灰。

刚来到这间办公室的时候正是隆冬，清减了树叶的泡桐树枝条交错，历历如画。我一眼就看见大树上有三个鸟巢。后来，不知从哪一年起，树上的鸟巢多起来，变成四个，五个，七个。不知道都是什么鸟筑的。楼下展厅的屋顶在窗外构成长长一溜平台。泡桐树的树枝从后院伸过来，在屋顶平台上张开一个向东南偏斜的伞形，伞翅的边缘一直扫到我的窗台上。泡桐树的枝条伸手可及，新生的青褐色嫩枝上布满微微凸起的土黄色皮孔。树枝下常有各色鸟儿，蹦蹦跳跳捡食人们隔窗投喂的食物——麦粒，小米，面包屑，各种水果粒。来觅食的鸟多是麻雀、喜鹊、灰鹊、斑鸠，平台上一天到晚叽叽喳喳的。

偶尔会看到一些不认识的鸟。画水粉的花生告诉我，黄嘴黑羽、鸣声婉转的是乌鸫，头上有一撮白毛的是白头翁，喜欢拣高枝飞的是伯劳。有一天花生兴兴头头告诉我，她在后院菜地里看到戴胜了。她拖着我到底楼的"凹"字形展厅，隔着展厅的落地玻璃指给我看。不知道从哪儿飞来的，花生说，在那儿，丝瓜架底下，在那儿找虫吃呢。花生看着那只鸟不住地感叹，戴胜啊，我天，这地儿居然还能看见戴胜啊。

春水般柔软而浩荡的乐声，开满枝条的泡桐花，树枝下捡食的鸟儿，以及藏在树枝间的花样百出的鸟鸣，曾让我觉得这座矮楼有着在这个城市其他地方难得遇见的美好。

2

那些人"拿掉"泡桐树的理由是,它长得太快,再任由它长下去,矮楼下搭建的"凹"字形展厅就有可能被它破坏。

我到树底下看过,他们说的倒是真的。展厅老旧破落,规模也小,一到雨季就渗水的内墙上霉迹斑斑,有的墙皮已经脱落,其实早已不堪作为展厅使用。而泡桐长势正好。这是中原一带最常见的紫花泡桐,生长极其迅速,成年后枝干硕壮,有巨大的伞形树冠。泡桐树四方伸展的枝条中有一些已经压到了"凹"字形展厅的顶棚。这么大的树,地下的根系可能已经在展厅地面下回环盘踞。不断生长的大树的确有掀翻展厅的可能。一切蓬勃生长的事物中几乎必然含有的危险,在泡桐树与破旧展厅的比照中显得十分触目。

为了"拿掉"泡桐树,那些人颇费了一番心思。都知道伊城市区的大树是受保护的,不能够随意砍伐。以他们想到的种种理由,都不足以让"拿掉"这棵大树成为被允许的事。保护展厅也不能作为理由,因为展厅本身是为了应急临时搭建的,用完以后就保留下来,本不属于规划内建筑。于是他们合计了一下——既然受保护的是活树,"拿掉"活树是违规的,要是树死了,就不在保护范围了。他们打算先想法子让大树"自然干枯",然后再叫人来"拿掉"。那就不叫砍伐树木,而是清理枯木了。我心里不免起了反感。能这么算计的人，大多有一副与心机匹配的阴冷心肠，偏偏又是这种人，最知道怎么让自己的动作"合规"。

合谋之后他们就动手了。我这个反应迟钝的人，并没有注意到泡桐树在萎靡。泡桐树的花朵纷纷凋谢，落花把展厅的棚顶变成了长长的花毯。有十来天时间，我看着在展厅顶部平台上越落越厚的粉紫色桐花，竟还被那样的"美景"撩动，以为那是季节变换到了泡桐结籽的时候。我没意识到那貌似绚烂的美景不是落红化泥的轮回，而是它正在死去的样子。

跟泡桐树一起被"拿掉"的，还有沿墙带状花坛里长得蓊蓊郁郁的藿香、薄荷、葫芦、丝瓜和向日葵。薄荷和藿香都是生命力格外旺盛的植物，铲除它们本来并不容易。它们被除得这么彻底，大约也遭受了与泡桐树一样的荼毒。

失去了泡桐树的遮挡，办公室的光线白花花的，晃眼。窗外空荡荡的，破旧的展厅平台上露出一片片成分不详的污迹。再坐在那里，就像跌进了废墟。直觉中，总有一种莫名的腐朽气味在周围弥漫。窗外的泡桐树曾是一道帘幕、一层隔断，又像是某种荫庇和掩护，它层层叠叠的枝叶仿佛在我和那种气味之间横置了足够的过滤。而现在它没有了，被"拿掉"了。周围的景象一览无余地被送了过来，有对面阳台上晾晒的红红绿绿的衣服，有架在线杆上或固定在矮楼外墙上的一捆一捆的黑色电线，有在展厅平台的垃圾和污水之间跳来跳去的野猫。我在那里再也坐不住了。

　　我不确定草木知不知道疼痛。至少它们是有感觉的吧。每一株植物都知道什么方向有光，什么方向有水，知道寒来暑往秋收冬藏。许多绿叶植物，都会以释放毒素的办法抵御虫害。长在热带它们倾向于叶片阔大，长在寒带它们倾向于叶片细小。长在沙漠里的梭梭为了节水甚至不长叶子，直接以茎秆完成光合作用。因为营养丰富而特别容易被啃食的植物，往往选择长到靠近雪线的寒冷高山上，长到人兽不能立足的悬崖峭壁上，或者寄生到高耸入云的乔木树种梢头。

　　我曾在浏览自然纪录片时意外听到了植物的尖叫。那是番茄茎秆被切断时发出的声音。它们发出的尖叫惊惧而凄厉，像来自遭受剧痛的孩子。还有烟草植株的呻吟。被切断的烟草植株仿佛知道了被切断的处境，它的呻吟听上去充满绝望。番茄尖叫和烟草的呻吟因其声频超越了人耳的听觉范围，要借助仪器才能听到。这视频播放的情景不是传奇，而是一位植物学家所做的实验，是真实的现场记录。

　　传统生物学常把植物的创伤反应解释为无情绪感受的条件反射。但是，谁能断定呢？人们对于痛苦的感觉，不也可以解释为一系列条件反射吗？谁知道所谓的条件反射是不是植物的情绪症状？有研究表明，植物受到伤害时体内会出现急遽的电压跃变，钙元素含量也会急剧升高；如果用镇静剂处理伤口，这些反应会很快平静下来。这是拥有神经系统的动物在感到疼痛时才会有的反应。钙元素的升高是疼痛机制中的一环；而植物受到创伤时体内的电压跃变，是不是呈现了植物的痛觉？

大树是在一壶壶滚水的浇灌下"自然干枯"的。可怜的泡桐树，在它的落花把展厅的棚顶变成了长长的花毯，在我被那样的"美景"撩动的时刻，它是否也曾发出过人耳听不见的惨叫？它的树干和枝条内，是否也曾出现了肌肉收缩般的电压跃变？它是否也曾绝望地号召体内的支援，让浑身散布的钙元素迅速奔赴创痛之地，去抵抗正在经历的无声无息的戕害？

3

北开的玻璃窗几乎占据了一整面墙。我至今记得在某个早晨吃力地推开窗扇，被破窗而入的泡桐树新叶扫到手腕的时刻。我是个看着泡桐树长大的人，对这种在华北平原到处可见的树种毫不以为稀奇，但似乎还没有被泡桐树丝绒般的叶面扫过皮肤的经历，又或者儿时从泡桐树的幼苗之间穿过，也曾无数次被它们毛茸茸的叶面碰触过，只是那时候心性混沌，丝毫不曾在意。

覆有细密绒毛的泡桐叶在手腕上留下轻风般的触觉。它的清苦、凝重，有一种特别醒神的中药气息。那仿佛是我距离一棵泡桐树最近的时候，我能看见它熟褐色的枝条上微微鼓凸、将出未出的叶芽，能看见刚刚拱出花萼的小花蕾顶端瓣膜包覆的纹路。幼年时被压抑的对于图像的迷恋在那一刻忽然惊醒。一枝暮春时节的泡桐树枝近到了触手可及，它的老练和稚嫩一同写在点缀着土色斑点的枝条上，它有新抽出的灰绿叶柄和阳绿叶片，有小牛皮一样的花萼和丝绒般轻软的花冠。那种新鲜与蓬勃简直是对知觉的猛烈抽打，让我醒觉到一棵树的"活着"竟也复杂幽微、用情至深。

再漫不经心的相处也会在感官和骨肉中留下印迹。等到老之将至，那印迹便像潜伏在神经簇中的病毒一样开始发作，让人开始怀旧、开始思乡，开始对一棵树、一种气味、一抹颜色的眷念，直到刻骨铭心、念念不忘。

记忆会把曾经出现过的事物恰当编辑。在蓦然想起的时刻，泡桐树巨大的伞形树冠总是与叽叽喳喳的鸟鸣同时到来。记忆把那些在楼顶和二楼展厅平台上蹦跳的喜鹊、灰鹊、斑鸠、麻雀、乌鸫、白头翁，还有极少出现的将军一样的戴胜，与伞形树冠，与泡桐枝条的清苦气味、璀璨的泡桐花辑录到了一块儿。大树枝丫间藏了多少鸟儿啊。一把谷粒撒出去，一把面包屑撒出去，一把石榴籽苹果粒撒出去，它们都会在几秒钟之内把这些食物打扫干净。

花生喜欢把早餐吃剩的蛋糕撕成碎屑喂鸟。鸟儿们竟然也是喜欢香味浓厚的食物的，它们吃得意犹未尽，围在花生身边不肯飞走，眼巴巴等着下一把蛋糕碎屑。我对花生说不要用蛋糕喂它们，你会把它们喂得飞都飞不动了。花生大大咧咧地说不会，鸟才不会把自己吃得飞不动，只有人才会把自己吃得动都动不了。

花生常常带着画板上楼顶画鸟。她的水粉笔触轻盈，设色简淡，画境深邃静谧，看一眼，便能让人松弛下来。

被花生的蛋糕屑吸引的喜鹊、灰鹊、斑鸠、麻雀落满了大半个楼顶平台。它们似乎已经认识花生了。花生在楼顶平台上走来走去，它们只管在食物碎屑间蹦蹦跳跳，并没有一只鸟惊慌逃离。有时候，花生的大花长裙几乎扫到了它们，它们也不飞逃，只管在那里欢喜雀跃地捡食。花生说，别看这小东西，它可不傻，它知道我在这儿野猫就不敢来，还知道我不会吃它。

那一片鸟儿群集的楼顶平台因为少有人去，在疫情肆虐的三年里，成了我与花生闲聊的去处。我们曾经从傍晚到夜半，把一瓶 750ml 的蓝方喝到见底。在我的记忆里，那是唯一一次对高度酒的清饮，一瓶二杯，碰一下，再碰一下，带点冰感的矮方杯在墙根下发出水晶玻璃特有的清透声响。那个傍晚与无数个仲春时节的傍晚一样天色温和，伊河路边长了几十年的梧桐树从地面长到矮楼的楼顶，把冒出细碎绿芽的枝丫一直伸到女儿墙边缘。

尽管这座矮楼只有四层，在楼顶也可以看到很远的地方，可以看见城市的日落。后院对面的家属院也都是三四层的小楼。住在那里的老人们一年四季在院子里种花草蔬菜，种菠菜

白菜芫荽胡萝卜，种月季花牡丹花蔷薇花，种石榴树柿子树山
楂树核桃树，让那个院子一年四季都有人吃不完的菜，也有鸟
儿吃不完的果子和虫子，让格外喜欢虫子的戴胜、乌鸫和白头
翁从郊野找到了这里。夜幕将临，那边的楼顶上还有老人在打
太极。我和花生靠坐在已经废弃的电机房的墙根慢条斯理地喝
酒。威士忌从喉头滑下去，夕阳从这个正在疫中的城市边缘的
楼群剪影中滑下去。暮色渐渐浓厚，城市里灯火四起。

　　在那个无人打扰的黄昏，玻璃的清凉和蓝方特有的凛冽，
让人有了所向披靡的错觉。那时候我已是爨下之桐，心里反而
是安泰的。烧就烧吧，能煮开一锅粥也是一种景象啊。但我也
知道我是一块湿柴，不那么容易点得着。似乎极少有什么时候
比那个傍晚更令人投入的"当时"。冰凉的烈酒从喉头滑下去，
炭焙的香气应和着我想象中的燃烧，让人心生妄想，仿佛已经
有桐木的噼啪之声从火焰里传出，仿佛我与花生可以抹掉各自
经历的创痛，把这褐色的冷火焰般的酒一直喝到地老天荒。

　　在我和花生坐在楼顶饮酒的傍晚，疫情的爆发期已经过去
了。这个城市依旧延续着半戒备状态，大范围的交际聚会也还
没有恢复。那天我去楼顶散步，遇到正蹲在那里给鸟儿撒蛋糕
屑的花生，于是决定在楼顶喝点。我看着从女儿墙垭口处钻到
楼顶的梧桐树枝对花生说，快解禁了，庆祝一下吧。花生举起
酒杯跟我碰了，说，不一定。花生几乎不会说安慰人的话。对
于一件事情的走向，她总是预言那个最坏的可能。诡异的是，

她似乎具有一语成谶的奇异禀赋。甚至在她不开口的时候，她脸上也会显现对于灾祸未卜先知般的神情，她的深褐色瞳仁有如深不见底的潭水，又清澈又神秘。

而我喜欢粉饰太平。我习惯于不往坏的方向去想，更不会把一闪而过的糟糕预感说出来。有时候一件事情明明已经覆水难收，我依然会按捺一切灰暗念头，告诉自己凡事总有转机。似乎我不往坏的方向去想，事情便不会继续糟糕下去。每当看到花生的眼睛里闪现深潭般的神情，我总会及时转移话题，让她的预报没有机会表达。

那个在楼顶喝酒的晚上，当花生说出那句带有巫术气息的"不一定"，我不由得打了个激灵，一阵寒意直蹿后背，用烈酒都难以消除。我骂花生是"乌鸦嘴"，一本正经地提醒她不要老说丧气的话。因为我相信否极泰来。我觉得眼下的困境也已经到了否极，接着便会春暖花开。我记得当时的沿街商铺里有一家"花倾城"鲜花店，只有小半间铺面，却每日供应着极新鲜水灵的各色鲜花。店主是一位年轻姑娘，容貌像花朵一样清新脱俗。我不时从那里买几支马蹄莲，养在办公桌上的玻璃花瓶里。那时候后院的泡桐树已经被拿掉，楼下大厅里的和声也已消失，在那座日渐枯燥的矮楼上，唯一有点生机的东西便是养在玻璃花瓶里的马蹄莲。那旋涡形的具有蜜蜡质感的花朵，在失去泡桐树的日子里，让我觉得坐在那里还能消受。

那个傍晚，为着转移话题，我本想跟她聊聊那棵被"拿掉"的泡桐树，聊聊那一树让我想念不已的泡桐花，但是，我们的话题很快从泡桐树转到了树下觅食的鸟儿，聊起了叫一声便让人乡愁顿起的斑鸠，聊起了其貌不扬却有着花式鸣叫的乌鸫，又信马由缰，从她的"乌鸦嘴"，聊到了古灵精怪的乌鸦。

　　我并不相信鸟儿会具有左右吉凶的神力。乌鸦被人们视为不祥之物，无非是它的习性引起人们的反感罢了。我不讨厌乌鸦，而且对这种绝顶聪明的黑乎乎的小东西有着浓厚的好奇。关于乌鸦智力的种种记录让我惊讶不已。它是人类之外唯一会使用工具也会制造工具的动物，有相当于学龄儿童的逻辑推理能力。据说乌鸦在这个星球上已经生存了两百万年。经过了沧海桑田的地理剧变而依然兴盛的鸟类，必然具有超常的生存能力。

　　但我喜欢乌鸦并不是因为它匪夷所思的智力，而是由于它具有不亚于灵长类动物的情感能力。它终生只选择一个伴侣。如果伴侣死了，丧偶的乌鸦会表现出明显的沮丧、孤僻和攻击性，有的甚至会自残。它又特别记仇，而且会记住、辨认人的容貌。一旦惹了它，它会纠集整个族群来给你制造麻烦。在伊城，每到冬天，市区的梧桐树上便会出现成群的乌鸦。它们的叫声饿直而扁平，的确不悦耳。

　　花生说她喜欢所有的鸟，也包括乌鸦，只可惜它们不入画。但花生还是会把乌鸦画下来，画在松柏之类的树枝上。她笔下的乌鸦总是形单影只，神情落寞。

我一直疑惑像花生这么一个脾性憨直的人，手下怎么能出来这么冷寂的作品。也许花生的脾性竟不是我眼见的这样简单？有一天我看着花生画上的乌鸦问，为什么不让你的乌鸦落到泡桐树上呢？它们会不会落在泡桐树上？乌鸦乌蓝，泡桐花粉艳，这样的撞色会很好看呢。

花生说，没见过乌鸦落在泡桐树上。

我也没见过。大约是泡桐树开花的暮春时节，野外虫子遍地，乌鸦已经飞回到低山树林里去了。没见过也可以画呀，我说，把不能实现的景象落到纸上，画画才有意思。

后来，大约在疫情彻底过去的时候，花生还真的把乌鸦画到了泡桐树上。泡桐树上的乌鸦被盛开的桐花环绕，羽毛乌亮，眼目青涩，像一个被繁花环绕的美少女。花生看着那幅画喃喃道，没道理，毫无道理，可是，这真是美啊。

不知怎么，我那时又想起"花倾城"，想起那个花朵般的女孩。后来我再去买花，"花倾城"已经不见了。女孩和她的小店搬去了哪里？她们一定会好好的吧？这世上所有美好的事物，都应该好好的，不是吗？就像那段能在灶火中发出噼啪之声的泡桐木，即便被扔到爨下，也还是会有一只手把它从大火中抢出来，把被焚毁的命运截断，把它与生俱来的琴瑟之声，弹奏出来。

4

最怕动紫。用蓝重了妖里妖气，用红重了显得俗陋，加白多了打不起精神，加黑多了浊重不堪。而泡桐花千变万化的紫，着实给了我一番打击。这看似简单的花，却是暖了不对，冷了也不对，轻了不对，重了也不对。

承托着泡桐花的花托和花萼最早是连成一体的卵形小球，乍一看像是坚果的壳。我一直以为那卵形小球就是泡桐的果实，还纳闷泡桐的果实怎么一整个冬天都挂在枝头。直到搬进那间办公室的第二年秋天，从近在咫尺的泡桐树枝丫间看见了棉桃一样的绿色果实和毛茸茸的浅褐色卵形小球，有了颜色和体量的醒目比照，我才想到去追究这些卵形小球的底细。原来它们是泡桐树新萌生的花芽，是第二年的花朵胚胎。卵形小球的下半部是花托，顶端有五分裂纹的部分是花萼。很少见到别的花有这么厚实的花萼。这也是最长情的花萼，它从前一年秋天花芽萌生的时候起就和花托一起包裹着孕育中的花胚，一直到第二年暮春时节才会呈五星状开裂，露出新生的花蕾，然后等花冠抽出、长大，花瓣打开、盛放、枯萎、凋落，再到子房膨大，果实成熟、开裂，等到小蝴蝶般的种子四处飘散，它依然稳稳地守在花托上。

不摆弄颜料就总也看不见色彩的本来面目，甚至也会对物体的本来面目视而不见。从五分开裂的花萼顶端露出的花蕾是什么颜色？在我的记忆中它似乎有着确凿无疑的娇滴滴的浓紫，但其实它的颜色是一种难以言喻的青白，需要以白色略略调灰，再略略调黄，最后加一点钴蓝，一点点，若有若无，然后才能模拟那刚刚冒出头来的蓓蕾的颜色。等到花蕾从厚厚的花萼中冒出头来，形成一个个小小的钟形花冠，花冠顶端和向阳的一面便在阳光的作用下泛出蓝紫。没有张开之前的花冠满覆茸毛，顶端包裹成密闭状态的五片花瓣层层叠压，形成一个鼓凸的立体五角星。也是等到动笔描画的时候才看见，泡桐花冠顶端张开的花唇，并不是我印象中的舌形，而是带圆角的方形；它的五片花唇也不像寻常的五瓣花一样均匀排列，而是分成了向阳和背阴两组，向阳的一组两片，背阴的一组三片，两组花唇之间有着明显的分界，大小、形状和颜色都有差异。张开的花朵有着更玄妙的渐变色。钟状花朵的外部，向阳的一边是渐变的粉紫，背阴的一边是轻浅近白的灰绿。花朵内部，沙粒般的紫色斑点撒在青黄的花壁上，看似散漫无章，却构成了由内而外的放射状条纹，在微距镜头里，这景象简直是一片微缩版的银河。

　　这小小的粉紫色的花朵里面，居然藏了这样强烈的对比色、这样繁复的构图，而在动笔描画之前，我竟对此完全盲视。看着这又轻灵又凝重的花朵挂满树枝，我总是情不自禁，絮絮叨叨地感叹自然造作中包含的惊人耐心。只是，一朵花到

了纸上或布面上，经过眼睛、大脑和手的层层转译，就变得似
是而非、面目含混，沦为某种名称的笨拙图释。这是不是艺术
表达要竭力挣脱具象的动机之一，我不确定。

　　遍覆茸毛的泡桐花在光照下泛出神神鬼鬼的光泽，考验的
不唯是调色的恰当，还有手的轻重和速度。钟形花朵外侧轻微
渐变的粉紫，似乎必须笔端着色一扫到底，才能准确呈现。精
微的色彩和纹理是以极其轻薄的花壁为基础的，只要使用罩
染，花冠就成了笨重的墙壁。似乎要来一点水墨画的手法？表
现这些轻盈灵秀之物，相对于更重质感的油画，似乎水墨更胜
一筹？被阳光照得透亮的绢帛一样的泡桐花唇，是泡桐花的高
光带，它们在不同的光线下会呈现不同风格的光泽。

　　我还摆弄不好油性颜料，所以避难就易，选择了干燥迅
速、覆色容易的丙烯。但无论我怎么小心翼翼地用白，那种光
亮就是出不来。

　　我感叹，是一色，果然空蒙难画。

　　花生说，不是难画，是你画法不对，亮不是这么表现的。
不是这么表现的，那应该怎么表现呢？花生说，你真想玩这个
就学点技法，不能胡画。

　　我说不。我的反应迅速而坚决。不，我就是想胡画。

　　我大约并不止于喜欢画，而是喜欢"胡画"的无拘无束。
我迷恋其中的造就与戒律，更渴慕其中的破坏与自由。我喜欢
这种颜料的造型能力，更痴迷它的覆盖力，或者不如说，更痴

迷它的容错力——它允许你试验、涂改，允许你推倒重来，再推倒重来，有如布面上的 Ctrl+Z。不像水墨，一笔落下，覆水难收。

　　我只用红黄蓝黑白五种颜料。我喜欢用它们调出更准确的间色和复色。我喜欢琢磨原色的脾性和生发力，慢慢跟它们熟识起来。我喜欢这些原本陌生的颜料慢慢成为我的知交，喜欢它们在失控中给予我的热辣与冷漠、勾引与疏离、惊异与嘲弄。似乎两种原色调和是不能过度搅拌的，要不然它们会失去原色的泼辣，变得温暾沉闷。你要明亮，就须粗糙？似乎任何两种颜色调和，深色都是主角。你要颠倒主次，就得大幅度调整比例。原来红与蓝霸道的影响力，稍微加黑就会服帖。而黑色……除了白，没有任何颜色可以制伏黑。但是白色也有力竭的时候——似乎在任何彩色物象中，单纯的白总不如含点对比色的白更明亮炫目。

　　我于是在泛紫的泡桐花唇边缘扫了一点略略偏黄的白。哈，就是那种妖异的光感，现在，它一下子出来了。我跳起来。手里的画笔来不及躲闪，把丙烯戳到了脸上。我索性扔下笔，手蘸丙烯把自己画了个花脸。然后我把手伸向毫无防备的花生。花生绕着画架躲闪惊叫，救命啊，我天，这个人疯了。

5

整个四月我都惦记着要看泡桐花。

市区的公园没有一个栽种泡桐树的，大约嫌弃泡桐树的观赏性不够吧。在伊城西北部最早的开发区，几乎全是以植物命名的街道。那些街道的行道树多与它们的名称相应，雪松路有雪松，冬青街有冬青，洋槐路有洋槐，樱花街有樱花，垂柳路有垂柳，桃花里有桃花。弧形的莲花街上虽然没有莲花，但是街边却建了莲花公园，公园的池塘里有大片的荷花和睡莲。可惜，即便在这样的街区，我在地图上仔细找，却找不到一条以泡桐命名的街道；我开车兜过来兜过去，也没看见一棵泡桐树。

泡桐树早被城市忘到了脑后。我只好跑到野外去。要开车往外走，再往外走，跑到黄河对岸去，或进入西郊的低山区，才会遇见泡桐。只要有泡桐树，哪怕是一棵也很打眼，它鹤立在万绿丛里，疏朗挺拔，亭亭如盖，颇有独木成景的气概。野外天色明亮，枝丫上的泡桐花高高地在半空里招摇。盛开的花朵被碰落的时候，有黏糊糊的蜜水从花冠里滴下来。那是一种格外"拿人"的花香，是很多年前在故乡，或数年前在矮楼上的办公室里，每到清明谷雨时节都会闻到的气味。

当时只道是寻常。随着这座城市不断扩大，曾经的城郊变成了市区，如今，近郊的泡桐也只是稀稀落落的，难得再见到成片的泡桐林了。

在吸食泡桐花蜜的若干年后，我因为贪恋，把一段泡桐花枝带回家养在了陶瓶里。泡桐并不是适合养在室内的植物，但陶瓶里的泡桐花一直在窗台上开了半月有余。仿佛过了半个月它才感觉到自己已经与树干离断，随后它就蔫了，在一天之内彻底枯萎。盛开的花朵，刚从花萼里冒出头的花蕾，以及还没有来得及打开花萼的卵形花芽，噼里啪啦从枝上凋落，掉在我的桌上、地板上、茶台上、烟灰缸里、摊开的书上。我只得一一收拾起来，把它们埋到了种着橘树的大花盆里。我知道在春天泡桐树是需要剪枝的，并没有觉得折下一段花枝有什么不妥。只是，看着落了一片的花朵花蕾花芽，我难免觉得不自在，觉得折下这段花枝是对泡桐的残害。

朋友说，去兰考吧，兰考到处都是泡桐树。想看到大片的泡桐树，想看一树一树的泡桐花开成花海，看来只能去兰考了。若干年前为了防治风沙，兰考人在古黄河泛滥留下的盐碱地上栽植了无数的泡桐树。若干年后，泡桐树的种属分类里有了"兰考泡桐"的条目。这个品种的泡桐，外形与习性和华北地块常见的紫花泡桐是类似的，只是树干不会过高，树冠也不会过大。这样的改良使兰考泡桐比寻常紫花泡桐更结实，不容易折断、倒伏。在我印象里，似乎它的花朵颜色也更偏冷一些，会泛出淡淡的蓝紫。如今，兰考地块上不仅有了大片大

　　窗外泡桐花怒放的季节，往往也是合唱团开始排练的时候……楼下大厅里不时传来合唱团高低音声部间错搭配的美妙和声。我坐在二楼看书码字，总难免被花香和乐声勾引得走神，想起乐声与泡桐的缘分，想起今属豫北的鄘地，曾有过"椅桐梓漆，爰伐琴瑟"的歌谣。

的泡桐，还有了以泡桐木制作乐器为业的村庄。兰考人把泡桐木悉心裁制，做成琴，做成筝，做成琵琶。兰考是泡桐树的地块，兰考人与泡桐树缘分深结，泡桐树是兰考地块上不会撤离的主角。只是，那样深长的缘分是在生死考验中结下的。我去了，我就是站在泡桐花海里，也未必能够体会那生死攸关的情意。

我自幼见惯的紫花泡桐，也就是华北平原上最常见的毛泡桐，枝干高大疏朗，有茸毛密覆的阔叶，大约是兰考泡桐的前身？这是一种生命力极其旺盛的树种。在我熟悉的树种里，它的生长速度罕有匹敌。在土壤肥沃的故乡，泡桐种子只要落地，长一年树梢便能蹿上房檐，四五年便可成材。它的繁殖能力也强悍得惊人。一棵成熟的泡桐树，每年春天都会有无数的花朵挤满它的枝枝丫丫，每一朵花里面都会结出一颗棉桃样的果实，等果实成熟，果壳便从中间开裂，分成两半的果壳中有四个果房，每个果房里都有数百个小小的籽粒。这些籽粒外面裹着薄如蝉翼的果衣，形似榆钱而更轻盈，像是缩小了的蝴蝶。这些小小的蝴蝶随风飘扬，落到有泥土的地方，便会入土萌芽、扎根生长，长成泡桐树苗。一棵成熟的泡桐树每年会有两千万颗种子。如果任其自由生长，一棵泡桐树的种子散开，便会蔓延成一片面积可观的树林。

这么皮实的树种，如今竟然难得看见了。连十分适合泡桐生长的故乡，也看不到泡桐树了。一般人嫌弃它木质疏松，不堪使用，卖了也不值钱，还嫌它长得太快太大，容易伤到房子，所以都不种了。老家院子里的泡桐树因为树冠过大遭到母亲的嫌弃。她要在院子里栽花种菜，嫌弃泡桐树遮阴太甚，挡了花卉和菜苗的阳光。于是，院子里的泡桐也被清除了。母亲用的动词是"弄走"，话里透着嫌弃。这体量太大的树，看来是不适合局促环境的，不是它挑剔，而是它容易被挑剔。能够怪谁呢？不过是心意各别、难以同情罢了。人与人如此，人与物亦如此。息息相通，或隔膜疏离，都是常态。

我念念不忘的那一方窗外，难道不是时光里无可替代的气象，比如一去不返的璀璨心境，比如繁花入眼般的兴致勃勃？那是岁月里永远不可能修改的草稿，带着无数的错误与漫不经心；却也是无法重来的生之盛景，既蓬勃又荒芜，既热烈又敷衍。忆旧游，旧游之地多苍苔。哪里还会有一棵泡桐树，复在窗外撑起一片枝丫横斜的巨伞，以满树繁花，陪人度过永不再来的盛年？哪里还会有一棵泡桐树能招来让人怀乡的斑鸠和花式鸣叫的乌鸫，让人从无梦的深睡中醒来，恍兮惚兮，仿佛跌到了时间之外？

寻找南河

1959 年

对母亲来说，1959 年是个特殊的年份。那一年她十七岁，嫁给了我父亲。那年冬天发生了一件事，让她挂在嘴边念叨了半个世纪。直到如今，她已经八十多岁了，还会在闲聊的时候不时提起那件事。

往事关涉一桩开始于 1959 年的劳作。在母亲的回忆里，那一场劳作被称为"下南河"。

母亲说，那时候一到农闲，村里的青壮劳力就都派到了河上，差不多家家户户都有人去。当时父亲在部队，爷爷有腿疾，奶奶是小脚，叔叔姑姑年幼，十七岁的母亲刚嫁过来，就作为青壮劳力下南河去了。

似乎从我刚刚记事的时候起，"南河"就不时在母亲的家常话里面出现了。在许多年里，在许多貌似毫无缘由的时刻，她会突然提起"南河"，每每提起，也总是只言片语。她反复提起年轻时在南河上有多么"受罪"，却一直说不上来南河到底在哪里。至于"下南河"去干什么，清晰的唯有残片般的情景。就像一帧帧特写影像，没有背景，没有来龙去脉，唯有彼此割据一隅的孤零零的细节。我推测，她对于"南河"的反刍早在我记事之前就开始了。我听不明白她说的是什么，她也并不是对着我说，但她跟别人反复提起的"南河"被我听了许多遍，也就成了一个在印象里深深扎根的语音。

母亲提起南河的次数在某些时段很疏落，而在另一些时候，比如在隆冬，在她称之为"三九寒天"的时日里，则会变得频繁。"想起下南河那会儿，人都是咋受的呀。"她总是这样开头。只是在我的印象里，母亲絮叨中的"受"并不是格外惨烈，无非是常被人提及的那个年代的匮乏和劳累。所以我并没有当回事，兀自想，老辈子人，不都是那么苦过来的？

母亲的南河往事从那时一直说到如今，早已成了一桩不会引起特别注意的"常事"。直到父亲去世以后，被母亲放在嘴边说了几十年的"南河"才开始引起了我的注意。父亲的追悼会前，当地干部准备发言回顾他的一生，其中提到他工作过的几个地方，怕有不确，拿来稿子请我校正。我看着稿子上面那些地名。那些地方都听说过，但是父亲在其间工作的细节，他不曾告诉，我也不曾提问。我竟一点不比他们知道得更多。父亲的一生被寥寥数语带过，其中的许多段落，是我从来不曾了解、也从未想过要去了解的。父亲的生命已经被骤然降临的死亡夺去；而他的一生，也要被漠然和遗忘渐渐勾销了。我手里捏着那两张纸，禁不住悲声大放。在那个深感遗憾的时刻，我想起了母亲说过许多次的"南河"。多少次心不在焉的"听见"已经积成的惯性记忆，在那个时刻陡然变得沉重。1959 年冬天发生过什么，我不了解，也不曾追问；但显然对她而言，那个冬天发生的事，成了一根扎在喉头，咽不下、吐不出的芒刺。

在阅读习惯慢慢养成的岁月里，我曾无数次从纪实或虚构的作品里读到类似的细节，但它们却极少能摇撼我。在直觉里，那些故事纯然属于纸上，属于已经远去的"过去"，在时间和精神上都是知识的，与切身感受之间隔着屏障。起初，"南河"虽在母亲的絮叨里不时出现，但由于无根无梢，便也恍若虚构，成为纸上的已经远去的"过去"，在时间和精神上与我隔着屏障。直到某一天，或许由于某些事情的激发，或许由于记忆的重量终于积攒到了一个节点，我从"听故事"的恍惚中蓦然惊醒，意识到"南河"与我原来这么切近，近到几乎没有距离。母亲去到"南河"的 1959 年，与我出生的年份相隔不到十年；而那一场一直被我视为"过去"与"历史"的动荡与贫瘠、砸毁与建设，甚至延伸到了我的学龄时期。在某种意义上，那正是我生命中的第一道布景，是我人生的出发点。

可惜的是，母亲十分不善于叙述非日常事件。她没有地理常识，只知道年轻时跟村里人一起下南河，说不清楚南河在哪里，为什么去南河。她不会像父亲那样把事情描述得有根有梢、四方连续。母亲的"南河"往事犹如考古工地上散了一地的陶片，那些陶片曾经构成了怎样的形状，需要听者自己去推理、想象、拼凑。母亲的往事里不时会有新的陶片出现。偶尔，新出现的陶片会正好补足一个圈口；更多的时候，刚刚刨出的陶片拼上来，却让我发现原来的拼凑根本就是错的。偶尔我耐不住性子多问了几句，她脸上便会出现溺水般的无助，似乎受了无形的逼迫。那么，还是由着她性子来吧，我想。

直到 2019 年冬天，事情已经过去了整整六十年，仿佛是受了一场疾病的激发，母亲的南河往事里才开始淅淅沥沥浮现细节。那些如临自身、如在目前的细节，譬如每顿饭发到手里的黑面饼"煤渣样的"口感，搭在沙窝里的帐篷在夜晚的大风里发出的嘣嘣的声响，天不亮就顶着大风上工那"针扎"般的冰寒，扁担压到肩上时让人两腿发软的沉，譬如她牵着邻家小姑在夜色中离开南河，深一脚浅一脚走在荒沟里的瑟缩与惊惶等，没头没尾，杂乱无章，却又带着锥子般的尖锐，常常让我听得恍兮惚兮、神思不定。

到底是切肤的感官印象不太容易被时间抹去，母亲的描述一旦触及具象的、不需要概括的细节，便有一种让人揪心的生动。也正是在这样艰难摊开的细节里，那根埋伏已久的芒刺才渐渐显现端倪。

故乡以南，黄河以北

在万事不求甚解的少年时代，母亲的絮叨有如轻风过耳，并没有引起我的注意。"南河"作为地理名称引起我的注意，是在读大学一年级的时候。当时，我依照古典文学课老师开列的书单逐一啃下，啃到《史记》的时候，"南河"这个名称在字里行间出现：

　　舜让辟丹朱于南河之南。

　　浮于江、沱、涔、汉，逾于雒，至于南河。

彼时的"河"不是泛指，而是特指。"南河"，指的是黄河的某个段落。"南河"在那本繁体直排的白文本《史记》里多次出现，让我想起，它好像被母亲提到过。只是想起而已，并没有在意。直到父亲过世之后，当母亲的"南河"成为一桩需要追问的事，我查证这段黄河的位置，才大致弄清楚这个名词的准确指向。

以古人命名地理事物的习惯，有上必有下，有内必有外，有大必有小，有东必有西，有南必有北。据说当时的黄河几字顶右上角，也就是现在的托克托县河口镇河道转弯位置，曾有一道向东流的岔河，称"北河"，潼关以下的东西向河段便称"南河"。后来，"北河"淤塞乃至埋废，潼关以下的东西向河段延伸到了兰考。"北河"的名字不再流传，"南河"的称呼却沿袭下来。

我想，母亲去过的"南河"可能就是黄河，只不过她当时不知道罢了。

这想法一来就被否认了。母亲说，哪会是黄河呀，黄河都到伊城了，下南河可没走过这么远。

尽管母亲说"是"的时候总是犹豫不定，但她每一次说"不是"都斩钉截铁。不过，说当时没走那么远，倒是很有可能的。母亲说的"走"，在当时就是真的"走"，是一帮人扛着行李、工具，从家乡步行到挖河工地。我的故乡在浚县，跟黄河之间隔着整个新乡市境。当时集结劳动力挖河，虽说都是跨县异地调派，不过在那个缺乏机械动力、很多事都要依靠人力硬拼的时代，调动大批劳力出动不会派出太远，否则把体力消耗在路上，太浪费了。

至于"走"的路线，母亲已经记不得了。准确地说，她当时就不知道都经过了些什么地方。她能够说出的地名只有第一站——新镇。新镇是浚县南端毗邻卫辉的一个公社。当时乡不叫乡，叫人民公社；村不叫村，叫生产大队。天黑了，母亲他们在新镇公社一个大队的空仓库里中途歇脚。人多地方小，挤挤能勉强坐得下。他们坐着休息了一夜，第二天清晨继续赶路，下午到达南河工地。以步行速度估算，他们实在也到不了黄河。

我进而想到，母亲所说的"南河"或许并不是那条河的本名。民间以相对方位称呼山川河流，是司空见惯的事。几乎各地都有东山西山、南河北河这一类的称呼。那条河之所以被故乡人称作"南河"，可能只是因为那条河的位置在故乡以南。以一天半的步行速度估计，则"南河"的位置，大致是在故乡以南、黄河以北的新乡市境中北部。

这条河在哪里？它确指哪一条河？究竟为了什么，全县的青壮年像战时集结似的"下南河"去？在长达半个多世纪的气候干旱时期，这条河是不是也和豫北平原上许多河流一样，已经湮灭不见了呢？

我推测，开始于 1959 年的"下南河"，与 1958 年夏季的黄河洪水可能有直接关系。1958 年，黄河中游的三门峡水库还没有竣工，下游的洪水全部依靠大堤约束。那场洪水发生在 7 月中旬。当时，黄河三花间洪峰流量达到 22300 立方米/秒，超过了自 1919 年开始黄河水文实测记录以来的最高峰值。洪水来势凶猛，京广线黄河铁路桥被洪水冲断，豫鲁两省交界带东坝头以下大面积漫滩。在那个"一穷二白"的年代，为了保住黄河大堤，河南、山东两省及驻地部队集结了二百万人严防死守。

我问起 1958 年那场洪水，母亲却说，五八年哪有大水啊，发大水是在六三年。

1958 年，母亲已经十六岁了，那么大的洪水她如果不知道，有两种可能。一种可能是，因为当年她还没有出嫁，她的娘家，也就是我的姥姥家，在豫北平原地势最高的火龙岗上，洪水都流到低处去了，她根本没看到。另一种可能是，那场洪水并没有波及距离黄河一百多公里的故乡。现在看来，第二种可能更大一些。

即便洪水没有波及故乡，但是从黄河防洪的角度考虑，整个豫北是黄河下游的低地，也是重要的产粮区，一旦黄河向北决口，洪水顺势而下，这一片大好田地就会铺满黄沙和盐碱。那样的后果不堪设想。

有过那样一场情势凶险、惊心动魄的大洪水，则官方连续数年集结人力，趁冬春农闲的时候去整饬河道、巩固堤防，就是情理中的事了。

这一带地面上有几条河能跟黄河脱得了干系呢？这一带的河流，包括人工河渠，或沿用古黄河的故道，或曾是古黄河的支流，或是黄河的引水渠。

　　我想，从黄河故道和引水渠入手，顺藤摸瓜，肯定会很快找到"南河"的。

　　我自以为比母亲明白，但是没用多久我就发现，黄河这根"藤"可是太长、有太多弯弯绕了，它结的"瓜"也太多。它对我来说，正如俗常生活之外的往事之于母亲，不仅体量过巨，而且混沌纷乱、难以概括。

　　黄河出了晋豫峡谷以后，左岸从焦作孟州以下、右岸从伊城北郊邙山以下，因为失去了地理约束，它简直不再是"一条"河，而是一大片由无数的汊河和沙洲组成的带状水区域。要是把这条大河有史以来流经的地块都算上，那么，在太行山、秦岭、桐柏山和山东丘陵之间的这一片"C"形低地上，到处都有黄河故道；加上1938年花园口炸堤扒口留下的直铺到桐柏山北麓的黄泛区，黄河的历史地图就像一大片蛛网。有信史记载以来，黄河下游曾经决口1593次，改道26次。在这些决口改道中，有五次方向性的大改道。史载第一次黄河大改道发生在公元前602年。这一年，黄河右岸在宿胥口（今淇河入卫的淇门附近）决口，黄河以下河段由此改道，入海口向东南偏移数百里。从传说中的大禹治水到公元前602年大改道之间的黄河，史称禹贡河；从这一年到东汉初期王景治河时的黄河，因有汉代河渠典籍记载，史称汉志河；王景治河直到北宋中期商胡决口期间的黄河，史称东汉大河。从北宋中期商胡决口到南宋初年杜充决河，黄河下游先因天灾形成二股河入海的局面，再因人祸从李固渡（今河南省滑县县城西南）改道南流，夺淮入海七百余年。直到 1855 年铜瓦厢（今河南省兰考县西北）决口，黄河复又改道北流。

在南宋初年改道南流之前，有信史记载以来的数千年里，黄河下游一直从豫北腹地经过。这一带，也是历史上黄河决口、改道最频繁的地带。

西汉以后，特别是唐宋以降，随着农业开拓面积的扩大和森林砍伐的加剧，黄河中游流经的黄土高原水土流失日益严重，下游主河槽所经之地积沙成患。其中积沙最为严重的黄河故道，正在今新乡市境中北部。

1958 年黄河洪水之后，为了防洪而安排的"挖河"一度成为豫北乡村每年冬春农闲的例行劳作。"挖河"只是个统称，河底清淤叫作"挖河"，河岸筑堤叫作"挖河"，新开灌溉渠道也叫"挖河"。

为方便集中管理，准确地说，为防止有人偷懒往家里跑，各县的劳力实行异地调派。所以，才会有母亲他们被派到远离家乡的"南河"去挖河的事情。

如今的黄河与豫北擦边而过，已经不再是豫北平原上的核心地理事物。

只是，我每次打开卫星地图看黄河，右手如被鬼使神差，总是忍不住要把光标移向豫北，在那些至今犹存的天然河流或人工水渠之间久久徘徊。

　　豫北至今可见的河流中，有多半是人工河渠和季节性河流。受地形地势影响，它们大致有四组：一组从西南流向东北，多是涝水形成的天然河流，和人工或半人工的引水渠。最左侧是沿着太行山麓纵贯豫北的南水北调总干渠，最右侧是成为豫北与山东西部分界线的黄河，中间由西而东，依次有共产主义渠、人民胜利渠、卫河、金堤河、天然文岩渠，以及卫河支流——东西孟姜女河，金堤河支流柳清河、大公河、黄庄河。一组是源自太行山区的天然河流，多呈西北—东南流向。最南端是黄河一级支流沁河及其左岸支流丹河，向北则有大沙河、清水河、黄水河、百泉河、思德河、淇河，以及夹杂其间的季节性小河。第三组在豫北平原北端的安阳，有三条呈西—东方向的河流——漳河，安阳河，汤河，及汤河支流永通河、羑河、洪河，它们也都是卫河下游的支流。第四组在豫北平原东北部的濮阳市境，有独流入海的马颊河与徒骇河，以及卫河右岸支流杏园沟、硝河与沙河。

　　我的故乡浚县，就在共产主义渠、卫河与淇河交汇处以北的平原上。

　　我喜欢在卫星地图上取消路网标注，仅凭位置和地形去辨认那些道路、村庄、城镇。尽管每一番置身其中都会觉得面目全非，但从卫星地图上看，它们的位置并未挪移，它们还在那里，都在那里。

　　早已干涸的河流在大地上依稀可辨。视点高度保持在三千米高空，能看见淇河和卫河。幼时记忆中的小河，视点降到距地百米才能看见。它已经干涸多年了。后来百般查证我才知道，那条小河叫翟泉。它常常让我想起《诗经·卫风》里"泉源在左，淇水在右"的句子。女子有行，远兄弟父母。一去不复返，竟是许多种出发的宿命。

慢慢拨弄鼠标的旋钮，恍如在拨弄时间。从一万米高空遥望，生长于斯的村庄就是一个小米粒般的点。高度拨到五万米，鹤壁市区也成为那样一个不起眼的小点。

今武陟—新乡—卫辉—浚县—内黄一线，是太行山与山东丘陵之间的条形低地。那是唯有在卫星地图上才能分辨的暗冷色条带状地理单元。这个条形低地，也就成为水流为自己选择的入海通道。黄河北流史上的决口与改道，大多发生在这里。2021 年豫北那场百年不遇的大洪水，也发生在这里。由于南宋初年黄河改道南流之后这里再没有大河经过，除了个别的洪涝年份，这片低地又是常年缺水的。特殊的地理构成与气候特点，使得这片低地同时负载了两重重担——既要千方百计地引水，又要格外注意防水。20 世纪 50 年代，黄河中下游分界处左岸，从沁河入黄口向北，先后开挖了两条纵贯豫北平原的引黄灌溉渠——人民胜利渠和共产主义渠。引水渠同时接引了沁河水和黄河水。这两条人工渠，以及半天然半人工的卫河，沿着这个条形低地从西南流向东北，成为这一带低地平原上规模最大的水流。

　　我做了截图，在这个条形低地中段画了一个红色椭圆。在故乡以南、黄河以北，母亲他们当年最有可能被派到的地方，就在这个红色椭圆以内。

贯穿豫北腹地的河渠

　　1128 年，当南宋守将杜充为了阻挡金兵而决定在李固渡扒开黄河堤岸时，他绝对想不到，他做的事没能阻挡金兵，却彻底改变了这条大河的流向，让黄河开始了长达七百多年的南流史。直到 1855 年铜瓦厢决口，改道北流的黄河也只是贴着山东丘陵一路向海，再也没有回到豫北平原腹地。

　　如今，豫北平原腹地体量比较大的水流，就是以西南—东北方向贯穿整个豫北平原的卫河，以及开凿于 20 世纪 50 年代的人民胜利渠和共产主义渠了。

　　卫河也是一条一言难尽的河流。它不仅有复杂的形成史，而且在不同的历史阶段有着不同的名字。在新乡市境中北部地段的卫河，右岸没有支流，左岸支流都来自西侧的太行山。在我的故乡以南，这些支流中位置最靠北的是淇河。接纳淇河以后的卫河方向折向东北，偏离了太行山麓，直到安阳市境才又有支流汇入。两千多年来，卫河一直是华北的货运干道。直到母亲下南河的那一年，卫河航运还红火得很。据说卫河航运是在 1963 年那场大洪水后宣告结束的。我推测，陆路运输的兴起才是卫河航运衰落直至终止的主要原因。航运废弃以后，再加上多年干旱少雨，河流的疏浚也就不像以前那么受到重视。我记得，从浚县县城西侧流过的卫河常年都是干涸见底、草木丛生的状态。谁也想不到，到了 2021 年夏天，这条干涸多年的大河将被陡然袭来的洪水灌满，汹涌的水流扑向古城墙，将半个县城变成了海。

卫河最早并不叫卫河，也不是一条全天然的河流。成书于清代嘉庆年间的《畿辅安澜志》记载："卫河，古清、淇二水所导也，汉为白沟，亦曰宿胥渎，隋为永济渠，宋元曰御河，明曰卫河。"淇水即今淇河，在宿胥口改道之前曾是古黄河左岸的一级支流，在大伾山以北的内黄注入古黄河。"清水"说起来却有些复杂。"清"字对于中国河流，就像"福"字对于中国孩子一样，是个被普遍使用的名字。在冀鲁豫一带，古今以"清"为名的河流就有五六条。这里提到的清水，位于淇河的西南方。据郦道元《水经注》记载，清水发源于修武县北黑山，向东北流经今新乡市区和卫辉，到淇河口附近入黄河。也就是说，古清水也曾是古黄河左岸的一级支流。从地图上看，今浚县城区以上的卫河河道，与黄河宿胥口改道前的禹贡故道几乎重叠。宿胥口改道后，古淇河在宿胥口附近流入改道后的黄河，原下游河段逐渐埋废。这段河道所在的今浚县中部火龙岗东麓富有白垩土，河道失水以后，河底的白垩土裸露，于是河道俗称为"白沟"。到了东汉末年，曹操为了方便军粮运送，

"遏淇水入白沟"，等于把入黄的淇河水又改回到原来废弃的河道里去了。到了西晋，同样是为了方便漕运，官方把本来汇入黄河的清水也拦截了，让它改道向北，会淇水，入白沟。清、淇二水都成为运河的水源。隋炀帝时，引沁水向南沟通黄河，向北沟通清水，再将白沟水道向北延伸，一路开沟凿渠，直达涿郡，形成了黄河以北的大运河——永济渠。到了宋代，这条运河改名为"御河"。因河道上游在春秋卫地，明时称"卫漕"，清时改称"卫河"。

人民胜利渠开挖于 1951 年，渠水从武陟到新乡，在新乡市区注入卫河。这条引水渠建成后，沿岸几百公里方圆的地面上，陆续开挖了四通八达的分水干渠、引水支渠，以及引水进田的斗渠、毛渠，形成了一张覆盖大半个豫北平原的灌溉网，使肥沃的黄土地上出现了毗连成片的农作物高产田。这条人工河修建的初衷，在"引黄灌溉"之外，还有"引黄济卫"。引黄灌溉容易理解，为什么要"济卫"呢？我想这是因为，对于华北平原来说，保证卫河不断流太重要了。在共产主义渠开通之前，卫河不仅是豫北平原重要的灌溉水源和航运通道，也是那个地块上容洪能力最强的排涝河道，它必须能流到大海，这个排涝水道的功能才能持续。卫河流过豫北这片广大的平原，虽然左岸接纳了许多发源于太行山的支流，但是除了雨季，这些小河小溪大多是干涸的，所以卫河在上游河段基本没有什么补给。而没有足量的支流汇入的河流，如果水流蒸发大于补给，都难有长的流程。为了保证卫河长流，就需要在沿途增加稳定的水流补给。豫北平原上除了黄河，哪里还有别的长流水呢？这大约就是人民胜利渠"引黄济卫"的缘由了。

与人民胜利渠渠首同在武陟秦厂黄沁汇合口的共产主义渠开凿于 1958 年年初，半年后即竣工投用。时逢"大跃进"，从武陟秦厂到浚县老关嘴约二百公里长的地面上，被集合起来开挖共产主义渠的劳力分别来自豫鲁冀三省，人数据说有五十万。靠着这些人肩扛手提小车推，共产主义渠很快全线贯通。但这条耗费了大量人力物力的人工渠，使用不到三年便因为泥沙淤积严重，被迫停止引黄。为此，我一直有个疑问：同样是引黄河水，渠首又在一处，渠路平行且相距不远，为什么人民胜利渠至今水流丰盛，而共产主义渠很快就淤废了呢？是什么原因导致了两条人工渠运用效果的巨大差异？通行的说法是，和"大跃进"时期匆忙上马的许多工程一样，共产主义渠的泥沙处理技术设计出了问题。但这个解释很难说服我。因为，两条人工渠所在的地理条件、需要运用的泥沙处理技术，可以说没有什么差别。时间靠前的工程技术设计没有问题，时间靠后的照抄技术却出了问题，即便在那个年代，也不可思议。

在新乡合河乡一带，卫河与共产主义渠有一段两千多米的叠合河段。这个位置，是卫河承接太行山来水比较集中的地段，其水流地势状况，"合河"之名足以说明。就在这段两千多米的叠合河段，左岸相继有石门河、黄水河与百泉河汇入。

百泉河源于太行山东南端余脉低丘上的卫辉百泉；石门河与黄水河上源均有枝形水系，水源分布于南太行八里沟到山西陵川王莽岭及轿顶山一带。因地势低洼，容易积涝，所以，经过此地的菏宝高速，特为架起了卫共行洪区高架桥。2021 年夏天暴雨之后，浩浩荡荡的洪水淹没了这一带的庄稼、屋舍、线杆、树木，只有这座高架桥蜿蜒浮卧于波涛之上，犹如一条漂在水上的长蛇。

共产主义渠与卫河在合河镇一带像是拧了一个麻花结。麻花结的上游，共产主义渠从武陟经获嘉到新乡，在人民胜利渠左侧，卫河上游大沙河右侧；麻花结下游，则是共产主义渠在左，卫河在右。这样，共产主义渠不仅承接了卫河上游大沙河来水，而且，原卫河左岸支流石门河、黄水河、百泉河、十里河、香泉河、沧河、思德河、淇河等，也都被拦截入了共产主义渠。这就意味着，对于雨季从太行山上下来的洪水，共产主义渠将首当其冲。在防洪除涝方面，共产主义渠成了卫河左侧的蓄滞洪渠道，也成了共卫流域新乡、卫辉、浚县等地的第一道防洪屏障。与此同时，十几条流短水急的左岸支流携带的泥沙一起涌入共产主义渠，再加上黄河、大沙河的泥沙，共产主义渠的泥沙处理负荷会远远超出预计。这是不是共产主义渠当年很快淤废的原因之一？我不确定。

事实上，说这条人工渠"淤废"是不准确的。那个年代很难容忍这样巨大的浪费。停止引黄以后，共产主义渠上承黄沁涝水，中接原卫河左岸大量支流来水，成为一条防洪除涝河道。只不过因为中原多年持续的干旱，需要防洪除涝的时候很少罢了。

共产主义渠的引水路线，在上游基本与人民胜利渠平行，在新乡以下则与卫河近距离平行，几乎可以看作对卫河的裁弯取直。但这条开凿于物资匮乏年代的人工河，却完全没有利用卫河现成的河道。对此我一直抱有疑问，既然两条河距离这么近，方向又一致，怎么不取便天然，而要拼上那么大力气去开挖一条新河？直到 2021 年夏天的大洪水灌满豫北，我才猛然醒悟，原来那条巨大的人工渠除了别的用途，还是开在豫北平原地理低洼带的水流大动脉。汛期遇到暴雨，当西部太行山区的山洪奔涌下泻时，卫河左侧的共产主义渠就成了最靠前的泄洪通道。即使容洪能力有限，但在 2021 年夏天，这条人工河还是发挥了至关重要的作用。如果没有它在左岸拦截太行山上下来的洪水，卫河会成个什么情形，简直不堪设想。

在豫北新乡到鹤壁这一带的平原上，由于缺少天然大河，所以从古至今，前后开凿过大大小小无数的引水渠，它们纵牵横带，时而疏浚成为漕运灌溉渠道，时而废弃成为预备排涝的干沟，由此构成了错综复杂，甚至有些杂乱无章的水流通道。同时，又由于这一片地理低地上的自然来水多承接自西部的太行山，来水集中于每年的七八月份，水路短，坡降大，因此许多河沟，往往是旱季不见水，雨季一到，眨眼工夫就沟满河平。所以，这些看似四通八达、实则容洪能力极其有限的河沟，实际上并没有起到调节水量余缺的作用，也的确是需要下大功夫做经常性的整饬，才能构成既能抗旱引水又能及时宣泄洪涝的河网。但是，整理河道似乎只是 20 世纪五六十年代的事情，那之后好多年都不见动静。近年来，大约河道积患已甚，治水之事又提上日程。2019 年，中原"四水同治"（即水资源、水生态、水环境、水灾害统筹治理）工程开始实施，豫北地面的工程包含了共产主义渠与卫河的疏浚。2021 年特大洪水到来的时候，这部分工程虽然告竣，但预设防洪标准遵循了北方惯有的旱情模式，河道的疏浚规模远没有达到能应付 2021 年洪水的标准。

到了 2021 年盛夏，一场迅猛的大水从天而降，把豫北平原上从新乡、卫辉到浚县的六个蓄滞洪区全部灌满，还把这一大片地理低地上的乡镇、村庄和肥沃的田野泡在了涝水里。我于是更频繁地想起母亲念叨过的"南河"，想起那个年代每到冬春农闲都会集结人力艰苦从事的"挖河"。从 20 世纪 50 年代初到 70 年代末的三十年里，曾有多少年的雨季大雨连绵不绝，但是，似乎没有哪一年的洪水像 2021 年那样，一个月都没有泄下去。在这块夹在太行山和山东丘陵之间的菱形低地上，太缺少有容洪、泄洪能力的大河了。似乎没有哪个时代的人们像我们一样如此无畏，敢肆无忌惮地侵占河道、池塘，敢把水的出路强行霸占。半个世纪以前，那个年代的艰苦建设所具有的必要性，必然有一些，是被我们忽视了的；而在漫长的农耕时代缓慢积累的人与自然相处的经验，那种微妙的界限感，那种谦逊与敬畏，似乎都被抛掷了。

按照故乡人对山川的方位性称呼，卫河与共产主义渠并行的上半段，也就是从新乡市区到新乡、鹤壁交界带的河段，正是"南河"所指的区域；以这两条河对于豫北地理低洼带防洪除涝的重要性，这也必然是当年大张旗鼓的河道疏浚不会忽略的地段；距离呢，也吻合步行一天半的路程。

这两条河都流经故乡，母亲大约是知道的。

我把那个画了红色椭圆的截图彩印出来给她看。我向她解释，这两条蓝色的细线是河，弯的是卫河，直的是共产主义渠。我指着在新乡与鹤壁之间缠绕并行的卫河与共产主义渠问，去过这里没有？

母亲脸上是看天书的神情。我又大意了。母亲虽然识字，但没有看图常识。她知道卫河和共产主义渠，却不知道两条河从哪里来，到哪里去，又流经了什么地方；更不知道两条河到了纸上，应该怎么分辨它们的来龙去脉、东南西北。

延津

有过许多次，我试图跟母亲摆地理。我说，从咱们老家往南，有淇县，有卫辉——就是过去的汲县，有新乡，延津，原阳，还有滑县，长垣，封丘，再往南就是黄河了，你想想，你去的是哪个县？在至少六七年时间里，这个问题一直悬而未决。母亲一再摇头，仿佛根本没听懂这些县的名字，只说不记得了。

但是到了 2019 年冬天，当我又一次摆出那些地名，没等我把后面的说完，母亲便朗声说道，延津！就是延津么。

我简直呆在了那里。多少年了，就为这么个地名，问过多少遍，就是没有答案。如今她就这么脱口而出，这么轻而易举，仿佛此前她已经说过了许多遍。这让我怀疑她有点间歇性健忘症。我连连追问，你确定是延津？南河就在延津？1959 年冬天，你们挖河是去了延津？母亲理所当然道，可不就是延津么。我迅速搜索延津县境的河流，向母亲发出一连串的问题：挖河地点在延津，你确定不是柳清河？好，不是。那是不是大沙河？也不是。那延寇河呢？也不是。不会是文岩渠吧？文岩渠也太远了啊。母亲对这些河流的名字很陌生。不是，她说，都不是。

不过，自从"延津"被说出以后，关于"南河"的细节便不时增加。不定什么时候，她会提起某个从来没有说起过的人或物品。母亲的记忆常常前后翻转，甚至互相为敌。任何一枚新出现的"陶片"，都可能把我好容易拼凑成形的"陶罐"打碎。这让我对自己的判断力有了严重的怀疑。进而，我偶尔会对自己执着于求解的积习陡生厌恶。这样的事总是让我情不自禁、深深挂怀。而这个仿佛一直牵连到幼年时光的"南河"，因为在想象里已经成为一桩隐秘的苦楚，我的求解便格外孜孜不倦。我觉得自己仿佛在向两个方向分裂，情绪越来越冷硬，心肠却越来越软——我就是放不下。

显然，母亲的注意力在别处。仿佛从很早就开始了，她不以为意的敷衍态度总能把我的好奇与热望一举消灭。很多时候，仅仅为了保持某个追问不被拦截，我简直是刻意回避着她，在她面前保持着太平无事的模样，不让我的盼望与她照面。我慢慢养成了不让她操心的习惯，她则习惯于对我心不在焉。在追问"南河"的日子里，我不时想起早年经历过许多次的惊吓——半夜里被抢救母亲的巨大动静吵醒。在母亲濒死般的呻吟里，父亲先喊来医生给她输液，再喊来街坊邻居，医生和输液瓶随着，一干人用土担架轮流抬着她，奔向八里外的宜沟医院去抢救。父亲出门前总是要对我喊一声，起来，招呼好家门。他们出门以后我就不敢再睡觉。家里剩下的，比我小的在酣睡，比我大的也在酣睡，而我坐在油灯下，想着母亲如果死掉了该怎么办。就是在那些担惊受怕的夜里，我学会了生火、和面、做针线，也养成了把家里整理得井井有条的习惯。多少年了，我遇到过无数的难关，却从来没有跟她提起过，一次都没有。我怕听到她的叹息。她的叹息里有一种深渊般的悲苦，让我闻之胆寒。许多年了，我企图以我的努力，把她从那样的叹息里拖出来。然而我的坚持总是被她的心不在焉轰然解散，仿佛我的孜孜以求注定是一场无效的努力。

直到如今，我对她问起的这些问题，在她看来，可能也不过是闲扯，怎么扯，扯到哪儿，都无所谓。有时候我在某个地方闲坐下来，想起"南河"，想起从幼年起便常常听到的那种叹息，想起她含混不清的回答，便会觉得牵牵绊绊，拿不起，放不下。

我是不是想在她这里弥补跟父亲之间再也无法重来的交谈？我这大半生的许多认真，是不是都扔在了如此这般去向不明的事情上？我不知道。

2019 年冬天，当母亲突然说出了"延津"这个地名，我不禁五内翻腾。

从这个地名，我又一次想到那件事发生的年代。1958 年夏季，为了防止那场洪水引起黄河决堤，有二百万人被调集到黄河岸边日夜死守。第二年集结劳力"挖河"如果跟这场洪水有关系，为什么会在延津呢？1959 年，延津最南端与黄河之间，也还隔着原阳呢。难道是对延津黄河故道的清理？为了预备蓄滞洪区？母亲说不清具体位置，我也无从判断 1959 年大举疏浚的究竟是哪一段河道。

事情仿佛又出现了无可救药的停滞。

我终究按捺不住，便约了朋友，专程去了一趟延津。我的导航方向定为延津黄河故道森林公园。这一带黄河故道形成的沙地据说还有三十万亩。当时正值隆冬，大约没有什么人来，公园大门紧闭。我敲开了大门旁边耳房上的窗户，说明来意，看门人便卖了两张门票，破例让我们开车进入。我们先是开车绕了一圈，了解了公园的大致布局，然后一直开到公园北端。这个位置，就是黄河故道的右岸了。一条长长的土丘从西南指向东北。土丘上杂树参差，荆棘遍布。上了土丘慢慢行走，只觉得脚下地面格外松软。我拨开稀落的腐叶，发现土中含了大量的沙。这沙土混合的土丘，高出地面有一两丈，而且规模整齐，不像是自然堆积的。我想起母亲说过多次的"沙土"。他们挖的抬的，用小车推的，都是"沙土"。我心中一紧。难道就是这里？我脚下这一道遍布杂树荆棘的沙丘，难道就是他们当年手拉肩扛堆起来的？这么巧？这么具有戏剧性？

在明弘治年间刘大夏整理河道、北堵南分之前，黄河一直流经此地。从传说中的大禹治水到公元前602年宿胥口决口，黄河安流一千六百余年。其后黄河虽有无数次的决口，但在明清河道形成以前，造成主流改道的历次大决口都发生在此地以下的河段。所以，至少从大禹治水时代算起，黄河流经此地前后持续三千余年。这一带的黄河故道，有黄河北流史上留下的禹贡故道，也有南宋初年李固渡决口以后东流、南流的岔河故道。这些故道，后来被反复利用修改，成为一些人工河的河槽。黄河第一次大改道之后，史载最早的一次决口发生在汉文帝十二年（公元前168年），决口地点就在今延津石婆固镇，当时的酸枣县。南宋初年杜充决河的地点李固渡，就在此地以北数十公里。从那时起，黄河从李固渡东流，前后分出几道岔河，主流转而南下。可以说，今延津北部至浚县西南、滑县南部一带，是黄河北流时期决口点最为密集的地区。这条举世闻名的泥沙之河，在这一带故道历历。此地多沙，自是难免了。

从这里向西不远，是延津最北的胙城乡。明万历八年（1580年）以前，延津县城曾在胙城乡附近。彼时黄河已经南流，此地干涸已久的黄河故道中积淀了厚厚的黄沙。1580年春天，一场前所未有的大风突袭胙城。平时看似无扰的黄河故道沙被大风一层层揭起、撒开，不过半晌，便将古胙城掩为平地。"沙压胙城"的故事听起来犹如一桩惨烈传奇。不过，据本地志书记载，曾作为古延津县府治所的胙城，的确在1580年以后相当长一个时期内不见了。新的延津县城再出现，已经到了距此向南三十里的位置。其事虽已难以考证，但只要看一眼这一带堆积的黄沙，便可以想象它们被大风掀到空中时会是个什么情形。

出了森林公园，我开车在那一带漫无目的地转圈，逗留许久，不想离开。

母亲去到南河工地的那一年，因为自然灾害，也因为虚高的亩产喜报和随之提高的粮食征购指标，用于日常生活的粮食供应开始紧张。所以，她提及最多的是饥饿。她说，干活干到后半晌，饿得人腿都软了。她说，饿得人啊，恨不得抓把沙土咽下去。在饥饿之外，她也会偶尔说起寒冷和劳累，至于别的，她似乎都淡忘了，即便我想方设法追问，得到的答案也似是而非，含混，不连贯，甚至也不合逻辑。在不时听母亲说起"南河"的许多年里，我一直把这样的情形归因于她的不善言辞。但在这样一个冬天，我站在黄河故道森林公园的临河沙堤上，被那种特殊的荒寂侵扰而感到寒凉彻骨，再念及母亲的欲言又止、吞吞吐吐，我于是觉得，她的不断"提及"或许只是一种对于伤痕的下意识舔舐，是承受过极端痛苦的身体的条件反射。

饥饿、寒冷和劳累，是深入骨髓的身体经验；尤其是饥饿，只要它折磨过一个人的五脏六腑，即便大脑倾向于忘记，身体也根本无法忘记。身体记忆的强烈程度会远远超出理智的控制范围。唯有身体记忆，才会这样尖锐，这样凌乱，这样不吻合叙述逻辑，这样酷似呻吟。

这多沙之地，与母亲所说的"沙土"必有关联。我仿佛已经闻见了"南河"的气息。我确定那个地点就在附近，却不知道沿着怎样的线索去寻找。所谓"心意彷徨"，大约就是如此吧——有根隐形的线牵着你，目的不明，亦非必须，却是不往不快。

我想起石婆固镇张集村尚存唐时酸枣阁，临时决定去看看。在酸枣阁近旁泊车时，见有两位白发老者也朝这里走来，其中一位，正是酸枣阁的看护人陈永堂。他是张集本地人，义务看护酸枣阁已有二十多年了。另一位老人潘顺知，是专门从滑县牛屯跑来看酸枣阁的。阁子体量不大，用料朴素。小小的阁楼内，古枣树状如铁石，树围约有两米。阁内北墙嵌有一块石碑，上镌明代吏部尚书李戴所撰《古酸枣记》，记述了"酸枣"地名的由来及唐时尉迟敬德修阁的故事。潘顺知双手抚摸着古枣树黑得发亮的树身，神色犹如朝拜。一般来说，酸枣树都生长在山坡上，常为灌木丛，所以称为"棘"，意思是成片横生的野枣树。但奇怪的是，这棵被人以楼阁围护起来的酸枣树，却壮大高耸，犹如参天乔木。

陈永堂说，这棵树上的酸枣比别的树上的枣大三四倍，味酸甜，核为双仁，若把枣子连叶摘下挂在屋里，放很久果皮都不会干枯。陈永堂说着便从衣袋里摸出两枚枣核，其中一枚是半开的，里面果然是双仁。他说，像这样的酸枣树原来有二十多棵，其他长在阁外，慢慢都死了，就剩下这一棵。因传说这棵酸枣树有医治百病的功效，附近的人有病就来烧香上供，摘几颗酸枣入药。

出得阁楼，我们在石阶上坐了一会儿。我向他俩让烟，扯闲篇。两位老者点上烟，便拉开了话匣子。他俩原来并不认识。潘顺知说，他十七岁时卖豆腐来到这里，看见过酸枣阁，用手摸过阁楼里的枣树，如今五十多年过去了，他越来越挂念这棵枣树，就想趁着还能动，再来这里看看，再摸摸这棵酸枣树。就这样，他骑着电动车就跑来了，在村子里偶遇一位老者，问起这棵枣树，没想到，问的正是护树人。陈永堂管着酸

枣阁门上的钥匙，平时为了护树，等闲不让人进。但听潘顺知
说起旧事，二话没说，拿上钥匙就带他来了。就在这时，我和
朋友也正巧赶到。互相说明缘故，大家都感慨，真是太巧了。
所谓缘分，就是如此吧——或有同知，或怀同好，或执同念，
机缘便会加减乘除，让本来不可能遇见的人们，在某个路口会
合。就像这两位老人，一个看护着一棵早已成为化石的古树，
二十多年初衷不改；另一个，时隔半个世纪还惦记着年轻时候
的旧相识，年逾古稀还不惮路远，要专程赶过来再看一眼。他
们都是有"癖好"的人啊。这样的人，多少有点不切实际，在
庸常生活之外，会对某些事物抱有特殊的热爱和专注，不会拘
泥于衣食住行的囿限。他们让我想起已故的父亲。他们三人如
果曾经遇见过，该有怎样一番四海八荒的闲扯呢。因为一言难
尽的原因，他们身上有些珍贵的禀赋，也许从来没有机会获得
激发和光大，但他们却于无意之中，成就了另一种记录。那是
口耳相传的、民间的、具象的历史，每一处细节都像那小小的
枣仁一样，曾被藏在衣袋里小心地收留过，亦曾被捧在掌中，
喜悦地展示过。我于是扯到了黄河，扯到了沙压祚城，扯到了
这一带的黄河古堤，以及母亲说过无数遍的南河。

听我说起河堤，陈永堂笑哈哈地接话，这知道，东龙王庙
还有古堤，走吧，领你们去瞧瞧。

东龙王庙是个村庄的名字。村北新修的长济高速公路东西
横亘，不时有车辆呼啸而过。在通向村北的乡道两侧，赫然耸

立着高高的黄土残垣。道路西侧的残垣只有十几米长，东侧伸向东南，虽然长度看上去还不到一公里，但被切断的截面呈梯形立方形状，南侧较为陡峭，北侧较为和缓，的确是大堤的形制。大堤的临河面在南侧，又是这个规模，只能是黄河的旧堤防了。看来是为修这条乡道把大堤截断了。我问陈永堂，您老知不知道这是什么时候的大堤？他说，啥时候不知道，就知道叫个太行堤。我被这突如其来的披露给惊住了。我说，这是明朝修的河堤呢，是一个叫刘大夏的老尚书带人修的，有五百多年了。陈永堂说，那难怪哩，这堤过去可长了，一直通到长垣。我向东看了看。

太行堤啊！如今就剩下这么一小段了。

刘大夏整治河道始于 1493 年，当时修筑于黄河北岸的太行堤有长堤、短堤两部分，据《明史》记载，其中长堤"起胙城，历滑县、长垣、东明、曹州、曹县抵虞城，凡三百六十里"。这个线路，无疑是经过此地的。刘大夏修筑太行堤不单是为了防止黄河决溢，也是为了切断元末河道失修以后形成的北向各路岔流。这次河道整治，把已成"众"字分布的各路岔河归拢到了一条相对顺畅的河道里，保了黄河十几年的安澜。那么，在 1958 年黄河洪水之后的第二年，官方在这里利用古堤加固筑高，形成一道防洪的遥堤，是极有可能的。

我问，这个地方，1959 年冬天是不是修过河堤？潘顺知立马接话，修过，那一年修的是黄河二道堤，不在这儿，在长垣

"liao qiang"。"二道堤"，不就是黄河遥堤吗？难道是母亲把地点记错了？也许是路上经过延津，所以，没有地理常识的母亲就以为"南河"在延津地界？"liao qiang"是哪两个字，潘顺知说不上来。及至回家，打开卫星地图，在长垣县辖区内寻找，竟找到一群名为"了墙"的村子——东了墙、王了墙、韩了墙，和长垣县城连为一片。"了墙"村落群附近，则有刘堤、郑堤、张堤、夹堤等村庄。查黄河大事记，记载 20 世纪 50 年代末，豫北集中人力，在延津、长垣一带修筑过防洪堤。

这一下，"南河"总算有了眉目。

当我兴兴头头拿着"了墙"这个地名向母亲核实时，她的回答仍是十分确凿的否定。不是这地方，她说，这辈子就没去过长垣。

我被兜头泼了一盆冷水，一时沮丧万分。不过时隔六十年，不过三五个县的范围，一条曾经动用了数万人清挖的河，怎么就找不到了呢？即便那条河已经干涸，或者已经换了名称，它总不至于消失了吧？

吴安屯

转眼到了庚子年春节。正是新冠疫情汹涌、人心惶惶的时候，一家人正窝在家里喝酒，我的老母亲，她突然放下酒盅说，你不是一直要找那个地方吗？嘿，这会儿可是想起来了。

　　起初，"南河"虽在母亲的絮叨里不时出现，但由于无根无梢，便也恍若虚构，成为纸上的已经远去的"过去"，在时间和精神上与我隔着屏障。直到某一天，或许由于某些事情的激发，或许由于记忆的重量终于积攒到了一个节点，我从"听故事"的恍惚中蓦然惊醒，意识到"南河"与我原来这么切近，近到几乎没有距离。

　　母亲说，那地方，好像叫个啥屯。

　　一家人被她这没头没尾的话弄得莫名其妙。但我知道她说的是什么。我立刻放下筷子，打开电脑，打开卫星地图，在延津县境内细细搜寻。延津的"屯"太多了——任光屯，郝光屯，获嘉屯，新生屯，辉县屯，张士屯，吴安屯，前新乡屯，后新乡屯，等等。我把它们的名字逐一写下来，然后拿着这些"屯"在她面前过名单。

　　当我念到"吴安屯"的时候，我的老母亲云淡风轻地一笑，嘿，可不就是吴安屯。

　　到了这个时候，我几乎可以确定母亲有点间歇性健忘症。有些东西在她的记忆库里存着，只是积年未动，落满了灰尘，她自己仿佛都忘光了。但是不定什么时候，那层灰尘被一阵风吹动，那些蒙尘许久的事件便会露出端倪。

　　母亲说，她挖河的地方，就在吴安屯东边两三里地的位置。我放大地图比例尺，在那片以"屯"为名的村庄里寻找"吴安屯"。找到了。那个叫"吴安屯"的村庄在卫辉市东南方向，与我曾经到过的黄河故道森林公园距离不到十公里。这一段故道是西南—东北走向，我曾经登上的那道杂树参差、荆棘遍布的沙丘，在黄河故道的东南方向，在古黄河的右岸；而那个叫"吴安屯"的村庄，则在黄河故道的西北方向，在古黄河的左岸。我那时已经走到了它的"对岸"，在一派茫然里徘徊不忍离去，却不知道立足之地跟它只有一河之隔。

吴安屯所在的黄河故道一带，就在豫北条形低地的中段，历史上曾是黄河决口、改道频繁的河段，也是黄河下游积沙最为严重的地方之一。

所以，在母亲关于"南河"的回忆里，被常常提到的不是河水，而是沙土。他们手拉肩扛的是沙土，被大风刮起漫天飞扬、迷人眼目的是沙土，净碗筷用的是沙土，连夜晚住宿的帐篷都搭在沙土窝里。

在如今的卫星地图上，吴安屯附近有两条河经过。两条河均从吴安屯西南方向来，在村庄西侧弯转向东，分别经过村庄南北，然后在村庄东边合二为一，向东合延寇河，交大公河，入金堤河。

两条河在村庄东边汇合以后称西柳清河，也俗称大沙河。这条大沙河与前述卫河上源大沙河并不是一条河。华北平原上以"沙"命名的河流也有多条，乃至于"沙河"与"清河"一样，也几乎成了泛称。

这条在吴安屯附近流经黄河故道的大沙河，是否在 1959 年经过了疏浚拓宽？

当我拿着这些河流名称向母亲求证时，母亲还是一脸懵懂。她对这些河流名称居然没有印象。但确凿无疑的是，这两道河流的交汇之地——"吴安屯东边两三里地的位置"，正是母亲清楚指认的地点。

我终于找到了母亲说了几十年的"南河"。

　　我与那段被母亲一再提及而始终难以打开的往事之间，仿佛曾有过一道被遗忘的口令，一重尘封已久、设置复杂的密钥。如今，口令终于对上，钥齿一朝吻合，重重帘幕一道道拉开，往事都在那里，仿佛原样未动，只等着我去相认。

　　我对着卫星地图上那个小小的村庄，那几道细如游丝的河流，一时有些眼眶发涩。

　　我画了一张彩色地图，把吴安屯和周围的河流一一标注，企图让母亲辨认。我十分笃定地指着一个红色圆圈——东三干渠和大沙河的交汇口说，你看，你们当年就是在这里挖河的，黄的是大沙河，蓝的是东三干渠，红色方框是吴安屯，红色圆圈是村子东边两条河汇合的地方，圆圈向东，绿色的是西柳清河。

　　母亲茫然应道，哪有河呀，说是南河，其实那地方就没见过河。

　　我说，那是因为旱嘛，河里没水了。

　　母亲说，那一片连条河沟都没见过，一冬天，就是在平地上起的沙土。

　　好吧，我又要看到新出土的"陶片"了。我又好奇，又有点哭笑不得。我说，这可奇了，既然没见过河，为什么总说是去了"南河"呢？

　　母亲说，乡里说是去"南河"，就都知道那地方是"南河"，反正是没见过河。

我不甘心，继续刨问，你们在南河干的到底是啥活，在平地上开挖新河吗？

母亲说，不是挖河，是从平地上起了沙土，堆成个可高的沙土圪岭。

看来，果然又有了新出土的"陶片"。这一枚陶片，将又一次打乱此前我对于"陶罐"的全部拼凑。在故乡方言里，"圪岭"是指用土堆成、高出平地的长条状障碍物。"可高的沙土圪岭"，那不就是河堤吗？我意识到，这个东西其实她已经说过许多次了，只是这一次，她换了一个词。在此之前，她一直用"土谷堆"去描述他们当年艰苦修筑的那个庞然大物。她说，他们干了一个冬天，只是"堆了个可高的大土谷堆"。故乡方言里的"谷堆"，是指像粮囤一样呈圆锥形状的东西。我被这个严重错位的词所困扰，怎么都无法推测他们到底在干什么——哦，一干人从浚县被派到延津，艰苦劳作一个冬天，只是在那里堆起一个"大土谷堆"？那究竟是要干吗呢？

好在，这一枚至关重要的"陶片"总算出现了。它把当年南河上体力劳动的目的明确指向了河堤。

如果事情如母亲所言，旁边没有河，他们只是平地起土，那显然不是在修筑临河堤。那么，那个"可高的沙土圪岭"，也许只能是黄河的遥堤了。但我又不免狐疑，用松散的沙土堆砌河堤，能对付洪水吗？

我于是向她打听那"沙土圪岭"的实况。

可高是多高啊？

母亲说，高得很，几个人拉车土，爬半天才爬到顶，顶上总有两丈宽，底下才是宽得很。

用沙土堆能堆多高？沙土那么松，堆堆不都塌下去了？

那圪岭上头有一班人打夯，压一层沙土打一遍夯。咱邻家那几个腿脚不好的，就站在上面打夯，图个活轻点。不过上面风大，比下面冷，风吹得满头满脸都是沙土，呀，都成了泥人了，可怜得很。

打夯压土，这肯定就是修筑大堤了。我又问，那圪岭从哪儿到哪儿？

那不知道，长着呢，从西北到东南，不见头不见尾。

如果他们曾经堆起过那么大规模的大堤，即便经过了六十年的风风雨雨，应该还不至于完全泯灭。我想去原地看看。然而新冠疫情迁延不去，离开这个城市成为一桩需要请示备案的事。我不愿意经过一层层请假报批之后再出去，还要一路担心会不会在哪里因为当地防疫需要而被拦截、被隔离。再往后我又受一场疾病羁绊，淅淅沥沥不得利索。一来二去就拖到了辛丑年夏天。当年盛夏，一场特大洪水从天而降，把包括省会城市在内的几个县市泡到了洪水里。接着又是潮汐一般涨涨落落的疫情，以及加倍严苛的外出约束。我窝在这个城市不得动弹。母亲说出吴安屯的名字已经两年有余，我还没有去过那个村子。

　　我只得一遍遍打开卫星地图，让手里的光标在那个村庄周围逡巡。那一带的黄河故道经过改造，陆续建成了林地。但是显然，在吴安屯与森林公园之间的这一段故道，还有大片的黄土裸露。在大沙河与东三干渠交汇处以南，也就是母亲所说的"吴安屯东边两三里"位置，有星罗棋布的水面，像是人工开挖的池塘。视距调整，它们又像是小块小块的树林。那道长长的"沙土圪岭"在哪儿？从地图上已经找不见了。

　　修筑大堤需要巨量的土。如果像母亲说的那样在平地起土，那肯定不会去破坏田地，多半是在黄河故道起的沙土。黄河故道沉淀了足量的泥沙，与地面齐平甚至高出地面，不了解黄河秉性的人根本看不出这曾是一条河。这就是在母亲看来"连条河沟都没有"的原因了。

　　所谓"南河"，说到底还是黄河。只不过他们当年去到的地方，是黄河五百多年前的故道。

　　我想起了潘顺知说过的长垣"二道堤"，还有在石婆固见过的西北—东南方向的"太行堤"。它们在位置和方向上都是吻合的。看来，母亲他们当年"下南河"，修的就是"二道堤"，也就是黄河右岸的遥堤。而且极有可能，为了节省人力物力，"二道堤"的修筑尽量利用了当时还有残留的古堤。

　　我不免心中五味杂陈。在这个位置修筑遥堤，意味着万一黄河左岸决口，此地以南将成为滞洪区。经此地修一道西北—东南方向的长堤，西北端大致要从凤凰山南麓修起，向东南直到长垣黄河左岸，有百十公里。要有效拦截可能到来的黄河洪水，形成一段两端衔接高地的闭合遥堤，这个位置，的确是豫北平原上可能找到的最短距离了。

在那个极度贫瘠的年代，任何大规模的建设都意味着靠人力硬撑。成千上万的人，靠肩扛手提去修筑一条上百公里的大堤，用什么能够形容那种情形？我不忍用"艰苦卓绝"来概括，因为"艰苦卓绝"太雄壮，而母亲的回忆中充满了悲苦的味道。我也很难以"悲惨"来做武断的概括。因为，以当时的社会积累和建设条件，要在豫北平原上筑起防御洪水的屏障，并没有更好的办法。艰苦，似乎是那一代人的宿命。

每当想起那个年代，我都难免有几近失语的犹疑。艰苦，只是我在屏幕上敲下的两个字；而在 1959 年冬天，却是五十万和母亲一样的普通人必须拼命坚持的日日夜夜。隔了一个甲子的时间，虽然我已经追问了这么久，但必然有些情形，是我难以体察的；也必然有些意义，是我难以心领神会的。

南河上的母亲

母亲下南河的 1959 年，正是"大跃进"的第二年，人们一块儿吃大食堂的时候。对于这片土地上的普通人，尤其是对于靠土地为生的农民而言，那也是苦难临头的一年。这一年，大炼钢铁的热潮方兴未艾，节节攀高的重工业投资因苏联拒绝继续提供贷款而不得不靠大量的农业出口来支持。而在广大的产粮区，到处是极度浮夸的亩产喜报。在豫北平原，随着亩产喜报到来的，是大幅度提高的粮食征购指标。饥饿的阴影正在这片土地上悄悄铺开。

南河上的伙食，是一天三顿红薯叶稀汤，一顿饭发一个拳头大的窝头，汤是黑的，窝头也是黑的。据说那两年过去以后，河上的伙食就好起来了，不仅管饱，还能吃上白面馒头，偶尔还能吃到油条和大肉。但那都是后来的事了。1959年冬天，不要说白面，就是黑面窝头，能多吃一口都是奢望。在工地吃饭，一人就一个大碗，喝了那碗红薯叶稀汤，没地方洗碗，只能抓一把沙土把碗里外擦擦，下一顿接着用。

因为体力透支和极其稀薄的热量供应，也因为处于风口地带的南河工地了无遮挡，那个冬天显得格外寒冷。而我十七岁的母亲，那可怜的孩子，一整个冬天都没有棉裤可穿。她出发的时候奶奶尽着家里的储蓄塞给她五块钱，让她买一条绒裤挡寒。可她舍不得把钱花在衣服上。她把五块钱原原本本又揣回到家里。

整个冬天，她就穿了一条由两层粗布缝制的破旧的夹裤。白天干活出力，还不觉得太冷，到了晚上，就受罪了。

开始，他们分头借住在吴安屯村民家里，后来人多了，就全部迁到工地，在背风的沙窝上往下掏两尺深，就地搭帐篷，铺干草，打通铺。一个大队的人挤到一顶大帐篷里面，男人尽着东头，女人尽着西头，一个挨一个，在呼啸的北风里和衣而卧。好多人都是只有一条被子，只得两人搭帮，铺一条，盖一条，再把外面的棉袄脱下来搭到被子两头"压风"。

和母亲搭帮的是本家一个小姑，小名秋穗。秋穗比母亲还大一岁，但因为比父亲小，所以管母亲叫"大嫂"。秋穗好哭，不是饿得哭，就是累得哭，到了晚上，冻得受不住，也哭，因为太辛苦想家了，还是哭。她一哭，十七岁的"大嫂"就得想法子安慰她。

熬到农历冬月，天气更冷了。母亲说，大队一起来的女人都受不住，就三三两两跑回家去了。谁跟谁一起走，是她们各自私下嘀咕的，谁也不敢在人堆里嚷嚷。一般是两个人一拨，因为人一下子走得多了容易被发现，一个人走又太孤单。减少两个人，在人山人海的挖河现场，一般不会被发觉。逃离的路线也是事先问好的——先跑到附近的卫辉车站，然后坐火车往北，到宜沟下车。宜沟是老家附近的一个小镇，归汤阴管。京广铁路经过这个小镇，当时，每天有两列对开班车停靠。1959年冬天，宜沟火车站南边的大烟囱，成了逃回家乡的女人们眼里的灯塔。

秋穗自然和母亲一拨走。两个人商量好了结伴，接下来，何时离开，怎么离开，都依赖"大嫂"想办法。女人们的逃离从冬月中旬就开始了。但因为离开的间隔不能太紧密，一直到了腊月，母亲这"一拨"还没找到离开的机会。

秋穗悄悄扯着母亲的袖子哭，大嫂，人家都走了，咱啥时候才能走啊。"大嫂"也只是个十七岁的孩子，胆小，老实，不认路，嘴上说要走，就是不敢动身。她也想找个什么人问问，啥时候才能走，又怎么个走法，她作难得也只想哭。但她是嫂子，她不能哭，她也不能问。她只得哄秋穗，前头有俩刚走，咱再等等，等有了月亮地儿再走。

被秋穗扯着袖子哭了几回，做嫂子的又说，要不，咱俩请个假再走吧。女人请假得找大队的妇女队长。妇女队长是个厉害人，管人管得紧。秋穗一听又哭了，我可不敢啊，队长要是不准假，想跑都跑不成了。"大嫂"只得硬着头皮哄她，不怕，我去跟她请假。

当时姥爷也在南河上干活。姥爷因为家庭成分被划成"地主"，为人做事处处克己，干活拣重活干，吃饭在人后吃，睡觉睡在帐篷最边上，生了病也忍着不声张。就那样连冻带饿，连累带病，下南河不久，姥爷就栽倒在河堤上，脸色乌青，不省人事。同来的人赶紧请了假，借了辆平板车，把姥爷拉到卫辉车站。刚进卫辉县城门，姥爷就不行了，眼看着四肢僵直，人就没了气息。同来的人跟姥爷交情好，一看这阵势，四下里大声喊，快来人啊，救救俺哥吧，俺哥快没命了。正巧有个老汉经过，听见喊叫，停下脚步，近前看了姥爷的瞳孔，从怀里掏出旱针，紧压慢捻，朝要紧处下了几针。不一会儿，姥爷竟缓过气来。一问，原来那人是个老中医，有一手扎旱针的绝活，本来靠着这手艺养家，后来不让干了，他就揣起旱针四处游走，有人请了才悄悄出手医治。不承想竟在半路上救人一命。

这件事没多久就传到了母亲耳朵里。母亲在南河上再也待不住了。她拉着秋穗去找妇女队长请假。秋穗说，身上来了，肚子疼，直不起腰了。妇女队长问母亲，你嘞？母亲说，俺爹快没命了，我得回去瞧瞧。妇女队长说，要是就这都来请假，河上就没人了，活都叫谁干去？谁的命都是命，我没法批假。秋穗开始淌眼抹泪。母亲想起生死未卜的姥爷，也掉泪。妇女队长也知道姥爷的事，可她顶多能批一天半天的假，让她们在帐篷里歇口气，却不敢放人走。见俩人哭得可怜，妇女队长叹气说，要不，就当恁俩没跟我说过，我啥也不知道，恁自己看着办吧。

那天正赶上腊八节，天上有了月牙儿。母亲对秋穗说，咱今儿个天黑走，吃了黄昏饭在外头磨蹭，甭进帐篷。秋穗便开始发抖，把碗里的红薯叶稀汤都洒到了身上。

那一晚，两个十七八岁的孩子慌慌张张离开了南河。母亲领着秋穗，先走到吴安屯村边，再顺着一条荒沟往西北走，她记得有人说过，卫辉车站就在西北。天上的月牙儿光线微弱，根本照不见脚下的路，但也聊胜于无。走到后来，月牙儿落下去了，四野漆黑，不知道哪儿是哪儿。秋穗吓得几乎是吊在母亲身上，磕磕绊绊往前蹍摸。摸索着走了很久，远处出现了一闪一闪的亮光。走近了才看出来,原来是一处牲口棚,喂牲口的大娘起来添草料,点了马灯。母亲上前问,大娘,俺俩去卫辉车站,该往哪儿走?大娘看了看她俩,问,是从河上下来的吧?一听那话,秋穗出溜到地上就哭开了。母亲也吓坏了。只要那大娘一咋呼,她们就得被领回去,说不定还得挨批斗,再跑出来可就没指望了。大娘没咋呼。大娘悄声说,闺女,你哭啥?我又不告你,前头都过去好几拨人了,都来问路,我告谁了?大娘又说,你俩沿着这条沟走到头,再往南拐,哪儿有灯往哪儿走,进了城门,沿着有路灯的路一直走,千万别拐弯,直走,就走到卫辉车站了。俩人千恩万谢待要转身,大娘又说,可记住了,不敢乱走,前头有走错的,走进黄河滩,陷在里面可就出不来了。

就这样,两个大孩子战战兢兢,兜兜转转,走走看看,走到后半夜,总算是瞧见了卫辉城门。两人赶到火车站,买了票,坐车到了宜沟。母亲说,一眼瞧见宜沟南的大烟囱,就算有了命了。

"命",在这句话里成了儿化音"mir"。比起"ming"的发音,这个特殊的儿化音仿佛具有形体——瘦小的、可怜巴巴的形体,仿佛一不留神,就会被碰碎。这发音仿佛再现了十七岁的"大嫂"瘦弱、胆怯、饥饿而惊惶的样子,听得我心里一阵阵揪疼。

在逃离南河的叙述里,让我念念不忘的是昏暗月辉下两个大孩子沿着荒沟摸索前行的情形。她们偷偷离开南河的那天，细如弓弦的月牙儿几乎是没有光的。母亲对于那月光的形容是"昏哑喇儿的将就有点"。天地间是略微稀释的黑，跟全黑儿乎没区别，但也不是黑得不透气。

母亲说，她们瞎摸误撞总算跑出来了，后来才知道，还真有人跑着跑着迷了路，跑到荒天黑地的黄河滩去了，转来转去出不来的。

在那个寒冷的腊八夜晚，十七岁的"大嫂"带着十八岁的邻家小姑沿着荒沟悄悄向西。脚下的河沟通向哪儿，不知道。怕被人发现追过来，想走快些；沟底坑坑洼洼，看不清脚下的深浅，又根本走不快。而她们要去的卫辉车站，只知道大概方位。一不留神，就可能走到让人迷失方向，再也绕不出去的黄河滩。那是怎样的荒寒无助啊。

每次母亲说起这一段往事，我心里都会有个疑问在晃荡：以当时那些年轻女人的胆子，如果不是特别不堪忍受，她们断断不敢冒着被揪回去批斗，或陷到黄河滩的危险，而前后相继、有预谋地分拨逃离南河；而当时和她们同吃同住的村里的男人们，又显然集体保持了默许。

每到这时候，母亲脸上便是溺水般的神情，似乎要说清那个原因是一桩很艰难的事。我只得绕着弯问，回家了怎么办呢，不怕被人发现？她说，都是乡里乡亲，谁说谁啊。母亲说，跑回去的人都在家躲着，她也在家躲着，给人做衣服换点粮票，趁天黑去瞧瞧姥爷，再连夜赶回家。她白天出不了门，奶奶便替她从大食堂把饭端回来。奶奶悄悄跟人说，俺儿媳妇回来了，病着，给多打一碗饭吧。大食堂打饭的啥也不说，就给多打一碗。

我问，那以后你又去过"南河"没有？

母亲说，再没去过。

她和秋穗跑回家十几天就到了小年，南河上放假，大队出去挖河的人都回家了。等过了年，年轻女人们都进了青年队，被派到了离家近、吃住条件稍好一些的东河工地。

母亲说，把女人们改派到东河，还是奶奶颠着小脚求告的结果。那一年春节，从南河回来的人频频生病。大约是在南河积累的亏空一直绷着不曾泄露，而在这个春节，1960 年的春节，回家的人们松懈下来以后，巨大的亏空便找上门来，在一个月里撂倒了许多人。奶奶颠着小脚找到大队干部，说，咱这个村，往常哪个月不添几个小孩？这快有一年了吧，添一个小孩没有？再叫女人们下河，咱村就该绝后了。大队干部哼哼哈哈不给准话。奶奶就一天一趟地找。到后来，奶奶便开始跳脚骂人了，说，要是自家媳妇有个三长两短，她就给毛主席捎信，说是大队干部叫军属绝了后。到后来，不知是奶奶的闹腾起了作用，还是大队干部也想到了村子"绝后"的危险，总之开春以后，大队便把女人们改派到了东河。

东河工地在本县，住的是板棚，每顿饭发三两粮票，一两粮票一碗面筋汤，二两粮票一个馒头。那样的饭食，比在家吃得还要好些。姥爷依然病得昏昏沉沉，可是家徒四壁，不要说看病，连一口白面都吃不上。为救姥爷，母亲省下了每天晚上的馒头，有时候忍着饿，把中午的也省了。她饿上一阵子，把积攒的粮票换两斤白面，再兑换一兜胡萝卜，趁自己轮休的时候送回娘家。就这样，奄奄一息的姥爷喝上了胡萝卜丝稀面汤，将养数月，才算捡回一条命。母亲却饿晕在工地上。对这件事，因为腿疾而得以避免下河的爷爷，总是在人群聚集的场合不厌其烦地宣扬：俺家儿媳妇是个孝女啊，为了救她爹的命，生生快把自己饿死了。

饥饿的记忆最是刻骨铭心。经历过饥饿折磨的母亲，至今受不了糟蹋粮食。她从没扔过一粒米的剩饭。能吃她就会努力吃完，实在吃不完，哪怕剩一口，她也当宝贝似的保存到下一顿。每一粒粮食都是她的命，她绝对不会扔掉。为这，我们劝过她许多回，跟她说年纪大了要保重身体，不要为了把饭吃完就吃得太饱，跟她说吃剩饭对身体不好。不过，她根本不把这些话当回事。她用以反驳的只有一句话："没挨过饿的人，知道啥是个身体不好呀。"

三甲医院

卫辉，是南河往事里的一个特殊地点。1959年的卫辉还有老城墙，母亲因为姥爷病重从南河工地黉夜离开，就是从东城门进入卫辉，沿着唯一的主干道跑到了卫辉火车站，从那里挤上火车回了家。

母亲大约也想不到，她此生第二次到卫辉，是在六十年后的一个深夜。2019 年春天，她已经年近八十，当年逃离南河时的新婚丈夫已经去世多年，她最小的儿子也已年过不惑，她的曾孙辈里已经有孩子到了入学的年纪，而她执意要回老家居住一段时间。她在老家住了不到一周，多年没犯过的席汉氏综合征因为她自作主张停药而突然发作。

那一次发作让年近八十的母亲意识模糊、浑身抽搐。离老家最近的医院只有十分钟的车程，但席汉氏综合征的复杂状况让那家医院的大夫惊惶无措。于是进行了简单的抢救维持以后，家人便联系 120 救护车，连夜把她送到距离老家最近的三甲医院——位于卫辉的新乡医学院第一附属医院。

这也是目前豫北规模最大的三甲医院。医院的前身是 1896 年加拿大基督教牧师劳海德开办的西医诊所。当时的加拿大还是英联邦的一个自治领。从彼时至今，这片土地上经历了史无前例的社会巨变，而这家最初名不见经传的医院，也数度分合、更名。1903 年，在劳海德西医诊所的基础上建成博济医院。1920 年再经扩建，更名为惠民医院，进而兴办了惠民医院护士学校。1949 年平原省成立后，冀鲁豫行署卫生学校和哈利逊医院分别从濮阳、聊城迁入卫辉，与惠民医院及护士学校合并，并接收解放军第三机动医院部分医护人员和干部，成立平原省医科学校。其后学校整体迁往今北京市通州区。河南省则合并本省余留的多家医学专科学校，在老校址成立河南省汲县医士学校，又经发展及多次更名，1982 年升格为本科，名为新乡医学院。位于卫辉的这所经历了百年沧桑的老医院，也更名为"新乡医学院第一附属医院"。

我赶到医院的时候，母亲的状况已经稳定。姐姐和弟弟坐在床边，正在跟母亲聊天。我松了口气。母亲这个病，每一次发作，诱因都很轻微，或是感冒，或是腹泻，很快便会导致全身抽搐，反应但凡慢一步，便会发展到不可收拾的地步。发作的时候状况特别吓人，但只要及时赶到医院，对症下药吊上一瓶点滴，很快便会平稳下来。身体已经恢复的母亲躺在病床上笑呵呵地东拉西扯，丝毫看不出她对这个地方怀有特别的记忆。

夜里，母亲入睡以后，我便下楼在医院里散步。据医生的解释，席汉氏综合征多因患者年轻时生产大出血或身体过度透支埋下病根，更年期之后病症才会显现。母亲年轻的时候，身体的亏空太大了。如今，这些亏空都找上门来，慢慢地要账。

每一次看着她突然发病抽搐成一团，我便会想起许多年前曾把我半夜惊醒的那一次又一次的抢救，想起她濒死般的呻吟。这种直到几十年后经过辗转问医才得确诊的病症，是不是从那时候就已经开始了？那时候她还不到四十岁，巨大的亏空提前找上了门，让她一次又一次经受折磨。而几十年后在伊城市多家医院都很难确诊的病症，那时的乡镇医院根本不可能诊断出来。每一次，都是吊葡萄糖水加上硬熬，她才会从发病的苦楚里暂得逃脱。我记得当时父亲为了给她补养，曾经托人弄来成包的干虾皮，让她加了鸡蛋煮汤喝。那时候父母炕头的壁龛里常年放着那样一包两包虾皮。尽管父亲不让我们碰，说那是救命的药，但我们还是很快知道了它的美味。母亲说，一群孩子眼巴巴看着，我一个人喝那碗加了虾皮的鸡蛋汤，咋能喝得下去呀？她总是让我们每人尝一口，剩下的自己再喝。那一口鲜汤的味觉，让我一直觉得虾皮是极其珍贵的东西。许多年以后，我第一次在菜市场的干货铺见到了虾皮，还为它价格的便宜惊讶不已。

坐落在医院中心位置的两层小楼，就是一个世纪以前的博济医院旧址。在夜里，加了轮廓灯线装饰的小楼显得有几分神秘。小楼建筑是欧式新古典风格，糙面灰石外墙，褐红坡顶，瘦长玻璃窗上方有瘦长圆拱，基座部位有重石砌出的仿古装饰线，正面居中挑高一层，门柱顶部是标志性的三角形歇山顶。经过了艺术设计的建筑端庄静穆。在医院陪伴母亲的日子里，这座小楼对面的小广场成了唯一可以排遣无聊的去处。我常常坐在那里，看着小楼在夜色里的优美轮廓慢条斯理地抽烟。

2019年春天，母亲的南河故事里还没有出现"卫辉车站"，甚至，连任何确凿的地点都还没有出现。不过，她先后想起"延津"和"吴安屯",又说到"卫辉车站",却是从2019 年冬天开始的。是 2019 年春天到卫辉住院,那个县城的名字提醒了她?还是她原本不想说,只是因为 2019 年那一次病情的危急,让她改变了主意?我不知道。2019 年春天,当母亲病情好转,和我一起去到医院的小广场上闲坐,在让人思绪游离的夜风里,母亲是否想起了 1959 年冬天的南河,想起了六十年前的那次经过,想起了在茫茫夜色里亮着灯的卫辉火车站?如果是那样,她为什么提都不提呢?如果不是那样,为什么在多年回忆里都不曾记起的旧地址,会从那年的冬天开始接二连三地出现?

大半年之后,当母亲接连说出与"南河"有关的地名时,我并没有立刻想到那与她当年春天的住院有什么关系。只是到了后来,当我以文字反刍那些散落的细节,才意识到那所医院所在的卫辉,原是南河往事里一个不容忽略的地点。

2019 年春天因病住院,是母亲此生第二次到卫辉,与1959 年经此地离开南河,隔了整整一个甲子的时间。那几个夜晚,每当母亲睡熟,我偷闲下楼,坐到医院的小广场上抽烟发呆的时候,在拂面而来的清凉夜风中,也曾隐隐觉得那个地方让人情绪浮动,仿佛有些被时间埋藏的秘密正在露出端倪,但我以为那不过是赋诗说愁的矫情秉性作祟,自己并不在意。我不曾预想,多年来在母亲回忆里含混不清的"南河"往事即将在那个冬天一一落实,更不曾预想一场百年不遇的洪水将在两年以后的盛夏降临，汤汤洪水将把豫北地理低洼带的蓄滞洪区全部灌满，把整个卫辉和这座有着百年历史的医院全都泡在水里。

那年 7 月下旬，暴雨中心先是在伊城肆虐，随即一路向北，祸害到新乡、卫辉、滑县、浚县、内黄。

7 月 25 日，卫辉市城区的积水普遍在 · 米以上，有的地方达到了两米。

7 月 27 日，这家唯一坐落在县级市的三甲医院，建立一百二十五年来第一次完全停诊，病人和医护人员全部转移。

卫辉中心城区与吴安屯直线距离不过六七公里。辛丑年夏，当卫辉变成一片汪洋的时候，在卫辉东南不远的吴安屯虽然也有庄稼大面积泡水，但灾情相对没有那么严重。这么近的距离而能避免被淹，除吴安屯位置泄水比较通畅外，主要原因在于地势。卫辉位于区间地势最低的古黄河背河洼地；吴安屯则位于黄河故道沙丘沙垄地块，区间地势相对会高出五米左右。

对于 2021 年夏天的洪水，母亲的总结是，一个夏天淹了三回，一辈子没见过这么吓人的大水。

母亲今年八十岁了，她说的一辈子，起码也是八十年啊。2021 年 7 月 20 日的下午，当那场倾天暴雨开始落下的时候，我并不知道它会把伊城给祸害成那个样子。我第一时间想到的是在老家待着的老母亲。除冬天她肯在伊城住上几个月之外，其余的时间，谁也甭想把她从老家拽出去。老家有前后相连的两个院子，她在屋前屋后种种菜种种花，跟街坊邻居凑堆儿聊聊天，日子惬意得很。多少年了，豫北旱得吃水都要挖深井，谁也没想到突然就会来那么一场大洪水。那场滔天暴雨骤然泼下的时候，我躲在单位附近一家酒店的停车场上，在噼噼啪啪敲打着车顶的雨声里给母亲打电话。我说，这边下大雨了，老家下得大不大？她说，没下雨啊。我还是打了电话，让家人当天把她接到县城去了。放下电话，我才看出了那场雨的不祥。快到下班时间了，我赶紧打电话给两个孩子，知道他们都待在办公楼上没动，才放下心来。就在那时候，从我的车到酒店门口的台阶之间，水已经淹到了膝盖，我要蹚过那几步远的水道时，被突然涌起的水浪打了个趔趄。

后来我才知道，7月20日下午的那个时刻，有不少人就是那样被大水卷到低处，或者被水中没有来得及关掉电源的电力击中，没了性命。也是亲眼见到了那样一场洪水怎样把一个城市弄得毫无招架之力，我才意识到我对于有备无患的坚信像个笑话。无论多么善于预备，也总有出乎意料的时候。谁能预见到一场雨会把一个地处干旱地区的北方城市转眼变成汪洋？谁能预见到在偌大一座现代化城市，那么多人会被淹死在下班的路上？我们经历了千难万险还能活在世上，简直纯属侥幸。

在这个意义上，我母亲简直把自己活成了神话。

2021年夏天，当暴雨开始在伊城肆虐的时候，豫北的灾难还没有到来。我以为我侥幸赶在了时间前面，母亲被接到山上就没事了。可是我没想到，那场大水后大约一个月，母亲就闹着要回老家，而家人也以为没事了，又想着秋天不冷不热，就由着她的性子把她送回去了。老家虽不在蓄滞洪区，院子里却也被过多的雨水沤得不成个样子，家人里里外外收拾了一天，才把她安顿下来。

不料，就在她回家以后不久，一天半夜，竟然又来了一场大水。那时已经进入农历九月了。母亲说，一年里淹一回都少见，这倒好，前后淹了三回。后来这一回的大水更是出乎意料。看日子，是山西高原上连日暴雨导致的洪水顺着季节性河流下泄到了豫北。

大水淹进了屋子。母亲说，她半夜被雷声惊醒，拉拉灯绳，停电了。她打着手电伸腿到地上趿摸鞋子，唉哟，地上全是水。屋里的水都没过了脚脖子，外面是个什么情况，不用想都知道。我那万分自信的老母亲，她竟然还惦记着种在院子里的菜和花草。母亲要冒着大雨去找个东西，把院子角上的水道眼疏通一下，让院子里的积水流出去，免得泡坏了她的花和蔬菜。母亲就是个为了一草一木奋不顾身的人。从来都是这样，她为了抢救一碗半碟的剩饭剩菜把自己撂倒，我们为了抢救她把自己累得七荤八素。事后她还挺满意。她说，瞧瞧，这不是没事嘛。就这样，那天夜里，我那自信的老母亲完全忘了自己已经八十岁了，她奋不顾身拿了手电，蹚着没过脚脖子的水，到街门外去视察水情，还顺手把街门给带上了。等街门"砰"
的一声关上，她才想起来自己没带钥匙。大半夜的，满街都是
水，手机和钥匙都丢在了屋里，那时候她该紧张了吧？不。这
位自力更生的老太太甚至都不想喊醒一墙之隔的邻居。她气定
神闲地站在门楼下想办法——这当然是她自己说的。事后说起
这事，我问她，那时候慌了吧？她说，慌啥，这点事还能难住
我？她站在那里四下张望。她看到了自己种在院墙边的一排棉
花。办法有了。她折下一截棉花秆，捅开了街门的锁绊，又清
开那些堵住了水道眼的杂物，看着院子里的水汩汩外泄，然后
才回到屋里继续睡觉。

　　她说起这件事的时候扬扬自得。我说，老祖宗，你本事真
大，八十了你都不麻烦儿女，你咋能成那样了呢？她笑呵呵地
爆了一句粗口。她根本不在意我的讽刺，反正她也不准备改。

　　在母亲随我一同下楼、在小广场上坐下的夜晚，我试图跟
她聊聊眼前那座老旧的小楼，她不感兴趣；我试图跟她聊聊从
前的卫辉城，她也不感兴趣。除了这里有一所能救命的医院，
卫辉跟她似乎从来不曾有过什么联系。

　　我曾经觉得，除了生物联系，我跟母亲之间几乎是完全陌
生的，在精神上，她根本不认识我，而她也意识不到这一层。
现在看来，在精神的层面上，我可能也不认识她。我放在心里
念念不忘的东西，她固然不感兴趣；她放在心里念念不忘的东
西，我也同样隔膜。她为什么说，为什么不说，我的推测都不

过是想当然。曾经的惊惶不定与艰苦生活，不仅磨炼了她的强
韧，也给了她像壁虎一样断尾求生的能力。她早已习惯了打点
起全副精神去应付生存，不让任何不切实际的事情占用她的注
意力。

当南河故事渐渐展开的时候，我也渐渐知道了母亲已经被
八十年的人生经历锻造得多么皮实。到底是我低估她了。她闯
过了多少鬼门关，她心里有数。那个雨夜里的事对她来说根本
不算个事。比那再严重的事，也只值个嘿嘿一笑。我跟她强调
那天晚上的危险，就像对攀登过珠峰的人强调华山的险峻，那
才是真真的没见过世面。我不再抱劝说她的企图。有八十年的
人生在身后撑着，她已经无比自信，她根本不在意我们这些花
拳绣腿的主张。用她的话说，没挨过饿的人，知道啥是个身体
不好呀。

命

父亲从部队转业以后，先到漳南灌区工作，然后回到本
地。彼时"四清"运动已经进行到第三个年头，在乡村本来简
单的账目、仓库、财物和工分清查，因为和牵牵绊绊的宗族矛
盾相纠缠，弄得狼烟四起、不可开交。父亲便作为"四清"工
作队的驻队干部被派到村里——当时的生产大队。

老辈人说，"四清"的时候哪个大队都有人被斗，唯有父

亲驻的大队没有。老家所在的村庄在豫北是个数一数二的大村，有马、王、张、丁、李、洪、刘、许、杨、朱十个大姓，依地理位置分为七个部分，南边是马家馆，北边是后洪庄，东西两头分别是东大街、西庄，中间是后街、十字口、丁家门廊。除了马家馆和后洪庄，其他混居在一起的几个大姓之间多年来摩擦不断，历任村治收拾不住。父亲被派到老家所在的村庄，除了"四清"，还有一个特殊任务——解决经年积累的宗族矛盾。父亲待人和善，处事有决断，又能一碗水端平，各大姓就在他调理下慢慢和了。县里和公社的领导一直发愁没人治得了这个村子，这时候一看，能干的来了，而且原本是这村里出去的人，岂不是正好？于是，父亲就留在了那里。他也没料到，那一去就是一辈子。父亲带着村里人开水渠，掏机井，修马路，建起了卫生所、供销社、村办小学和初中，在村里一干就是几十年。

父亲驻村以后，母亲得以避免强体力劳动，再也不用去挖河了。当然，受到照顾的并不只是母亲一个人。父亲驻村工作不久，村里的下河指标就全部摊到了男人身上。为此，年纪稍大的男人也下了河。

若干年后听母亲说起这段往事，我问，这样的摊派难道不会有埋怨吗？还是用了什么利益调节的法子？母亲说，那时候穷得叮当响，有啥利益，你爹叫来各小队执事的一商量，就都同意了。我又问，那么容易说话？母亲说，从河上下来的女人，年纪轻轻都绝了经，这么大个村，有四五年都没添过小孩，不同意还能咋办。我想起了母亲说过的那种刺骨的冷，那是女人经期特有的对寒冷的不耐受。母亲 1959 年出嫁，多年之后才有了我。这情形意味着什么，是个成年人都明白。所以，不让女人再下河，经父亲提议，就成了村里的规矩。我想起母亲从南河逃离之前向妇女队长请假的事，于是问，不是让请假吗？女人们经期为啥不请假呢？母亲迟疑着，似乎不知道说什么好。

每次话赶到这儿，母亲就会顾左右而言他。每当这种时候，我都会格外想念父亲。他是个多么博闻、又多么健谈的人哪，他一定能够条分缕析，把那些疙瘩逐一解开。父亲在世的时候，我还是个满心里装着无谓之事的颟顸人，想不到要跟他聊聊过去的事。又觉得日子还长，任何时候想要知道过去的事，问他就是了。及至他遽然病逝，我才如梦方醒。"过去"不会在原地等着你去辨认，你去晚了，它就隐身了。那些包含着父亲音容笑貌的"过去"，大多已经随他去了，因为不曾及时辨认，如今再也找不到了。这彻底的消失，成为我回忆他的阻隔，也成为一种无可弥补的缺憾。他和母亲虽然都是普通人，但是为着一点盼望，一脚深一脚浅、吞咽了许多艰辛和冤枉走过来，总要留下点什么，才对得住他们的一辈子。毕竟，人在这世上活了一遭，总不该落个烟消云散的结果。不过话又说回来，谁不是为着一点盼望，一脚深一脚浅、吞咽了许多艰辛和冤枉走过来的呢？谁的一生就该落个烟消云散的结果？

　　让人郁闷的是，我跟母亲总是聊不开。对任何不切实际的东西，母亲都不感兴趣。我记得在父亲病重的时候，有一天她兴致勃勃拉着我说，她遇见了个算命瞎子，那人只让选两个人算，于是她就说了两个人的姓名和八字。我见她那么高兴，就想着这算命的肯定哄她说父亲的病能见好，她就信了。谁知她居然跟我说，她先请人家算了孙子，然后又算儿子，结果很让她满意。她笑得真开心啊。这个一辈子为儿孙活着的人，完全忘记了她的丈夫已经快要不行了。我禁不住为父亲感到难过。我冲她嚷嚷，听了两句胡扯，你就这么高兴？我爹还躺在医院，他就不值得你挂心，是不是？我很少冲她嚷嚷，这很出她的意料。她愣了好大一阵儿才反应过来。她淡淡地说，你爹都到这一步了，他的命还用算？

　　我也愣住了。是啊，她一直是个极其实际的人，对她来说，能够把日子坚持下去才是要紧的，至于其他，都是奢谈。这也许太无情了。可是对她而言，至少有半生时间，活着是那么局促、危险、毫无余地，除了直奔目的，她顾不上别的。这冷硬早已刻进她的命里，她不可能再换个样子活了。

　　这最后的疑问，她似乎一直无力应答。那几年，我也遇到了一些匪夷所思之事，连回想一下都会深感厌恶，再想起母亲那种不置可否、溺水般的神情，我便明白，并不是所有的过往都能轻易陈述，往事里往往埋伏着类黑洞的人和事，一旦揭开，往事便会坍缩。也许唯有倚重时间，一切才有可能释解。在那个时间点到来之前，回忆只会成为拆毁。直到庚子年春节，在疫情肆虐、人心惶惶的时节，她才仿佛下了决心要坦陈往事。仿佛往事里最坚硬的部分，那时才变得松软脆弱。她触及那个话题时的犹疑、无助与悲苦，在某些无名的消磨里渐渐崩解。

母亲说，他们初到南河的时候，那里有个蔡医生。有人病了去看医生，因为有规定，他只开药，不开病假证明。后来，像姥爷那样的事又出了几起。蔡医生就自作主张，谁有病就给谁开病假证明。因为给人开病假证明，蔡医生隔三岔五被批斗，罪名是破坏生产。可那蔡医生性子倔，批斗就批斗，见谁有了病，还是要开证明。再往后，南河上就见不着蔡医生了。

我问，那医生咋了？母亲说，也不咋，就是不叫在河上看病了呗。又说，看病也没用，谁都知道不是因为病，都是饿的，肚里没粮食，人就不得命了，医生能开药，还能给开出粮食？

"命"还是被她说成"mir"，像一件易碎的玻璃器皿。再一次听到那个可怜巴巴的发音，只觉得有种无法形容的哀戚在肺腑中翻滚。那时又想到她说过的女人们的绝经。原来并不是她的表达有问题，而是我的问题太想当然。显然，普遍的绝经也是因为饥饿。长时间的食不果腹，人体的正常机能丧失，根本不是请个假就能避免的。没有食物支撑的"命"，可不就是一件小小的、易碎的器皿？这可怜巴巴的发音，仿佛化身为十七岁的母亲，单薄而饥饿地匍匐在南河工地上。我仿佛成了她的母亲，忍不住要隔着六十余年的时光，想要伸手去扶起她，想要倾尽所有去喂饱她，把棉衣穿到她身上，让她不再受那样的苦楚。

而眼前这个满头白发的人，正靠在阳台上的摇椅里，眯着眼睛晒太阳。她说，人一辈子，福祸都有个定数，福享够了，罪就来了，罪受够了，福就来了。这话我当然不能同意。不过，我也没有必要跟一个八十多岁的人认真。她的罪的确是受够了。她愿意相信苦尽甘来，那一份在漫长岁月里熬出来的安心，我又何必去破坏呢？被我们挂在嘴边的"享受"，可不是有享也有受吗？我们全部的经历与遇见，不都是忧喜参半、祸福相生的吗？

记忆的重担已经卸下，抑或是，六十余年的时光已经把往事里所有的不堪消化完毕。母亲说，谁承想我还能活到现在，享上吃穿不愁的福呢。挂在嘴边唠叨了半个世纪的往事仿佛已经不足以再掀动她的情绪，仿佛那苦难仅仅是叙述中的，抑或仅仅是眼前这一张阳光照耀下的摇椅的背景，除了证明这小小摇椅上的福乐理所应当，再无别的意义。

低地

我还是想去那里看看。拖延得越久，这念想就越发强烈。癸卯年仲秋，在从老家返程的高速路上，一眼看见"卫辉1KM"的指示牌，这念想便陡然变得迫切，不容迟疑。我旋即下了高速，决定去一趟吴安屯。

这个村庄位于延津北端，与卫辉直线距离不到十公里。如果不是由于"南河"，我大约没机会知道在豫北地理低洼带上还有这么一个村庄。我实在是个行动力极其疲弱的人。这样一个抬脚就到的地方，来看一看的想法却拖延至今才得实现。

如今，我跟这个村庄终于照面了。

从高速口到吴安屯的道路七弯八转，导航提示有三十多公里，但如今乡村道路全修成了柏油路，所以很快就到了。与所有悬搁在记忆里的旧物事一样，吴安屯在我的想象中像一座古庙，人迹寥落，蛛网垂檐。

但眼前的村庄并没有我臆想中的老旧，相反，它是崭新的、明亮的，和豫北平原上其他的村庄一样，它也有一种与这崭新明亮的外壳不相称的冷清。穿村而过的柏油路面上摊晒着今秋收获的玉米，金灿灿的格外惹眼。街边停着各式车辆，有小三轮和平板车，也有银色的红色的轿车。偶尔能看到坐在当街门楼下聊天的老人。

母亲说他们干活的地方，就在这个村子"往东两三里地的地方"。我查阅过这一带的河流地图，知道有两条小河从村子西南方向过来，分别从村子东南边和北边绕过，在村子东边汇聚，再流向东北。开车在吴安屯绕了一圈，却没有见到地图上标注的河流。

我把车停在村子东头，向几个在当街门楼下闲聊的老人打听，1959年集结劳力挖河的地方在哪里。

老人们面面相觑，无人作答。

我意识到自己的问话对象错了。他们看上去不过七十岁上下，我要问的事发生在六十多年前，那时候他们还是幼儿。时间好快啊，一个甲子，在想象中很漫长的一个轮回，一晃就过去了。

我恍惚片刻，定神又问，咱们村东边，是不是有条河？

他们说，有，从这儿往北走，不多远就是大路，沿大路一直往东，有条大沙河。

往东有多远？

不远，两三里地。

听见这暗号般的"两三里地"，我几乎紧张起来。按照指引向北，再向东，出村庄一公里余，果然有条河横在前面。

河面不宽，有座石板桥跨河而建。这就是村里人说的大沙河了。它也是地图上标注的从村南绕行过来的那条河。它与绕行村北的小河汇聚的河口，从位置看，应该在石板桥往北不远的地方。两条河汇聚以后，向下称西柳清河。

豫北河流的形成，一部分与黄河相关，一部分与太行山相关。在这片介于太行山与山东丘陵之间的平原上流淌的河，或是引黄灌溉人工渠的干支渠，或是黄河涝水形成的滞洪河，或是雨季从太行山上奔涌而下的季节河。西柳清河在吴安屯村东接纳的两条上源支流，其中流经吴安屯村庄北边的小河就是人民胜利渠引水干渠之一东三干渠；流经村庄东南边的则是一条承接黄河涝水的季节河，就是我眼前的这条大沙河。

与其说这是一条河，不如说是一道溪流。河中水流清浅，丛生的蒲草、慈姑、水葱与两边河坡上茂盛的莎草簇拥成片。河边一排柳树，岸上两排杨树。柳树下有几个老头儿安安静静地坐着小马扎钓鱼。

虽说这一带经过长年累月的绿化和养护，已经是树林鱼塘遍布的景象，但不时从绿化地面之间裸露的黄沙，还是让我意识到自己犯了一个常识性错误。我一直在试图判断黄河故道在这一带的具体方位，心里还有个不甚分明的念头，想到故道"岸边"去，看看黄河故道的河底泥沙沉积的情形。

这真是糊涂了。古时黄河流到这里，已经不是"一条"，而是"一片"了。哪里还会看到"岸边"呢？自 15 世纪末刘大夏治河至今，已废弃五百余年的黄河故道上，如今连河堤也大多已经消失，能够看到的只有与地面高度没有差别的"河底"了。

　　我沿着河边的树荫向南走。四下望去，入目俱是大片的田野与成行成阵的白杨、垂柳，母亲提到的"沙土圪岭"与"沙土窝"都没了，连"沙土"也看不见了。八月秋高。艳阳下的柳树丝绦款摆，杨树叶子在风中哗哗作响。这一派和煦景象，与母亲回忆里寒风刺骨、沙尘漫漫的情形已经是两个世界。

　　我终是太迟钝了，很晚才念及吴安屯与黄河故道的地理关系。这个位于黄河故道左岸的村庄，据说是明洪武年间从山西长治迁移过来的。这样小规模的自发移民，往往是为生存所迫。他们从山西迁移来此，多半是由于黄河岸边的免税淤泥地提供了起码的生存条件。如果吴安屯就在古黄河的左岸，那么此刻我所在的位置，正处于古黄河的主河槽上。还用去哪里找黄河故道的"河底"呢？脚下不就是黄河故道的"河底"吗？在母亲的南河往事里反复出现的"沙土"，经过几十年的沉沙改土已经翻埋在地面之下的黄沙，与这片平原上肥沃的地表土一样，俱是古黄河从遥远的黄土高原带过来的啊。

　　我沿着河边的树荫向南走。四下望去，入目俱是大片的田野与成行成阵的白杨、垂柳，母亲提到的"沙土圪岭"与"沙土窝"都没了，连"沙土"也看不见了。八月秋高。艳阳下的柳树丝绦款摆，杨树叶子在风中哗哗作响。这一派和煦景象，与母亲回忆里寒风刺骨、沙尘漫漫的情形已经是两个世界。在母亲去到南河工地的时代，经过吴安屯一带的黄河故道已经断水五百年，又因为河底是被泥沙淤高的，看起来自然是丝毫不像一条河的样子，而是沙土混合的"平地"。所以母亲说，她在南河挖河，却没见过河，他们是在"平地起沙"。

　　眼前这条不过十几米宽的防涝河，由于多年来根本无涝可防，所以并没有深挖广浚的河槽，也没有经过加固的河堤，完全是一副可有可无的模样。这一片平原上的河流大多如此。几十年的旱情早已消淡了人们对于洪水的警惕。人们关心的只是如何把有限的水保存下来，合理分配，节约使用。

直到辛丑年盛夏，滔天洪水骤然降临这片泄水准备严重不足的平原，这些曾经大力疏浚又渐渐委顿的河流，才显示出性命攸关的作用。

在辛丑年夏季大洪水到来之前规划实施的"四水同治"工程中，水资源配给才是规划关注的首要问题。这个地块的水资源一直是紧缺状态。任何经济规划都会以常态下的环境条件为依据。与这个规划配套实施的十项重大水利工程，有六项是引水工程。十项工程中，豫北的卫河共产主义渠治理工程列为第九项，主要内容为河道疏浚和堤防加固，范围限为大沙河入渠口至淇门段。

既然规划河道疏浚，何以疏浚上游而不理会下游？我曾疑惑许久不得其解。后来翻看水利资料，才明白这不过是责任区划分所致。大河的管理责任划分往往依据水系分布自然延伸，并不见得与行政区划完全一致。淇门以下的河道之所以没有列入"四水同治"规划，是由于淇门以下河段超出了省级水利部门的责任范围；而且，淇门以下的卫河与共产主义渠几乎常年干涸，似乎也没有必要去做广河固堤的无效投入。

按照当时的治理预期，卫河和共产主义渠在方案实施后将全面提升防洪除涝能力，形成较完整的防洪屏障。以我在部分河段看到的实况，这项工程的实施不可谓不下功夫。只是，与整个北方对待河流的态度一样，这项工程预设的防洪标准也完全是旱情前提下的设计。在有着大片农田需要灌溉而缺少大河的豫北，水是十分金贵的东西。即便在雨季，在卫河与共产主义渠淇门以下河段，河里的水也不过是刚刚没过河底而已。在这种情况下，所谓"防洪"，便不可能作为水利规划的重点。

卫河的行洪能力素来有"两头大中间小"一说。这个"中间"，正是指淇河入卫的淇门到共产主义渠入卫的老关嘴这一段。在 2021 年夏季洪水到来之前，卫河淇门以上的行洪能力为 1500 立方米/秒，老关嘴以下河道则达到 1500~2500 立方米/秒，但是在这段葫芦腰部位，行洪能力只有 750 立方米/秒，仅相当于上游的一半。

这一段四十多公里长的葫芦腰，也是夹在太行山与山东丘陵之间的马鞍形低地上最狭窄、最低凹、相邻地势对比最为悬殊的部位。它的西北侧紧邻太行山东南端低丘，东南则是被泥沙淤高的古黄河滩地和黄河故道沙丘沙垄地。从新乡、卫辉到浚县，沿共产主义渠、卫河以及东西孟姜女河走向的条形地带，正是地势对比最悬殊的太行山山前交接洼地和地势最低的古黄河背河洼地。每逢雨季，这个低洼的条形地带不仅要消化天上来的雨水，还要承接卫河与共产主义渠上游来水，以及太行山东南段高地上短距离倾泻的山洪。三方来水除了向下游的东北方向倾泻别无出路。所以，这个地段的卫河与共产主义渠两侧，集中了大大小小六个蓄滞洪区。辛丑年夏季被洪水淹得最狠的地方，也在这个地段。

数千年来，乃至向前延伸到尚无文字记载的大禹时代，这一块天然低地就被水患困扰着。而在治水的无数种方案里，自古至今，并没有万全之策。在有备无患的大原则与有限的资源储备之间，方案定位到哪个刻度才能把安全与效益调停妥当，是个左右为难的问题。不到亲眼看见数日不休的暴雨把田野道路全都变成了汪洋，谁也不会想到，北方还会有这样的雨量，会有设防标准达到五十年一遇的河道都应付不了的洪水。大不了下场暴雨。下场大暴雨，那又如何？这干渴得不得不依靠过度消耗地下水维持生活用水和作物生长的土地，这长年干涸几等于闲置的河渠，还有那些孜孜于集水的水库，都盼着暴雨呢。谁会调动有限的水利资源，去预备对付一桩百年不遇的极端事件呢？正常逻辑下，都不会。但是，老天安排了一次不怀好意的检验。治水工程前脚施行，大洪水后脚就来了，空前凶猛的洪水远远超出了预料。在骤然发作的自然威力面前，人的预判终是输了。

我一次次打开卫星地图，在豫北地块搜寻那些看起来有些紊乱的河渠线路。也许，再没有另一个地方像豫北一样，单靠着大半个世纪以前人们的手挖肩扛，就在一片广大平原上留下了纵横交错的网状河渠。而母亲一直说不清眉目的那一场艰苦的"挖河"，也是那个年代依靠人力完成的诸多艰苦工程中的一项。如今，经过了几十年的干旱期，有许多当年开凿的引水干支渠和排水渠已经完全淤废，被推平成了庄稼地。当年就地取材的大堤尽管经过了艰苦的堆砌与夯筑，却因材料过于简陋，根本经不起风吹雨打。如今，那一道"沙土圪岭"早已被风雨抹平，连一点痕迹都没有留下。那一代人的辛苦，貌似被浪费了。在母亲的叙述里，她对那个劳动成果是不以为然的。她既不知道为什么要去费那一番辛苦，也不认为那一番辛苦有什么实际效果。她觉得那是"无用功"。她不知道在治水的长路上，并不只是她那一代人做了所谓的"无用功"。在数千年治水防洪的长路上，曾有过多少貌似"无用"却不得不为的防备，又有过多少令人惊怖的意外与猝不及防呢？人类的预测与应对，在一条奔涌万里的泥沙之河面前，原本就是有限的啊。在永远的不确定中，"无用"，也许正是一切防备的愿望吧。在许多年里，在多少个世纪里，人们一直就这么殚精竭虑地做着防水的努力，既有万般的无奈何，更有万般的不甘心。这是一场人与天的对弈，从来没有、也不可能有十足的胜算。人们世代相继的努力与辛苦，只是为了多一点把握，多一点，再多一点。而母亲曾在那里挖沙筑堤的吴安屯，只是这艰苦长路上一处小小的见证罢了。

附录①
界限之内

◆　客观因素像墙壁一样环绕着我们，全部的人生图景只能在这个限度内展开

王姝：《界限》中有很多当代、日常的元素，您的创作缘起是什么？

鱼禾：我一直喜欢跑荒僻的远路，早年胆大、体质好，对受寒和体力透支都满不在乎。但是从前几年开始，膝关节出现问题，走远路成了很困难的事。试了很多办法，似乎只能缓解，不能恢

① 《界限》获人民文学散文奖后，时任猛犸记者的王姝对鱼禾的访谈。——编者。

复。我意识到，膝关节不是生病了，而是在衰退，这衰退和年龄带来的皱纹、白头发一样，是不可逆的。与时间的全部造就一样，这是意志力之外的东西，你不能克服它，而必须顺服，生活才可以正常地持续下去。由动到静的变化对内世界的冲击其实挺剧烈的。由此想到人的局促，觉得有些界限是与生俱来的，只是在很晚的时候才能意识到。这念头一出现，我就知道，某个题意成立了。由此会注意到相关的事与物，比如恐高，似乎是心理因素造成的，实际上是一种类客观存在，不受意志左右，跟胆怯无关，克服不了，只能接受。比如人际环境，不是想达到什么程度就达到什么程度，它的状态是有客观前提的。客观因素像墙壁一样环绕着我们，全部的人生图景只能在这个限度内展开。这个，必须认可，尽管认可并不意味着缴械投降。

◆ 彻底悲观的人，反而有超常的坚韧

王姝：您在《界限》中讲小时候给照片中的自己画眉毛，觉得"虚构中的那个人"才是自己能接受的，实际的你和想象的自己有距离吗？

鱼禾：往前想，好像一路走来，都没有停止自我虚构。直到四十多岁开始投入写作的时候，还有点自欺性质的所向披靡

的感觉。只是在更晚的时候才认识到，这只是过于平坦顺畅的人生路给自己造成的错觉。直到过了知天命的年纪，经过一些剧烈的顿挫，障目的叶子抖落，我才明白，不要说知天命，原来我连自知都还没有做到。这么晚才看见了自己的虚弱，挺让人沮丧的。不止沮丧，事实上，这种明白带来的是彻底的悲观。但彻底悲观的人，反而有超常的坚韧。眼睛一冷，知道了自己的微小，反倒发现墙壁上原来是有空隙的，自我越小，越容易从种种束缚中逃脱。不过，当障碍不成其为障碍的时候，所谓逃脱也没有必要了。对生命大前提的体认伴随着某种程度的自我放弃。但这个过程完成之后，便是豁然开朗。界限无所不在，但界限之内，含有无限的弹性与可能。

◆　在界限中，依然可以不断地完成

王姝：这种弹性与可能的"无限"指的是什么？

鱼禾：界限就像时间。有人说时间是圆的，这说法颇有想象力，也抓住了时间的本质。时间的基本表述不就是日月星辰的方位关系吗？一天的意思是地球自己转了一小圈，一年的意思是地球绕太阳转了一大圈，一月的意思是月亮、地球和太阳的方位关系完成了一个循环，钟表的指针也是模仿了日影在地面的循环移动。看看，都是圆的。唯有圆，是我们能够想象的

"无穷无尽"。我们脚下的大地是圆的，你无论从哪个点出发，都能一直往前走，但又不可能脱离这个圆。我们脚下的大地，它"无穷无尽"，又界限分明。我要表述的界限也是这样，它是圆的，无形无迹，你跑不出这个圆，但你可以一直往前走。在这种循环往复的"经过"中，我们会知道，所谓"方向"和"目标"，关涉的都不是一条有终点的线段，它们的意义建立在一个无限展开的"过程"之中。在圆的意义上行进，貌似总是回到原点。但每一次经过那个所谓原点，都已经不再是从头开始。那个点，其实已经是里程碑了。我们走下去，可以不断地有新的完成。

♦　印象在写作中的浮现有如反刍，是自然反应，无需刻意

王姝：作品里提到鲸的界限、蚂蚁的自我放大，平时会关注其他事物与人类处境的相通或隐喻关系吗？

鱼禾：写作者的印象库要远远大于资料库。而且，印象库的形成是非刻意的，有机的，它是鲜活真切的个人史。印象无时无刻不在累积，只要某种事物、某个细节触动过你，写作开始后它就可能在字里行间自动浮现，有如反刍，是一种自然反应，不需要刻意用心。我想并不是我们发现了其他事物与人类的相通，这种相通，除了生命体之间自然存在的类似，大多还

是我们的比拟习惯造成的，以熟喻生、推己及人，是人的想象和思维常态。相对于其他文体，长散文酝酿的过程具有更为明显的自然生长性，它的大体量也是表达的自然需要造成的。我的长散文会有主题和结构的考虑，但取材方面不会有严格的事先规划，更不会具体到使用哪些意象和细节。如果说其中有"事先"动作，那么，真实而丰富地活着，保持对这个世界的好奇与同情，感受力的充分敞开，无疑是个前提。

◆ 任何形式的写作都不可能撇开自我

王姝：您此前以《父老》为代表的一组怀乡散文，体现了更多对乡土中国的反思；《界限》则似乎是对"当下"与"日常"的反思。但是很明显，这一系列的写作，都是以个人经验为出发点。您怎么看待写作中的自我？

鱼禾：很多人喜欢讨论写作的"大"与"小"，讨论写的是一己之私还是宽阔的时代生活。其实两方面并不是非此即彼的关系。任何写作都不可能完全撇开自我，也不可能仅仅局限于自我。"我"并不在"众人"之外，"我"的个人经验亦是群体经验的一部分。写"我"还是写阿Q，写一个还是写一群，在样本的意义上是一样的。一部作品反映生活的力度，和选了什么题材、切开了多宽的截面没有必然的因果关系，而是和作品立意、和创作掘进的深度有关。我不会放下自己最熟悉、有切肤体验的素材，去刻意追求"大"。物理性质的"大"，和小时候在照片上画眉毛一样，颇有虚张声势的嫌疑。个体经验很重要，个体经验的深刻度与连贯度都很重要，这种重要性在写作中是不可替代的。我相信，写作者的个人经验与他人经验的贯通，是在深度而不是广度上发生的。我们各自站在自己的地面上，却有共同的地心，沿着纵深线向地心掘进，必然会在某个点相遇。当我们讨论"大"与"小"的时候，其实核心的问题仍然是前面提到的前提性问题——我们的活着本身是不是足够真实而丰富，我们对这个世界有没有自然而然的好奇与同情，我们的感受力是不是充分敞开的状态。如果是，那么在一切有效的写作中，人人皆我，我即人人。

◆　好散文不可拆卸

王姝：《界限》写玻璃栈道、爬山等多个生活片段中认识的变化，用长散文的形式表达思想的流动性，这种形式与主题的契合度如何？

鱼禾：觉得部分章节有些游离，是吧？这种感觉可能是跟小说结构比较的结果。在基本结构上，小说是向心的、凝聚的，散文则是散点成阵的。散文的素材并不必然指向一个中心

点，它们仅仅是统合在一个表述主干之下。这也是我所理解的
散文"形散"的本质。所以，你会在我的散文中看到貌似游离
的部分，但它们都被特定的主题统摄着，分布在一个相对统一
的话题幅度之内，会有点旁逸斜出，但不会可有可无。好的散
文一旦完成，它就不可拆卸，拿掉任何一部分，通篇的文气就
会弱化甚至前后不接。从另一个角度看，为了充分调动素材的
能量以满足表达需要，长散文的结构相对于小说，不是更随
意，而是更繁复了。这种繁复性并不像小说一样体现于情节和
人物关系的复杂设置，而是体现于素材的取材幅度、使用方向
与捏合程度。长散文创作因为用到的素材繁杂散碎，必须适当
捏合，行文才不至于拖沓凝滞。这种局部捏合只是素材使用上
的物理变化，跟小说素材使用上的化学变化肯定不一样。但也
正因为这是物理变化，所以它们呈现的现场感与开放度，也是
小说不可能达到的。

◆　获奖感受：会因此对自己有所要求

王姝：获奖感受如何？接下来会有哪些方面的创作计划，
还会写长散文吗？

鱼禾：能在《人民文学》发表的散文都很棒，许多极有才
华的同行比我写得好。这个奖是《人民文学》对作者的厚爱，

对我来说是个重要的鼓励。写作的人需要读者的喝彩，也需要来自同行的喝彩，就好像走在路上听到熟人打招呼，嗨，气色不错啊。无论自己真实状态如何，我还是会为之抖擞精神，而且会提醒自己，气色要好一点啊，不要辜负别人的夸奖。创作计划固然是有，只可惜，我很迟钝，不是那种说声写提笔就来的作者。哪怕准备再充分，动笔之前，还是需要一个慢腾腾的酝酿过程，就像酿酒，酿白酒，快一点也可以，只是提纯度数不够，勉强勾兑出来也不好喝呀。散文写到现在，我觉得它就像一种肝胆相照的伴随，我很珍惜跟它的缘分，并且希望缘分绵长。

.

图书在版编目 (CIP) 数据

寻找南河 ／ 鱼禾著. -- 郑州 : 河南文艺出版社, 2025. 5.
-- ISBN 978-7-5559-1782-3

Ⅰ. I267

中国国家版本馆 CIP 数据核字第 2024YR0566 号

选题策划	郑 雄	张 娟	
责任编辑	张 娟		
书籍设计	刘婉君		
责任校对	梁 晓		
内文插图	鱼 禾		

出版发行　河南文艺出版社
社　　址　郑州市郑东新区祥盛街 27 号 C 座 5 楼
承印单位　河南瑞之光印刷股份有限公司
经销单位　新华书店
开　　本　890 毫米 × 1240 毫米　1/32
印　　张　9. 5
字　　数　187 000
版　　次　2025 年 5 月第 1 版
印　　次　2025 年 5 月第 1 次印刷
定　　价　46. 00 元